华语

青春文学作家

暖心文学第一人

江雪落

深情之作

原来爱情

需要陪伴

……

你的温度
我的幸福

Your warmth,
My happiness

37℃

你的温度，我的幸福

Your warmth,
My happiness

江雪落 作品

作家出版社

图书在版编目（CIP）数据

你的温度，我的幸福 / 江雪落著.—北京：作家
出版社，2014.12
ISBN 978-7-5063-7741-6

Ⅰ．①你… Ⅱ．①江… Ⅲ．①长篇小说-中国-当代
Ⅳ．①I247.5

中国版本图书馆CIP数据核字（2014）第298265号

你的温度，我的幸福

作　　者：江雪落
出 品 人：刘方　高路
责任编辑：丁文梅
产品经理：叶夕夕
特约策划：叶夕夕　舒妍
装帧设计：薄荷橙
内文版式：刘珍珍
特邀摄影师：caocaofactory（曹子龙）
出 品 方：北京中作华文数字传媒股份有限公司
出版发行：作家出版社
社　　址：北京农展馆南里10号　　　　邮　　编：100125
电话传真：86-10-65930756　（出版发行部）
　　　　　86-10-65004079　（总编室）
　　　　　86-10-65015116　（邮购部）
E-mail:zuojia@zuojia.net.cn
http://www.haozuojia.com　（作家在线）
印　　刷：三河市北燕印装有限公司
成品尺寸：150×230
字　　数：197千
印　　张：19.5
版　　次：2015年1月第1版
印　　次：2015年1月第1次印刷
ＩＳＢＮ　978-7-5063-7741-6
定　　价：33.00元

目录
Contents

楔子

好久不见

她辛苦经营四年的爱情，
开始得悄无声息，
结束的时候，
也静悄悄地没一丝声响。

天色未暗，雪已经下了起来。这场雪来得有些早，也没有任何预兆，就那么洋洋洒洒地下了起来，在十月份的天气里，怎么看怎么像是个异兆。气象台公布天气时也说，这是平城三十几年来最早的一场冬雪。

雪花簌簌抖落，如同沉甸甸的鹅毛，不顾风的意愿，迫不及待地为大地铺了厚厚一层绒毯。生活在这座城市的人们，在这个时间，纷纷忙着归家、采购、聚会，对于这样突如其来的天气变化，总是抱怨多过喜悦。

钟情脚踩两寸半高跟鞋，一路蹚着雪深一脚浅一脚，终于到了酒店宴会厅。伸手推开两扇镏金大门，温暖而嘈杂的气息扑面而来，让她不禁闭了闭眼。深吸一口气，她裹紧了身上的黑色大衣，一步一步穿过人群，朝着最热闹那一处走过去。

还未走近，迎面走来一个年轻女孩，乳白色小羊皮靴，橘粉色娃娃裙，头上戴着一只亮闪闪的水晶发箍，整个人看上去温暖又精致。钟情定睛一看，原来是李茶，认真论起来，算是她在平城工作后结识的唯一至交好友。

大概类似的场合从前也见过不少，李茶的动作非常利索，转眼就端了两杯香槟回来。一见钟情还站在原地，就小声埋怨："钟情姐，你别傻站在这儿啊。你看这屋里还有谁穿着大衣！"

钟情收回望着远方的视线，回过神一看，果然，宴会厅里人影幢幢，男士都穿着西装衬衫，女孩子的打扮更清凉，有的那脚底下高跟鞋还是露脚趾的。

李茶塞给她一杯香槟，推着她一路向前："你先去衣帽间把大衣挂在那儿，然后咱们一起去弄点吃的。折腾到现在，我都有点饿了。"

说有点饿，真是含蓄。钟情从大衣口袋里摸出手机看了一眼，八点十三分，过去这个时间早就吃过晚饭了。如果不是因为心情有异，她大概比李茶更早喊饿。

衣帽间里没有人。钟情把手机取出来，大衣交给一旁的服务生，有点心不在焉地朝外走去。

端着香槟闷头往外走，突然就觉手背一凉，浅金色的液体一部分淋在手上，还有一部分洒在对方宝蓝色的西装。钟情知道是自己没好好看路，连声道歉，想找纸巾，又发现自己脱掉大衣，身上压根儿没有装纸巾的地方。正慌乱着，就听对方调侃道："难得见到钟小姐也有这么手忙脚乱的时候。"

钟情听着这把声音耳熟，慌忙抬起头看向对方的面容，就见跟自己几乎撞个满怀的不是别人，正是星澜的死对头——卓晨公司的总经理，黎邵晨。

黎邵晨此人，虽然不是什么豪门巨富，但也称得上帝都商圈的一号人物。传闻此人才从军校毕业，就被家里老爹扔进部队，混了三四年，一路从小兵升到上尉，其间还轻轻松松捞了两个三等功。本来所有人都以为他会跟老爹一样，在部队里踏踏实实干下去，哪知道人家突然来个华丽转身，跟领导打个报告，直接从部队退役了。然后跟两个相识多年的好哥们儿，一起合伙开了间进出口公司，前后不过三年左右的光景，就做得风生水起，也就是如今业内有口皆碑的"卓晨"。

星澜此前力争得到投资商的青眼，为自己找到坚实靠山，其中也很是费了一番周折。而在这件事上，曾经星澜最大的竞争对手就是卓晨。钟情作为星澜的代表人，此次和投资商全面接洽，也与黎邵晨几次针锋相对，两个人对彼此的印象可都深刻得很。

钟情对黎邵晨的多方面了解，说起来还真是多亏了李茶这个"百事通"，对于他和卓晨公司的历史，如今勉强也算了若指掌。黎邵晨模样好、嘴巴甜，对待女人更是风度翩翩，说起来应该没有女人会不喜欢他。可钟情却在他手上吃过两次亏，因此两人见面，尤其还在今天这种场合，钟情很难对他摆出什么好脸色。

见到钟情冷着一张脸不讲话，黎邵晨扯出一抹微笑，从口袋里取出一方与领带同色的手帕，递到了钟情手中："钟小姐，你看起来脸色不大好，需不需要我扶你去休息区小坐片刻？"

钟情把手帕塞回他掌中，垂下眼睑："抱歉弄脏了你的西装，我还有事，先失陪了。"

两个人的手指相接不过一瞬，黎邵晨感觉到她指尖冰凉，又见她脸色苍白，便多说了句："钟小姐，你今天很美。"

钟情原本已经转过身，听了这话又转回头，眼睛却没有跟他的视线相接，茫茫然的，也不知是看着什么地方："谢谢。"

黎邵晨望着她瘦削的身影，目光里隐隐含着一丝忧虑。

年底星澜公司的晚会，不仅仅是犒劳员工的庆功宴，同时也是跟同行交流的晚宴。地点选在枫国酒店的宴会厅，已经足以彰显星澜眼下的资本和脸面，自然少不了形形色色的人前来捧场。

钟情步履匆匆走出试衣间，适逢公司大BOSS正在台上发表演讲。星澜的老总石路成年届五十，虽然有点秃顶外加酒糟鼻，身材保养得还算不错，一双大眼也目光炯炯。都说人逢喜事，这一次星澜的成功，让这位素来注重保持涵养的老总也激动得红了脸膛儿："我今天的话有些啰嗦了，各位见谅。希望大家玩得开心。"

人群中响起掌声和口哨声。石路成朝着大家潇洒一笑，晃了晃话筒："我再说最后一句，今天晚会的最后一环，会有惊喜，敬请期待！"

钟情多少听得有些漫不经心，一路走到餐饮区，才看到李茶的娇小身影。钟情见她专注在挑选美食，便先去了不远处的洗手间，把手臂上的香槟清洗干净。

或许是考虑到参加晚会的人大多穿着单薄，宴会厅里的暖气开得很足，一路走来只觉温暖如春。

钟情低下头扫了眼手机，安然无声，手指扫开屏保，短信微信都看了一遍，什么都没有。她不知道自己此时的脸色难看得吓人，茫茫然抬起头，就看到站在不远处的那双人影：身穿珍珠白色小礼服的女孩子，柔顺的长发披散在肩头，哪怕仅仅是个侧脸，也格外优美动人；而那个身穿白色西装的男人……钟情闭了闭干涩的双眼，哪怕是闭上眼，她都认得那个男人是谁。

或许是感受到了她的视线，身穿白色西装的男人转过身，看清她的容貌时，神色不是不震惊的。他的脸上一一闪过许多情绪：惊讶，难堪，犹豫……最终又归于平静。

可是钟情能看出来，他望着她的眼睛里，流露出深深的眷恋和难过来。

钟情觉得自己喉咙发痒，又好像在发痛，太阳穴涨涨的，好像硬贴了两块沾满水的棉花，他也会知道难过，那么她现在应该是什么情绪比较合适？

钟情眼看着穿着白色小礼服的女孩子朝她笑了笑，轻轻拽开陆河试图拉住她的手，朝着她姿态优雅地走过来。

钟情望着她朝着自己一步步走来，而她身后的那个人最后朝她深深望了一眼，便毫不留恋地转身离去，眼睛一时酸涩得厉害，却也干涸得厉害。

"钟小姐，"站在她面前的女孩子朝着她露出一抹称得上温柔的笑意，"这次你可为公司立下了汗马功劳，真是辛苦。"

钟情轻轻点头："应该的。"很简单的一句话，说出口的时候，却觉得唇舌僵硬，如鲠在喉，多余一句寒暄也讲不出。

"钟情姐！"咋咋呼呼的李茶终于出现了。说不上来为什么，听到李茶的声音，钟情在心底突然升起一种听到圣音一般的感激之情："咦，你是……你是石总的女儿吧！石小姐，上一次在季安安的生日会上我见过你。呀，你这条裙子真好看。"

有李茶在的地方，不需要担心会冷场。钟情实在讲不出话，便朝着石星微微颔首，听李茶在一旁叽叽喳喳。

石星眼眸含笑，客套回应："是吗？你今天打扮得也很漂亮。"

李茶没注意到她根本叫不出自己的名字，欣喜地笑道："是吗？其实我觉得钟情姐今天打扮得最漂亮。"

两个女人的注意力一同回到钟情身上。

她穿了一件白底绣黛色云纹的旗袍，削肩，及膝，一头微微卷曲的秀发高高盘起，耳朵上缀着两只冰冷冷的玉石坠子。这样疏冷的色彩和打扮，反倒将她原本有些泯于众人的姿色衬托出来，越发衬得她眉弯如画、眼若清泉，颇有几分诗词里描绘的"千里横黛色，数峰出云间"的曼妙冷然。

认真算起来，钟情并不是漂亮的女人。她的眉毛疏细、眼睛狭长，放在古代或许算个美人坯子，但依照现代社会的主流审美，她这种长相就有点吃亏了。

可是聪明的女人总比别人更了解自己的短处，钟情又是个非常懂得扬长避短的聪明女人。原本对于这一天的晚会，她也是满怀期待的，这样一身装扮，可以说是深思熟虑的结果。

石星盯着她打量了好一阵，唇角微翘，面上露出一个适宜的笑容："钟小姐今晚是主角，也是我们星澜的大功臣，打扮得这么漂亮，也是给我们星澜添彩。"

李茶一听，兴致勃勃地问："石小姐，石总说今晚最后环节有惊喜，指的是什么？"她眼睛朝着钟情的方向一瞟："是不是和钟情姐有关？"

石星浅浅一笑："说是惊喜，当然要保密了。"她朝着两个人微微点头，目光轻巧地滑过李茶手里端着的甜点："我还有点事，你们慢用。"

从始至终，钟情的表情可以称之为木然。

李茶性格有点大大咧咧，但并不迟钝，她见石星走远，便说："钟情姐，我怎么觉得你今天不大对劲。"

不久前那两个人浅相依偎的情景在脑海里反复出现，钟情想要遮掩，又觉得实在疲于应对，最后只得朝着李茶勉强一笑，说道："小茶，我今天不太舒服。"

"我也觉得你状态不太好。"李茶的语气里透着惋惜，"今天在公司，我就觉得你魂不守舍的。钟情姐，你这是怎么啦？今天可是你的好日子，说不定大BOSS一高兴，直接让你当咱们部门的总监了！那你可就是一人之下、万人之上了！"

钟情几乎被她的畅想逗得笑出来，可心里沉甸甸如同压着一块大石，想笑都觉得无力，因此只是撇了撇嘴角："怎么可能，我才来公司三年，总监那个位置你以为随随便便就能坐上去啊？"

李茶倒是信心十足："那可不一定。不是有句老话嘛，谁笑到最后，谁笑得最好。所以钟情姐，今天这场晚会，你必须撑到最后！"她把自己手里的那块蛋糕大方地递了过去，"你先吃点东西垫垫，没准会觉得好一点。说不定到最后环节，真有大惊喜呢！"

再精致的晚会，说起来也无非那几样，吃喝、谈天、培养人脉。钟情连笑一下都觉无力，更别提像往常那样，精神百倍地与人谈天说地了。她留在休息区，是因为疲于应对；而充满活力的李茶，则是为了这边满满三排的各色美食。

两个人选了一处靠窗的小桌坐下来，李茶兴奋得如同在摆家家酒，凉菜、热菜、甜食、水果，满满摆了一桌，临了还端了两杯甜甜的起泡酒："来，钟情姐，咱俩先干一杯。"

钟情端起酒杯，和她轻轻碰了一下，一边笑道："你家里也不缺钱，怎么还对这边的自助餐这么新鲜？"

李茶的眼睛亮晶晶的："我上一次来这边，还是大学毕业那天，跟我几个同学一起来的。那次之后，我就对这里的自助餐恋恋不忘啊！"她用叉子挨个儿指着桌上的餐盘，如数家珍般碎碎念道："这个小羊排，超级嫩，趁热吃最香。这个红酒炖牛肉，味道最醇厚了，就着它我可以吃一大碗白米饭。还有这个……"她指了指盘子里的袖珍小蛋糕，"这个巧克力蛋糕，我一共才抢到三块，其中一块还分给了钟情姐你，这个蛋糕据说每天限量供应的，外面想买都买不到。"

钟情被她生动的解说勾起了食欲，端起蛋糕，在李茶期待的目光中轻轻咬了一口。她一整天都未进食，嘴巴里干干的没什么味道，巧克力蛋糕的滋味，比她预料得还要好，甜醇浓郁，还有着丝丝苦味。这丝丝苦味，到了唇齿之间，被那些乱七八糟的记忆和情绪无限放大，倒是分外符合她此刻的心境。

李茶眼巴巴看着她把一整块蛋糕津津有味地吃完，迫不及待地问："怎么样，是不是特别好吃？"

钟情点点头："很好吃。"她喝了一口甜腻的起泡酒，顿时觉得口腔里弥漫的滋味十分复杂，难以言喻。

李茶望着自己盘子里的两块蛋糕，表情真如她自己所说，颇为恋恋不忘："唔……如果钟情姐你没吃够，我……我可以再让给你一块。"

高热量的东西，果然可以让人精神振奋。不顾口味，一口气喝完整杯酒，钟情觉得自己终于活过来了，看见李茶的表情，忍俊不禁道："我吃一块就好。那两块你留着自己享用吧，小馋猫！"

两个人正为先吃蛋糕还是先吃主菜讨论个不停，就听身边响起一道并不陌生的嗓音："别人都在前面找人跳舞聊天，你们两个丫头就在这儿埋头苦吃啊！"

钟情和李茶一齐抬头，就见老总站在一边，端着一杯红酒，笑眯眯望着她们俩。

"石总！"李茶险些没被噎到，一边捶着胸口，一边急着想要站起身来。

石路成拍了拍她的肩膀："别急，这儿也没人要跟你抢。"

说起来还真是，偌大的休息厅，除了她们这桌，几乎没什么人，来来往往都是酒店的服务人员。足可见，公司上下像她们两个这样不求上进者，还是极少数。

李茶好容易把嘴巴里的东西咽下去，朝着老总灿烂一笑："石总，您怎么来啦？"

"咱们公司说大不大，统共就那么些人。我在前面看了一圈，也没找见你们俩，估摸着你们两个应该在这边吃东西。"李茶虽然是规规矩矩通过笔试、面试进入公司的，但说起来也是老友的女儿，石路成平日里对她还算照顾，偶尔言谈间也会不自觉流露出长辈对晚辈的包容。

李茶笑得有点不好意思："我和钟情姐还没吃晚饭呢，就想先过来吃点东西垫垫胃。"

石路成把视线移到钟情身上，目光略沉："钟情也没吃晚饭吗？"

钟情听出石路成话外之音，便说："我吃过一些了。"

石路成点点头："那好。钟情，你跟我来。"

石路成年逾五十，而星澜公司已经开创二十余年，能将原本规模不大的公司维持盈利，又在近几年重视开拓进取，石路成这位老总并不是表面看起来那么中庸的人。钟情对于这位赏识自己的上司非常尊敬，看出他有话想说，便顺从地起身跟他一路走了出去。

这次的宴会厅并不在枫国酒店的主楼，而是在一个相距不远的小洋房，民国建筑风格，一草一木都透着时代特色。石路成端着酒杯，站在小楼的二层阳台，而钟情则沉默地跟在他身后，两个人都没有急着开口。

"钟情，我记得你是大学还没毕业，就来咱们公司帮忙了。"

"是。"

"有三年了？"

"三年了。"

"你……还想继续在这儿做下去吗？"

钟情猛地抬头，就见石路成望着她的目光中，有着信任、欣赏，还有探究："石总，我不懂您为什么会突然这么问。"

她来公司三年，自问对手头工作尽心尽力，只要是领导交代下来的事，哪怕所有人都说不可能，她也拼着心头一腔热血，把它变成可能。从前是如此，这一次拉来大额投资，更是如此。

石路成摆了摆手："你误会了我的意思了。"他把酒杯放在阳台的石头栏杆上，目光望向远方。雪势比之前小了一些，不再是鹅毛般的雪片，却扑扑簌簌下得密集。从这里看下去，远近尽是一片白雪覆盖，天地之间仿佛只有黑与白两种色彩。相比楼下的觥筹交错，这里更像一个小小的休憩之所，朴素，安然，光是这样看着景色，就能让人心头涌起许多平日里遗忘在身后的东西。

"钟情，公司的年轻一辈里，我最欣赏的就是你。你年轻，努力，最重要的是，你还有许多男人都不具备的冲劲儿。"他转过脸，别有深意地看着钟情，"如果我没记错的话，你今年应该是25岁吧？"

"是。"

"钟情，给我讲讲你的人生目标是什么吧。"

钟情微微愣住。

"没有吗？"石路成的语气里有着遗憾的意味，"像你这样敢想敢拼的年轻人，如果说没有目标或梦想，我不相信。"

目标和梦想……她也有的。怎么会没有呢？从家乡那个小镇，来到人声喧嚣的平城，大学还未毕业就到星澜打拼，一晃眼就是三年。其中的酸甜苦辣，一两句话哪里能说得清。如果没有目标和梦想的支撑，她怎么可能有今天的成绩？人人都有目标，或许，在这个大城市，每个拼命想要留下来的年轻人，人生的目标都大同小异。升职、加薪、买房、买车……人生的步骤大概就是这些了吧。

而梦想是另外一种东西。不是每个人都有，也没有多少人能一直拥有，但它是从头顶洒下来的太阳光、黑暗河面能眺望到的灯火、梦里开出的花朵，以及想象中触手可及的远方。钟情的梦想，她一直都以为自己怀揣着梦想而来，可却在今天这个特殊的日子，亲眼见证了它的衰败。

过了许久，钟情才开口："我有目标，也有梦想。我希望能够在星澜长长久久地干下去，希望能够在事业上取得骄人的成绩——"

"钟情，如果让你选，你是要骄人的事业，还是美满的家庭？"石路成望着她，眼睛里闪耀着让人看不懂的光芒，"你今年25岁了，许多女孩子都会在这个时间段考虑嫁人、生孩子，这期间会耽误多少时间精力不用我多说。我只想问你一句，如果我提拔你当星澜的市场总监，你能够一心一意为星澜服务几年？"

如果在一天前，石路成对她抛出这个橄榄枝，她可能会陷入两难的抉择，因为她曾经的梦想……系在另一个人的身上。可如今……钟情垂下眼睛："石总，这个问题，我能迟一些回答你吗？"

石路成望着她的眼睛里闪过许多复杂的情绪："当然可以。钟情，你非常优秀，星澜能有今天的所得，你功不可没，所以我给你时间，好好考虑。"

回到休息区，连热衷美食的李茶都消失影踪。钟情划开手机屏幕，看到大约十分钟之前李茶发来的信息："钟情姐，我去前面玩一会儿，你和大BOSS谈完，也过来一起吧！"

去前面，无非见人、聊天、洽谈业务。钟情自认此时没有那份心力去进行一切社交活动，可又不想一个人坐在空旷的大厅里，面对着食物的残香，以及窗外的皑皑雪色。她在原地站了一会儿，最终还是倒了杯热橙汁，往前厅走去。

回到人声鼎沸的场所，耳朵立刻被活泼的轻音乐填满，仿佛连心跳都跟着活络起来。钟情找了个僻静的角落，看着李茶在不远处与一名年轻男子翩翩起舞，一边缓缓啜着暖洋洋的橙汁。

一整天的混乱无措，疲于应对，到头来，却连个关心她有没有吃饭的贴心人都没有。所有的难过和茫然，最终倒要靠手里这杯温暖的饮料来抚慰。钟情垂下眼帘，恰到好处地遮掩住眼睛里渐渐丰盈的泪水。

"钟小姐，能赏脸跳个舞吗？"

钟情飞快地抬起手指，抹掉眼角溢出的温热液体，一边朝着说话的人抬起头来。

黎邵晨穿着浅灰色衬衫，搭配蓝白相间的条纹领带，宝蓝色西裤，脚踩一双白色布洛克皮鞋，微微笑着朝她递出右手。原本那件宝蓝色西装不知被他扔在何处，他模样生得英挺，原本颜色跳脱的领带和皮鞋，被他通身气势压下来，不仅不觉轻浮，反倒衬得他英姿勃勃、眉眼生动。

钟情注意到他没穿西装，第一反应就是道歉："不好意思，毁了你的西装。"像他们这样的人，出席类似场合，总会非常注意自身形象。前情暂且不提，今晚的事，总是她做得不对："你把西装给我吧。稍后我送干洗店清洗干净，再给你送回去。"

黎邵晨翻了翻自己的手掌："钟小姐，我过来可不是为了向你要清洗费，而是邀你跳舞的。"

钟情这才意识到，自己让对方伸出手掌，空等许久。旁边已经有人朝这边望过来。钟情稍一犹豫，便把右手搭了上去，一边低声说："答应你跳舞，是为了道歉。"

黎邵晨"噗嗤"一声笑出来，环住她的腰一个转身，把人带入舞池。

"你笑什么？"

"早就听闻钟小姐性格爽快，爱憎分明，可没想到你这么记仇。"黎邵晨朝她看了一眼，目光中闪过一丝笑意，"怎么，还在记恨我之前跟你抢生意？"

不提还好，一提钟情可是一肚子气："你跟沐先生是旧相识，我当然比不了。"她口中提到的沐先生，就是这次星澜拉到的投资商，M&X现任总裁沐锦天。

黎邵晨笑得更夸张："我和他认识是不假，不过也没你想象的关系那么好。"说着，他意有所指地瞥了她一眼，"否则，人家怎么最后会放弃我这个旧友，转投星澜怀抱。"

钟情脸色不善地瞪他："那是我和我的同事最终靠专业素质打动了沐先生。别说得好像我们用了什么不入流的手段似的。"

"是，是，说起专业素质，钟小姐可是业界翘楚。"他唇角含笑，语带试探，"我们卓晨这次功亏一篑，正是因为缺少像钟小姐你这样的专业人才。"

别人给了三分笑脸，她总不好还一直端着架子。钟情脸色稍霁："过奖了。其实你也很厉害。"

"哦？"黎邵晨引领着她转了个圈，手臂一捞，又把她拉入怀抱，一双眼睛似笑非笑看着她，"钟小姐这样说，不会只是客套话吧。"

不等钟情说话，他已经松开怀抱，手掌规矩地轻放在她腰间，调侃道："如果只是客套，那可就伤透我的心了。"

钟情依旧沉着脸，说出的话却比之前多了几分真诚："不是客套话。你确实很厉害，否则卓晨也不会短短三年就有今天的发展。"

"哈哈，这可不全是我的功劳。"黎邵晨朝着她眨了眨眼，"半年前，我还只是个挂牌的副总。"

对于卓晨的历史，钟情还是相当清楚的。卓晨这个名字的由来，便是当时从两个合伙人的名字中各取一字所得来。总经理萧卓然在年中辞去职务，把整间公司留给了在此之前担当副总的黎邵晨。许多人都说黎邵晨捡了个大便宜，因为就在今年年初，业内人士估价，卓晨这家成立短短三年的公司市值已超过一个亿。但也有人说，相比当初冷面冷心的萧卓然，黎邵晨这个整天笑眯眯的家伙更不好惹，前者如果是头恶狼，后者就是只吃人不吐骨头的笑面狐狸。

如今亲耳听到当事人这样自我调侃，钟情也不好多说什么，只能照实说道："短短半年，黎总也做了不少实事。我听说接下来，黎总似乎也有打算和丽芙卡合作。"

丽芙卡是一个新兴的意大利高端服装品牌，大概几周前她就听说，他们有意在中国寻求丝绸制品的供货商。对于这块肥肉，星澜、卓晨以及另外两家公司可都是虎视眈眈。而目前看来，又以星澜和卓晨赢得这个机会的可能性最大。

黎邵晨闻言浅浅一笑，眼睛里饱含深意："钟小姐对于星澜，可真是忠心耿耿。"

钟情微微扬起下颌："在其位，谋其政。我现在是星澜的员工，代表星澜说话也没什么错。"

黎邵晨的笑容里多了几分玩味："我很期待，过了今天，钟小姐还会以此刻的立场与我对话。"

钟情眼神一变："黎总这么说，是什么意思？"

恰在这时，一曲终了，黎邵晨松开手臂，朝着她微一颔首。

眼看着人转身走远，钟情抹不下面子硬去追，却因为对方若有所指的话心神不宁。

轻盈的音乐声再度响起，同时传来众人的鼓掌叫好。钟情循着声音看去，就见石路成再度站在台上，旁边还站着浅笑盈盈的石星。压抑一天的不安和烦躁在这一瞬间涨到顶点，钟情的脸上却木愣愣的，整个人如同石雕一般，僵硬地站在原地。

哪怕李茶走到身边小声地跟她讲话，她也一个字都听不进，眼睁睁看着石路成在台上说了什么之后，在众人的鼓掌和欢呼声中，一个身穿白色西装的年轻男子拾级而上，走到台子正中，和石星并肩站到一起。

他们两个今天都穿着白色系的衣裳，石星模样清纯靓丽，身着一件香奈儿珍珠白色花苞裙，柔顺的长发上还别着一枚水晶发卡，整个人如同一枚光泽耀眼的明珠一般，静静地不说话，也已经吸引了全场的目光。而站在他身边的那个男子，眉目清浅，气质儒雅，一身白衣风度翩翩，甫一上台就引起许多年轻女孩的关注和讨论。

连李茶都用赞美的语气说："哎，你家陆河长得就是好看，穿白色西装真是帅爆了！"紧接着又小声犯起了嘀咕，"今天也怪了，陆河怎么总跟石小姐还有石总站一块，要站也应该是钟情姐啊……"

钟情看着石路成站在台上，嘴巴一张一合，说了许多话，旁边的掌声一浪高过一浪，还有人吹起了口哨，好像在起哄。石星在众人的目光中，轻轻挽起陆河的手，那目光似有若无地朝着她看过来——如同针尖，让人瞬间清醒过来。

钟情回过神，才发现李茶抓着她的手臂，一直在小声问："钟情姐，钟情姐……你答应我一声，你别吓唬我啊！"

钟情"嗯"了一声，发现自己嗓音特别沙哑："刚刚石总说什么了吗？"

李茶也觉得浑身发冷，却还是先摸了把钟情的额头："钟情姐，你额头好烫，是不是发烧了？"

钟情抓开她的手，执着地想要一个答案："他说了什么？"

"钟情姐……"李茶见她目光失焦，额头隐隐沁出一层冷汗，整个人看起来仿佛一阵风就能刮倒了，不禁又焦急又心慌，可也知道她此时此刻大概整个人都蒙圈了，才会从自己这儿执着讨要一个答案。而自己，即便只是那个重复别人话语的人，却觉得每吐出一个字，都残忍得厉害："石总说，石星和陆河今天订婚。婚礼就定在小年夜，那一天公司原本不放假，但因为他们俩订婚，会特意给大家多放半天，欢迎公司的人去参加他们两人的婚礼。"

这就是今晚所有人，包括她和李茶在内期待了一整晚的惊喜。

那句话是怎么说的来着，很多时候，当你信心满满揣着梦想冲进战场，却被现实狠狠甩了一个耳光。钟情有些木然地想着，她今晚并不是奔着梦想和胜利来的，她只是来参加一个再普通不过的公司年会，年会上有自己的领导、同事、最好的朋友和最信任的爱人，可怎么才不过一转眼的工夫，自己就被一个耳光打得满地找牙呢？

钟情转过脸，目光直直看向被簇拥在人群中的那个人，却见他微微蹙眉，恰好收回望向这边的视线。他大概很嫌弃自己还厚着脸皮站在这里吧，或者是在担心她会在这个节骨眼儿上闹起来，让所有人脸上都不好看？钟情一面想着，一面将目光投向站在他身边的那个年轻女孩。

此刻的石星，真如她的名字那般，成为今天晚上万众瞩目的耀眼新星，满脸都是甜蜜的笑容，从容地接受周围人的祝福。

"钟情姐，我送你回家。"李茶的眼睛里透着担忧，语气却很坚决，"我不知道你病得这么严重，还非要拉你参加这个晚会。现在看来，不参加也没什么。"

钟情突然想起了什么，划开手机开始拨打某个号码，铃声只响了三声，就被对方挂断了。钟情再拨，听筒里传来对方手机已关机的提示音。

钟情突然松开手，用了整整四年的手机落在地上，声音淹没在一片人声鼎沸之中，半点动静都没传入耳中。就好像她辛苦经营四年的爱情，开始得悄无声息，结束的时候，也静悄悄地没一丝声响。

Chapter 01

光影流离

或许人有时是这样的，
用得久的东西，
并不是心里多喜欢，
而是时候长了，
慢慢成了习惯。

钟情病了。

跟公司告了病假，顺便把积攒两年的年假也一起用了。这期间，除了三两个关系不错的同事打来电话问候，电话再也没有响起过。

周六的清早，门铃却破天荒响了起来。

打开门的时候，李茶几乎认不出她的模样："钟情姐，你怎么瘦成这个样子。"

烧已经退了，没吃药也没打针，纯粹靠被子和热水，发了一身又一身的汗。最终退烧的那一天，她站在镜子前望着自己，也觉得镜子里那个人陌生得厉害。苍白，消瘦，眼睛里没有一丝光亮。好像有什么东西在她身体里拼命燃烧过，最终又伴随着来去匆匆的病毒一起消失了。

房间很小，但胜在整洁干净。钟情坐在沙发上，端着李茶从家里带过来的鸡汤，面前放着一碗热气腾腾的白饭。

李茶就坐在她对面，眼看着钟情喝完一碗鸡汤，又就着白饭吃掉大半鸡肉，这才开口："钟情姐，你不在公司这一周，公司都在传……"

钟情不明所以地抬头。

李茶咬了咬嘴唇，最后还是鼓起勇气说了出来："公司都在传，你之前一直在追陆河却没追到，知道他和石小姐好了之后，还曾经想从她那里撬走她的未婚夫，所以宴会那晚你才会当众晕倒……"她瞪着大大的眼睛，一股脑地说道，"钟情姐，其实要不是你告诉我你跟陆河好了那么久，平时真看不出来你们是男女朋友的关系，你们两个瞒得也太严实了。现在公司里风言风语传得厉害，我看即便现在咱们把所有真相捅出来，也不会有人相信了。"

钟情没有讲话。

李茶眼睛里闪过一丝难过："钟情姐，你心里怎么想的，找不到别人说，就跟我说说吧。不论别人说什么，我都站在你这边。"

钟情抬起眼睛看她，就见李茶双手抓着背包带，语气有点落寞地说："你还记得我之前总说起的那个男朋友吗？其实从前我总说他对我的好，但我一直不好意思告诉别人，他在临毕业时被一个我们共同认识的朋友撬了墙脚。那段时间，我每天都把自己关在家里，后来我妈实在看不下去，才把我赶出家门，让我到星澜上班……"她偷偷看了一眼钟情，最后如同小动物一般，小心翼翼地挪到钟情身边，抱住她的手臂，小声哭了出来："你要想哭就哭吧。这种事别人不懂，可我知道，别人都说他不好，可他也曾经对我好过的啊。"

钟情原本喝了鸡汤，吃了白饭，生锈一周的身体好像终于活了过来，被李茶这么抱住胳膊哇哇大哭，一时间只觉得鼻子发酸，却还是忍不住笑着说："你是双鱼座的吧？"

李茶哭得正心酸，冷不防听到这么一句问话，抹着眼泪抬起头看她："呜……钟情姐，你，怎么知道？"

钟情看她哭得当真投入，脸颊上还挂着两行泪痕，从纸巾盒里抽了两张纸巾递给她："脾气好，心肠软，还对抛弃你的前男友旧情难忘，不是双鱼难道还是天蝎？"

李茶点点头，颇觉有理，被她这么一转移话题，也忘了哭了："那钟情姐你是什么星座？"

钟情静了片刻，没有回答这个问题，转而问她："这一周都没怎么见你给我打电话，公司是不是忙得一团糟？"

李茶瞬间睁大眼睛："可不是！还说呢，本来那天我送你回家，第二天就要来看你来着。我还跟我妈打好招呼，说让她在家炖点滋补的，我好每天给你送过来。"说到这儿，她眯起眼睛笑了笑，"我妈一直都知道你，我到公司第一天就犯了错，还是钟情姐你帮我解的围。后来我妈知道咱俩越来越好，就总念叨着让我带你回家吃饭，可你之前一直说没时间……"

李茶提到的解围，钟情想了好一会儿，才记起是怎么一回事。李茶当时第一天到公司，被其他人支使去打印资料，却赶上打印机出毛病，被公司的同事好一顿数落。正巧钟情从外面回来，看到这一幕，二话不说蹲在那忙活一会儿，连维修工都没叫，直接把打印机弄好了。弄好之后，还好心地告诉她，对于打印资料，每个部门的具体要求都不一样，该双面打印还是单面，需不需要装订在一起甚至弄标签，最好事先先问过当事人的意见。

这样一件事，对于钟情不过举手之劳。对于李茶，却是毕业、失恋、找到新工作之后，得到的第一份来自陌生人的善意。后来，李茶被调到钟情所在的部门，两个人随着越来越多的接触，一起工作、一起加班、一起吃饭聊八卦，彼此的关系也越来越好。钟情性子偏冷，李茶偏偏是个热闹的脾气，相处得久了，倒也彼此互补。就钟情和陆河恋爱多年的事儿，一直避着公司领导和所有同事，却从没瞒过李茶。也正是因为这个原因，从宴会那天起，李茶每每想起此事，都一副义愤填膺的模样，总想为好友讨回公道。

思及往事，钟情忍不住微笑："那等过几天，我就去你家拜访叔叔阿姨。今天真多亏了你的鸡汤，让我吃了一顿饱饭。是阿姨的手艺吧？汤炖得很香很浓。"

李茶摇摇头："没有没有。这次真是我不好。本来说好第二天就要过来给你送东西来着，可是钟情姐，你是不知道，这几天咱们公司简直闹翻天了！"

"怎么了？"

李茶说起来，还是一副心有余悸的模样："前一天石总刚在晚会上宣布完喜事，再加上咱们最近拉来了大笔投资，本来整个公司上上下下都喜气洋洋的。可是第二天，石总在办公室突发急性心肌梗，被送到医院去紧急治疗了！"

本来还以为李茶是小姑娘没经过风浪，所以才一点小事都当成了不起的大事来说，可听到这儿，也把钟情惊了一跳，连忙追问："那然后呢？"

"然后石总就被送进医院了啊。公司原本什么都是石总说了算，开会、签字、出差，都需要经过石总同意。结果石总突然发病，全公司都乱套了。"李茶说起来也很郁闷，"再加上在那之前，钟情姐你还请了长假，你根本想不到，这一周大家伙儿是怎么熬过来的。"

不难想象。正如李茶所说，星澜虽然是老公司，但一直规模不大，管理体系也比较老化，各部门的分工定位都不明确，还是过去那种什么都是一个人说了算的制度。石路成突然心肌梗住院，星澜就如同一盘散沙，连个日常的决策人都没有，如何能不混乱？

如果她这时在公司，或许还能帮上不少忙，可恰巧在这之前她就请了长假……不是钟情自大，她来星澜三年，虽然职位还没有坐到总监的位置，但已经是业内公认的石路成的左膀右臂，如今没有她在公司压阵，公司那群人忙活成什么样，可想而知。也难怪李茶说一直忙到周末才抽空出来探望她。

"钟情姐……"李茶望着她，小心翼翼地观察她的神色，"你还打算回星澜吗？"

钟情沉默了好一会儿，才说："我也没有想好。"

"我懂。"自从旁观钟情和自己有着同样惨痛的情感经历，李茶每次望着钟情的眼睛里都满满写着三个大字：我懂你。

她兀自沉寂了一会儿，才又说："钟情姐，你别怪我多管闲事啊。但我其实好奇很久了，为什么你和陆河在一块，从来都不跟大家说。石总虽说有点古板，但从来没说不允许办公室恋情，更何况你和陆河本来也不是一个部门的……"不等钟情回答，她又飞快补充道，"你要是不想说也没关系，就当我没问过好了！"

"我想洗个澡。"这一次，钟情没有沉默太久，她抬起头看着李茶，"今天真多亏了你，小茶。我想去洗个澡，换套衣服，然后你陪我一起去逛逛街吧。"

"好哇！"李茶高兴地站了起来，她看了眼表，"其实现在还很早哎，要不钟情姐，咱们俩一起去郊区玩一圈吧！"

钟情看了眼墙壁上的挂钟，李茶来得早，喝过鸡汤又聊了会儿天，才八点半左右。如果去郊区玩一趟，周一早上再回来，也确实赶得及。

去远一点的地方走一走，也确实符合钟情当下的心情需求，她点点头："那我去洗个澡，收拾一下。"

"嗯！钟情姐，你慢慢收拾，我也回家拿两件换洗衣服，待会儿正好让司机送咱们过去！"

送走李茶，一个人回到卫生间放了一缸热水，钟情往里面放了一颗薰衣草味的浴球，脱掉衣服，整个人浸到水里。薰衣草的味道，刚开始接触会有点闻不惯，并不是想象中那种纯粹的花香，反而有点草药的香气。但是用得时间久了，钟情也渐渐喜欢上了。睡不着觉的夜晚，她总会泡一杯薰衣草茶，闻着香气就觉得心神都平静下来。

或许人有时是这样的，用得久的东西，并不是心里多喜欢，而是时候长了，慢慢成了习惯。而习惯总是最难戒的。

离开公司已经一周的时间，钟情每天不是喝热水、看电视，就是在睡觉。都说发烧让人脑子糊涂，可她却越烧越清醒，像现在这样浸泡在香气氤氲的热水里，脑海里总是不断浮现过去的情景。

她和陆河相识六年，相恋四年，最早的相识并不是许多人以为的校园，而是在家附近的一个公园里。那天午后，下着大雨，她下了公交车，为了抄近路回家，就选了横穿公园的那条小径。快走到公园门口时，听到有小孩子的哭声，她一路走，耳听着哭声越来越近，最后在一棵大柳树下看到了小孩的影踪。

穿红裙子的小女孩，扎着两根大辫子，看起来约莫六七岁的样子，正站在树下呜呜地哭着。旁边蹲着一个穿白T恤的年轻男生，手里的伞几乎全都撑在小女孩的头顶，一边还在低声安慰着什么。

钟情走到跟前，就听到那个年轻男生用很温柔的语气说："你不要哭了好不好，哥哥给你买糖吃。"

"我要噜噜……"

"噜噜，噜噜是什么？"男生微微皱眉，看起来有点费解。

"噜噜是她养的一只小狗。"钟情认出小女孩是住在自己那栋楼的一个邻居家的孩子，走上前，摸了摸小女孩的头，"莎莎，下这么大雨，你怎么一个人跑出来了？"

"噜噜丢了……"小女孩哭得直打嗝，"我找不到它，妈妈……妈妈会说我的。"

钟情摸到小女孩的额头发烫，连忙说："妈妈不会的。你先跟姐姐回家好不好？莎莎有没有觉得哪里难受？"

"她怎么了？"男生转过脸，仰着头看她。

钟情这才将视线移到男生身上，他蹲在那里，仰着脸看他，俊秀的眉微微蹙着，眼睛里明明白白写着担忧。

就是这样的眼神，以后无数次地出现在她的眼前，还有梦里……在她生病、难过、无助地哭泣时，陆河总是用这样的眼神看着她，把她揽在怀里，轻声安慰。

即便已经过去这么久，她依旧清楚地记得，两个人的第一次见面，是在下着大雨的公园，他穿着干净的白T恤，周围尽是蒙蒙翠色，还有后来被他抱在怀里的红裙子小女孩。以至于很久之后，回忆起两人初见的情景，钟情压根儿不记得自己穿的哪条裙子、梳着什么发型，最后还要靠陆河浅笑着娓娓道来。

那天把孩子安全送到家，两个人准备道别时，才发现陆河不久前刚搬到钟情家隔壁的那栋楼，清河镇地方小，人口也少，算来算去，两个年轻人倒成了一对新邻居。

再之后，两个人寒暑假回家的时候，总会在小区里碰上面。次数多了，便各留了联系方式。钟情在平城念大学，而陆河就在离家不远的吴郡市区，渐渐地两个人联系的时候多了，相处起来倒有点像网友。

两个人真正走在一起，是在大三下学期的事了。彼时两个人已经非常熟悉，尽管相隔千里，却是无话不谈的好朋友。暑假陆河和几个朋友一起到平城旅游，钟情热情地做起了导游。爬香山的时候，钟情走在前面，脚下一个趔趄，整个人向后滑倒，陆河机敏地从后面托住她的身体，顺势拉住她的手。

而在那之后，他拉着她的手，再也没有松开。

一年半后，陆河成功考入钟情所在学校的研究生，而钟情已经进入星澜工作一年有余。再之后的两年，陆河即将升入研三，学校正事不多，他便也进入星澜工作，成为钟情的同事。

对外，他们仅是同一所学校毕业的校友；对内，他们却是彼此相恋、相守四年的情侣。如果不是一周前的那天，她在卫生间听到同事议论他和石星的种种，如果没有那天晚上石路成在晚会上宣布他们即将结婚的消息，恐怕直到今时今日，她还会被蒙在鼓里，茫然不知。

相比陆河的背叛，更让钟情无法接受的，是他完美无缺的隐瞒和欺骗。请假在家的这一周，意识模糊半梦半醒之间，她总会神经质地突然惊醒，然后大脑开始巨细靡遗地回放两个人相处至今的每一个细节，尤其是陆河进入星澜这一年的种种。

陆河和她并不住在一起，因为还没有毕业，他至今仍住在研究生院的宿舍；而她却从两年前就租住了这所小公寓，每天都是一人独居。只有到了周末，陆河才会过来，两个人一起做饭、看电影，更经常的是一起出去逛街轧马路。

没有半夜打来的电话，没有遮遮掩掩的交谈，更没有别人似有若无的暗示……论坛和微博总结的那些方法，放在她和陆河身上却偏偏没了普遍适用性，完全不起作用。整整一周的时间，钟情想破了脑袋，就是找不出任何能够证明他出轨的蛛丝马迹。

喝了李茶送来的鸡汤、又泡了一个温暖的泡泡浴之后，百病全消的钟情一边吹头发，一边开始强迫自己正视一个事实。她自诩智商一等，却在和陆河相恋这件事上栽了大跟头。她现在需要的不是回忆和找证据，因为陆河和石星两个人已经用现实给了她一记最响亮的耳光。

如果放不下这件事，她就应该去找陆河问个明白，这比自己在这儿苦苦寻找蛛丝马迹高效多了。如果她彻底放下了，就更不应该在这里自我折磨，哪怕现在派福尔摩斯来陪她循迹追踪，也改变不了一个事实：陆河已经走了，并且很快就要跟别的女人结婚了。

端正态度的钟小姐觉得自己精神抖擞，换上黑色鸡心领毛衣，外面又套了件酒红色的羊绒连衣裙，搭配黑色大衣和高靴，站在镜前也算得上时髦大气。她将了将披散开来的大波浪，突然觉得脖子空空如也，怎么也该搭配一件亮闪闪的首饰才合适。走到梳妆台前，拉开小小的首饰盒，看到里面静静躺着一枚心形的玫瑰金吊坠。

她把坠子拿出来，发现背面刻着的"L❤Z"字样，已经有点模糊不清。毕竟不是品牌店的东西，长时间不戴，有点脱色也是正常。钟情把坠子翻来覆去看了几遍，开始时还是冷静克制的，到最后手指摩挲着那个中间的小小心形，突然之间崩溃得大哭出声。

这枚心形吊坠是今年年初过生日时，陆河送给她的生日礼物。钟情清楚地记得，那天送礼物的时候，向来儒雅克制、风度翩翩的陆河破天荒地哭了。他帮她戴上项链，单膝跪地跪在她面前，捧着她的双手说："这条项链不是什么品牌的，但是我寒假打工挣的全部工资。等我以后有钱了，就给你买黄金的、铂金的、钻石的……你想要什么样的项链，我都买给你，好不好？"

回想起那天晚上陆河语气里的小心翼翼，眼睛里闪耀的泪光，钟情哭得气都喘不上来。他在她的记忆里一直是那个为一个陌生小女孩打伞的善良大男生，是那个走在山路上小心拉住她的手却忍不住红了耳朵的羞涩男孩，是那个在冰冷夜里担心她会不喜欢礼物而忐忑下跪的年轻男人……他在她的记忆里陪伴着她走出了这么远，可为什么一个眨眼的工夫，就什么都变了。

那天站在台上和石星手臂相挽的男人，纵然清俊秀雅、风度翩翩，却不是她记忆里的陆河。他们把她的陆河弄去哪儿了？

整理了七天才平复下来的心情，在看到一枚项链坠子时顷刻破功，土崩瓦解。

李茶兴致勃勃背着小包摁响门铃，拉开门时看见的就是一个精心打扮、又满脸狼狈的钟情。她同情地望着钟情肿成两个核桃的双眼，轻声建议："要不……咱们今天还是待在家里吧。"

钟情已经转身去拿自己打包好的行囊："没事，我都收拾好了，咱们这就走。"这个房间每一个角落都存留着她和陆河的回忆，如果她还想好好活着，那多一秒钟她都不能再待下去。

Chapter 02

平城之冬

这世上，
并不存在一方单独为另一方全身心付出且又
至死不渝的爱情故事。

冬季的平城并无太多景点可以消遣，好在有专车接送，两个年轻女孩可以在出城的路上慢慢商量。

李茶的母亲得知两个女孩结伴出行，特意嘱咐司机在路上多做关照，务必保证两人的人身安全。司机是个四十来岁的大叔，也姓李，在李茶父亲的手下干了二十多年，说起来也算是李茶的半个长辈。见两个人都没主意，司机老李便提议："小姐，钟小姐，这个季节可以去东郊滑雪，顺便泡温泉，吃一吃那边特色的全鱼宴。"

"哎，这个好！"李茶也来了精神，"说起来我也好久没泡过温泉了。"

钟情却有些为难："我不会滑雪……"她自小生长在南方小镇，来到平城后，每日都在为未来和梦想打拼，偶尔有了闲暇，也都把时间分摊在与陆河的相处上，偌大的平城，许多经典和好玩处她莫说前去，甚至连听都没听说过。

"那里有教练专门教，不难！"老李笑呵呵地说，"说起来，我们小姐也不太会滑，每次都要狠狠栽几个跟头才肯回家。"

李茶登时有些窘，瞥到钟情脸上的愁色，也顾不上面子，干脆拿自己逗闷子说道："对啊！反正我也不太会，到了那儿就是瞎玩呗！"

钟情见两个人都兴致勃勃，便点头答应："那咱们就去滑雪吧。"

周末的清晨，出城车辆颇多，车子一路走一路堵，到了某处更看到远处架起了黄色的隔离带。

"怎么了？"李茶到底是小孩脾气，看到有热闹就摇下车窗，抻长脖子向外看，"李叔叔，前面是出车祸了吗？"

"有可能。小姐还是把车窗摇上，注意安全。"老李仔细叮嘱过李茶，才解释说，"前面应该是出了什么事故，否则不会堵得这么厉害。"

车子几乎一路挪动向前，比之步行也快不了多少。车内的暖气开得很足，钟情和李茶两个人挽着手臂，坐在后座，渐渐都有些昏昏欲睡。突然间李茶又把车窗摇下，一面拍着钟情："钟情姐，你看那个人是谁！"

钟情顺着她手指的方向看去，就见路边零星站着三两个人，旁边还有交警问话，细一打量，其中一个男人侧面朝着她们，穿着灰色休闲外套，单手插着裤兜，看起来有些漫不经心的姿态，脊背却挺得笔直，正是前不久才在晚会上见过的男人。

"黎邵晨……"钟情念出他的名字。

一旁李茶却很兴奋，一双大眼睛亮闪闪地看着她："我记得那天晚上他还邀你跳舞了！钟情姐，你说他是不是对你有意思？"

钟情骇笑，脸上的表情几乎僵住，显然对李茶的无端揣测惊吓不小："乱讲，我跟他一点儿都不熟。"

说话间，钟情又朝着窗外望了一眼，却见那个两人谈论的对象正朝着车子方向走来，脸上挂着一贯让人讨厌的笑。

李茶很快也发现他朝着这边走来，掐着钟情手臂小声嚷嚷："他过来了！"

前面老李听到两个人的动静，发问："小姐，钟小姐，是认识的朋友？"眼看前方车子缓缓开动，他说，"这边讲话不方便，要不我把车子停到应急车道吧。"

钟情还在犹豫，李茶却已经拍了板："开过去吧！"一边还朝外面的人打了个手势，示意他不用走过来了。

很快，车子在外侧车道停妥，李茶和钟情先后下了车，就见黎邵晨并另外两男一女一同走了过来。

黎邵晨走在最前面，便为几人作介绍："这位是钟情，李……"

李茶在旁边飞快地接道："我是李茶。"一边说着，还俏皮地歪头一笑。

黎邵晨也回以一笑，又指着身旁几人道："这是我们卓晨的正牌老总，萧卓然。这位是他女朋友姜如蓝，这位是展陆。"

几个人相互问好，钟情见到他们中间还有一位女士相随，联想起之前看到交警问话，便问："是出了什么事吗？"按理她和黎邵晨算不上熟稳，这人虽然总是一张笑脸，也是个知晓分寸的，不会无缘无故半路遇上就往上贴。

黎邵晨扯着嘴角笑得有点无奈："被后面的车追了个尾，有点儿严重。"钟情和李茶顺着他的目光看去，就见车辆已经被拖到一边，好好的一辆咖啡色沃尔沃，车子后部被撞得屁股瘪进去一块，可怜兮兮地缩着尾巴蹲在一边，那情形可远不止是"有点严重"。

钟情和李茶几乎同时说出声："人没事就好。"

对面站着的女孩也朝着她们两人笑笑："是啊。幸好邵晨的车技还不错。"

钟情无声地微微挑眉，真没想到，和几个朋友出行，黎邵晨还要担当车夫角色。

黎邵晨仿佛知道她为什么挑眉，朝着她挤了挤眼，笑着道："周六一大早，两位小姐这是往哪里去？"

这一次老李先说话了："黎先生是想搭车吗？我们小姐和钟小姐打算去东边滑雪场。"

黎邵晨惊喜地展眉："那正好！我们本来也要去那边，听说那边山里新开辟了一处温泉小镇，还可以吃全鱼宴，我才说带着我们萧总和嫂子去玩一趟！没想到出门不利啊！"说着，他将目光投向钟情，还露出一抹有点可怜兮兮的惨笑来。

老李这一次没有发话，而是把话语权交给了李茶和钟情。

站在黎邵晨身边的男人面容俊美，却一直没什么表情，到了这时才开口道："我们人多，本来不便同行，不过小如身体一直不太好，如果能够搭你们的车子先过去，那就最好不过了。我们三个人稍后再过去与你们会合，不会耽误几位太多时间。"

钟情认出这人就是黎邵晨口中的萧卓然萧总，听闻这人年纪轻轻，却已经退出平城商界，把卓晨全权交给黎邵晨打理，自己则与女友移居外省小城，提前退休过起了逍遥日子。今日一见，别的尚且不能确认，这疼老婆倒与传闻相当一致。钟情和李茶交换个眼色，两个女孩子本来就是外出散心，也无谓多出一个人同行。

李茶热情地招待："那姜小姐就赶快上车吧。车里暖和些。"

萧卓然朝着李茶和钟情微微颔首："多谢了。稍后在那边会合，大家一起吃顿便饭吧！"

钟情看出这人跟黎邵晨一冷一热，但明显这一位说话做事更为沉稳，道谢也是诚心实意，和李茶稍一合计，便说："那好，我们就把姜小姐送到温泉小镇，中午大家一起用饭。"

黎邵晨的表现则更夸张，学古代书生那般朝着钟情和李茶的方向作了个揖："小生在这儿代兄弟谢过两位小姐啦！"不等几人发笑，他自己已经正了面色，低声嘱咐老李，"路上注意安全。多谢。"

直到车子开出一段距离，钟情注意到，萧卓然还站在原地看着车子的方向，明明渐行渐远，却能感觉到他的目光始终追随着车子里某人的一动一静。转过身，就见姜如蓝坐在自己身旁，蛾首微低，并不是让人第一眼就惊艳的模样，却透着一股温润如玉的宁静美好。

坐在副驾的李茶注意到钟情的眼神，不禁笑道："钟情姐你看什么呢，都看呆了！是觉得人家姜小姐长得比你还好看吗？"

姜如蓝听到这话，也抬起头来，瞧了瞧李茶，又看向钟情，浅笑着说道："你们两个都长得比我漂亮多了，还拿我的容貌开玩笑。"

钟情浅浅一笑："没有。我刚刚是在看你家那位，咱们的车子都开出去很远了，就他还站在原地一动不动地望着。他对你真好。"

这么一说，姜如蓝微微有些脸红："他……是对我挺好的。"

一聊恋情，李茶就来了精神："姜小姐，你给我们讲讲，你和萧总是怎么认识，怎么谈恋爱的呀？怎么就找到这么个长得又帅、又多金、对人又好，还不是Gay的好老公！"

钟情和姜如蓝几乎一齐笑出来。

姜如蓝微微凝神，过了一会儿才回答："我们两个，起先是同事，一起经历了许多事，最后才在一起的。"

钟情看着她眼睛里隐隐透露出的坚定，脱口道："你一定也为他付出许多。"

这世上，并不存在一方单独为另一方全身心付出且又至死不渝的爱情故事。像萧卓然这样一眼望去就觉得木秀于林的男人，能对眼前这个女孩子死心塌地，两个人之间的"经历"，一定比姜如蓝三言两语概括的多许多，也沉重许多。

姜如蓝有些诧异她的洞察力，静了片刻才点点头："是。"过了一会儿又忍不住夸赞说，"之前才回来的时候，就听邵晨在饭桌上提起你，说你聪明又美丽，没想到今天会在这种情况下遇见。钟小姐不只是聪明，观察人也细致入微。"

说者无意，听者有心。原本是真心夸奖的话，听在钟情耳中，却觉得锥心一般。如果自己真如旁人所说那般聪慧细致，又怎么会对陆河的出轨和背叛一无所知。这样一想，一股绝望和荒谬顷刻之间罩头浇下，让她几乎喘不过气来，脸色也在瞬间苍白得厉害。

姜如蓝见她神色不对，便轻轻推了推她的手臂："钟小姐，你是身体不舒服吗？"

旁人不了解个中缘由，李茶却比谁都清楚钟情的心病，连忙替她圆过去："钟情姐之前大病了一场，才好，所以我们俩才说到郊区散散心。"

姜如蓝闻言，轻轻触了触钟情额头："还好，没发烧。"她见钟情脸色苍白，神色也不对，瞬间明白过来自己刚才言语间触到了旁人心事，便也顺着李茶的话改口道："散散心是不错。我之前在网上看了那个温泉小镇的介绍，就想说一定要过去看看。你们原本是打算去滑雪？"

"对呀。"李茶说，"我们原本的计划是滑雪、泡汤、吃全鱼宴。不过如今顺序颠倒也不错。"

姜如蓝面上浮现几许歉意："真不好意思，让你们临时改换行程。其实我在那边跟他们等一等也没关系，卓然已经叫了车，过个二十分钟，大概也就到了。"

"不一定的。"钟情回过神，连忙加入两人谈话，"我们过来的时候，一路堵车，今天出城车辆很多，堵一堵，等个四十分钟一个小时也是有的。"

"对呀。"李茶挤了挤眼，笑得有点坏，"真让你在冷风里等那么久，萧总还不得心疼死。"

三个女孩子一路说说笑笑，老李把电台都一早关掉，听着几人谈天说地，偶尔和景色天气相关的，他也会插几句，没人再觉得困倦。再加上沿途越发顺畅，不多时，车子就开到了山里。老李这时才说："前几天下了雪，这边山路不太好走，几位小姐都坐稳了。"

李茶乖巧地挺直脊背："放心吧李叔叔，我安全带早就系好了。"

这句话倒是提醒了老李："钟小姐、姜小姐，你们二位最好也系上安全带。"

常年居住在都市，道路平稳得连颗石子都少见，许多人坐在车后座，都没有系安全带的习惯。听到老李提醒，钟情和姜如蓝也都各自系好。

钟情望着车窗外的山景，不由得感慨："山里的雪化得真是慢啊。"

"嗯。"姜如蓝望着远处山峰的雪色，突然说，"对了，我记得那个小镇的介绍，说庄园里还有菊花节，不知道咱们这会儿过去，能不能赶上。"

山路难行，又有积雪，老李一心专注在开车，这一次难得地没有搭腔。

李茶拿出手机："我看看网上的评论。"刷了好一会儿，什么都没刷出来，李茶小声嘟囔："这山里信号可真够差的。"

听她这样一说，钟情和姜如蓝也各自拿出手机，发现不仅网络连不上，连接打电话的信号都没有。

钟情望着姜如蓝的侧脸，有些担忧："到时会不会联系不上他们？"

"没关系。"姜如蓝露出一抹浅笑，"等到了小镇里面，如果信号还不好，可以借他们的固定电话用一用。或者干脆就坐在大厅里等。现在通讯这么发达，怎么样都能联系上的。"

钟情看着她自信的笑颜，不禁艳羡："你和萧先生的默契真好。"一般妻子遇到这样情况，可能会急得不行，唯独她镇定自若，想来两人一定经历过类似情形，才会如此淡然地说出这些话来。

姜如蓝望着她的眼，轻声说："钟小姐这么聪明，将来一定也会遇到与你默契相守的伴侣。"

李茶捣鼓完手机，正好听到这一句，顿时精神了："那我呢？"

姜如蓝笑着说："你这么可爱，肯定也会遇到一个真心疼爱你的好丈夫。"

李茶对于恋爱结婚相当有热情，听了这话顿时双手合十，一脸虔诚："借你吉言！阿弥陀佛！"

车子里几个人都笑出来。

Chapter 03

曾 经 深 爱

她万万没想到有一天，
会由自己曾经深爱的那个人，
来证明自己的愚不可及。

诚如钟情的预测，黎邵晨等人赶到温泉小镇时，已经是一个小时之后的事了。好在三个大男人年轻力壮，在冷风里站了一个小时，也不当回事，黎邵晨还一脸庆幸地拍胸口表示："幸好当时先把嫂子送上车了。"

　　一桌饭菜摆满，并不是传说中的全鱼宴。几个人到了地方才知道，全鱼宴需要提前预订，且是晚上才上桌。也就是说最快也要到周日晚上才能吃到。好在山庄里特色菜颇多，早到的几人循着各自的口味，林林总总点了不少，端上来摆在桌上，看起来颇有山野风味，李茶看着新鲜，拿着手机拍个不停。

　　萧卓然让人开了一坛庄园自酿的桂花米酒，率先举起杯来敬酒："今天多亏了李小姐、钟小姐，还有李先生，山路不好走，三位一路辛苦。"

　　老李虽然也是见过大场面的，到底不擅长说这些，只是摆了摆手，说了声"客气"，便坐了回去。

　　李茶也坐下来，一边啧了啧舌："没想到我也有被卓晨老总敬酒的一天！人生真是好多想不到啊！"

　　她说起话来表情实在丰富，看得人忍俊不禁，全桌人都被她逗得笑出来。

　　黎邵晨将一屉手磨豆腐推到中央，一边招呼众人："这个是泉水豆腐，据说好评不断，每桌都会点。大家都来盛点尝尝。"

　　敬过了酒，也说过了玩笑话，桌上气氛比之前活跃不少。一说到吃，一众人都活跃起来，推杯换盏、夹菜倒酒，倒也吃得和乐融融。

　　也不知是有心还是无意，姜如蓝安排座位的时候，把钟情和黎邵晨安排到了一处。两个人挨着吃饭，本来难免就要多说两句话。不想才吃上没多久，钟情就发现身边这个人是左手用筷子，筷子轻轻一歪，恰巧就纠缠住她一绺头发。

黎邵晨转脸一瞧，顿时笑得有点坏："我突然觉得，咱们俩还挺有缘分的。"

钟情拽回自己的头发，端起杯子，轻轻尝了口米酒，压根儿不理人，打算以不变应万变。

一般男人遇上这种情形，尴尬之下，大概也就不会再多说什么。可她忽略了一点，黎邵晨不仅不是一般男人，还是个脸皮不一般厚的男人。眼见钟情不理人，他干脆把椅子往近一挪，端着酒杯和钟情手上的轻轻一碰："哎！"

钟情一口米酒含在口中，险些噎到，转过脸瞪他："你有什么事吗？"

黎邵晨收敛了往日里嬉皮笑脸没正经的姿态，一脸认真加诚恳："有啊！"

钟情依旧没有好脸色："正事有吗？"

"就是正事啊！"

"那就说。"

"是！"黎邵晨抬起两指在额头轻轻一碰，行了个帅气的军礼，"请小姐听我慢慢道来。"

既然说是正事，钟情便转过脸，两人面对面地说个仔细。

哪知道黎邵晨之前挨得太近，她这样一扭脸，恰巧碰到他的鼻尖，吓得钟情脸色骤变，整个人瞬间后仰。

黎邵晨摸了摸鼻子，有点瓮声瓮气地说道："我没想占你便宜，我的鼻子是好鼻子。"

钟情也知道自己有点反应过度，见他一个大男人这样卖萌，几乎哭笑不得，只能坐直身体，绷住脸皮："有话赶紧说，别总是没正经的。"

黎邵晨咳了一声，也一副正襟危坐的样子，压低声音说："是这样的，钟小姐，我之前在工作场合几次跟你接触，也听过业内一些人士对你的专业评价，最近也不知怎么的，三番两次遇到你，于是我在想……"他突然停下来，以一种前所未有的深邃眼神望住她："钟小姐，你要不要考虑一下？"

起初钟情听得懵懂，后来莫名觉得黎邵晨的眼神不太对劲，到最后听到"要不要考虑一下"这几个字眼，瞬间明白过来，只觉得荒谬又可笑："可是我跟你根本就没见过几面！"

黎邵晨不以为意，继续一脸深情地望着她："以后我们可以天天见面！"

钟情被他看得鸡皮疙瘩快要起来："你对我根本不了解。"

黎邵晨非常固执："天天见面，日日相对，很快我就会对你了若指掌。"

钟情觉得整件事荒谬透顶，几乎要笑出来："你怎么会突然有这个想法的？"

黎邵晨的神色却越发认真："看来钟小姐刚刚没有认真听我讲话，我跟你在争取M&C投资案中几次接触，后来我又听不少人提起过你，我的这个决定并不是兴之所至，而是我慎重考虑后的结果。"

钟情脑子里突然绷断一根弦，她有点结结巴巴地问："你……该不会，是想……挖角？"

黎邵晨眉毛一挑："你才明白？那你之前以为我是什么意思？"他顿了一顿，眼睛里闪过一丝恍然，"你以为我对你有好感，想要追求你？"

钟情窘之又窘，几乎没法抬头："对不起，我误解了。"

黎邵晨看着她脸颊飞起的红晕，笑声低沉："看来钟小姐还是性情中人。"

钟情生怕再生误会，顾不得脸上滚烫，抬起眼看着他，连忙解释："你别多想，我……之前没有人对我说过这样的话，没有人说过要挖我，所以我误解了。"

黎邵晨眼睛里尽是笑意："我不会多想。能让你产生这样的误会，我很愉快。"

钟情不解，连尴尬都忘了："为什么？"

"证明我的说辞很动人很有感染力啊！"黎邵晨再次大笑出声，"连挖角都能说出求爱的味道，突然觉得我还挺有天分的。"

桌上顿时一片静谧。

也不知道是这两人之前聊得太投入，忽略了周围的动静，还是黎邵晨的大笑太过引人注目，总而言之他最后一句话一说出来，整间屋子都安静了。

钟情窘得恨不得当场掐死这个整天臭屁的男人，埋头吃饭努力降低存在感。

可黎邵晨的脸皮就厚多了，哪双眼睛看向他，他就一脸坦荡地看回去。在和萧卓然目光交会时，底气更足，胆色更壮："老大，怎么样，我这次挖的人是不是品质很高？"

萧卓然目光沉浮，过了好一会儿才说了四字评语："眼光不错。"

连姜如蓝都跟着凑起了热闹："钟情，你真的会来卓晨吗？"

类似的问题今天早上李茶刚刚问过她。老实说，亲眼见证陆河和石总的女儿走在一起，确实让她萌生退意；离开星澜另起炉灶，也称得上一个另辟蹊径的选择。可这也不意味着她会在冲动之下立刻离开星澜，更不意味着就要直接转投卓晨的怀抱。

钟情只觉得胸口如同塞了一团乱麻，不仅杂乱无章，而且磋磨得她的一颗心满是伤痕。听到姜如蓝的问话，她过了好一会儿才答："我还没想好。"

好在姜如蓝性情温和，听她这样说，也丝毫不以为意："那也不要紧。不过如果你能过来卓晨，就太好了。"

李茶在一旁插了句嘴："这话怎么说？"

姜如蓝扫了一眼坐在身边的男友，见他并无异议，便道："我和卓然离开公司也有一阵子了。邵晨虽然能干，但那么大一间公司，他一个人撑得很辛苦，如果能有得力的人在旁帮衬，我相信卓晨的未来会越来越好。"

饶是暂时没有妄动的心思，听到此语，钟情也不禁暗暗咋舌。姜如蓝几句话轻描淡写，听在旁人耳中怕要气死，卓晨公司单靠一个黎邵晨就做得风生水起，常常抢了人家十几个人跟进的项目，哪里还需另寻得力助手？不过姜如蓝倒是说对了一点，有黎邵晨这只老狐狸坐镇，未来的卓晨前途不可限量。如果自己去到卓晨……钟情默默设想着，也不是没有一丝心动的。

见钟情面色似有松动，黎邵晨目光含笑，朝着姜如蓝递去一个感激的眼神，又开口道："话都讲开了，也就没什么可藏着掖着的。我的话今天就放在这儿，钟小姐——"

钟情和李茶不约而同看向他。

就听萧卓然说道："只要你肯过来卓晨，一心一意为公司做事，具体酬劳我们另谈，但我可以先透露一点，一定比你在星澜的待遇高出几倍不止。"

李茶轻轻吸了口气，钟情在星澜好歹也是中流砥柱的作用，哪怕基本工资和其他员工持平，每个项目签下来的提成也不可小觑。萧卓然张口就说出"几倍"的价格，恐怕未来钟情拿的不单是工资，而是每年年底按股份分红了。

话已至此，钟情只能表态："多谢。"她看着黎邵晨的眼睛，第一次没有任何敌意和鄙夷："多谢黎总的赏识，我会好好考虑。"

饭后，一众人分散活动。钟情因在家里憋了一周，又有心事，完全不想午睡，李茶吃得有些撑，想睡也睡不着，两个人便一同走到小镇上的其他景点散步。

一路走到菊园，两个人在工作人员的帮助下，各自挑选了一套和服和木屐，准备稍后边赏菊花边拍照。李茶样貌甜美，选了一套粉樱色的和服，头发也梳成丸子头，甫一走出来，就朝着钟情比出剪刀手的姿势，甜甜地笑："钟情姐！"

钟情换了一套黑底红花的和服，她模样本就有些冷，皮肤又白，卷曲的秀发随意披散在肩上，又是穿着这般明艳的颜色，别有一番风情。两个人一齐站在大镜子前比照许久，都对这次的换装满意至极。

"真想不到，这边这么有趣。可以换和服、赏菊花、泡温泉！"李茶站在院子里，展开双臂望着头顶的天空，嚷了一句，"简直都不想去滑雪了！就在这边消磨掉两天假期吧！"

钟情走下台阶，听到她这句感慨，也不禁笑："确实挺新鲜。以前看到这种地方，都是在杂志上，没想到平城就有。"

"是呀！"钟情转过身，朝着她挤了挤眼，"如果不是某人，我们还真不知道东郊还有这么个好地方呢！"

钟情最看不了别人朝她眨眼睛使眼色，索性装糊涂，反过来逗她："什么某人，你说黎邵晨，还是那个展陆？"

"别价！"钟情连连摆手，"人家黎总是看中了你，那位展先生嘛……看起来太禁欲了，年纪也有点大，不是我的菜！"

钟情玩味地一笑："他怎么说你就怎么信啊！这些公司的老总，哪个嘴里有个实话，全都是朝令夕改的主儿。"

"那可不一定。"李茶一边走，一边用食指戳了戳下巴，一脸认真思考样："我觉得吧，黎邵晨这个人，看着是花了点，说话嘴上没边了点，但你想啊，他能在萧卓然走了之后，一手撑起卓晨，和咱们公司打擂台，能是个没本事的人吗？"

钟情点点头，微笑赞许："接着分析。"

李茶也说得来了劲头："所以呀，有本事的人，往往都有一些共性，比如说，工作认真，再比如说，言而有信！"她把目光投向钟情："所以吧，我觉得他说想挖你过去，是认真的。而且你忘了吗，我今早告诉你的，咱们石总住院的事，估计这些天早就传得人尽皆知了。他赶在这个当口挖人，真挺狠的！"

钟情微微蹙眉，李茶虽然性格率真，小事迷糊，但大事上并不糊涂。她的这些分析，也正是她心里所想。可即便黎邵晨是认真想挖她这块墙脚，她要不要走……又是她自己的选择了。可以最近几天的精神状态，她觉得自己眼下委实不适合做什么重大决定。

李茶也看出她的纠结："钟情姐，你是怎么想的呀，跟我说说？"

钟情蹙着眉寻思好一会儿，突然换了话题："小茶，你之前说，公司那些人都在传，是我主动追陆河，破坏他和石星的感情，这话最早是谁传起来的？"

李茶苦苦思索半天，才说："第一次听人提起，是石总被送进医院那天，吃午饭的时候。后来就经常听到同事之间传类似的话……具体到底是谁第一个说的，我还真不知道。"说到这儿，她顿了顿，仿佛下了什么决心一般，轻声说道："不过说真的，我总觉得这事儿跟石星脱不了关系。"

钟情默默垂首不语。

李茶问："钟情姐，你问这个做什么？"

钟情微微摇头，苦笑："到了这个份上，我还能做什么。"现在说什么、做什么，落在别人眼里，都是一副怨妇的姿态，行动再激烈些，恐怕还要加上一条"泼妇"的罪名，无论怎样，都是不美。

李茶瞪圆了眼："当然是把渣男叫出来算账啊！"

"算账？"

"钟情姐！"李茶一脸的难以置信，"你该不会到了现在，还没找他出来谈过吧？"

两个人走到一棵树下，钟情望着一旁大朵盛开的紫色翠菊，没有讲话。李茶跟在她身边一路碎碎念："我记得那天晚上，晚会开始之前，你情绪就不对，后来遇到石星，跟她讲话，我记得那时他们俩也是在一起的吧？这之后你都没见过陆河？这怎么可以？就算脚踏两只船，有了新欢抛弃旧爱，也应该干脆利落点儿吧！他这一句话都没有，现在还放任石星这么抹黑你，不管怎么着也总该有个说法啊！"

钟情眼睛里凝满了泪，却一直保持着抬头的姿势，生怕自己一动，眼泪就这么成串跌下来。

李茶还要再说什么，一抬起头，就见钟情脸颊上，泪水如同断了线的珠子，争先恐后地落下来。她有些懊悔地捂住嘴巴，过一会儿，又实在忍不住劝道："钟情姐，我有些话说得不对，你别往心里去。"

钟情摇摇头："你说的都对。可是我不敢见他。"

"为什么不敢？"李茶小心翼翼地问出这句，脑袋里满是问号。

明明做错事的是男人，为什么女人反倒要小心翼翼如履薄冰？

钟情轻轻捂住脸，语调哽咽："他既然选择了石星，就已经不爱我了。我怕亲眼见证这个事实，我到现在都想不明白，他从什么时候，开始变的心。我真的太蠢了。"

面对竞争对手，她可以针锋相对步步紧逼；面对上司同事，她可以有理有据侃侃而谈；正如姜如蓝所说，她自己从前也是那样觉得，自诩有三四分容貌，八九分才智，无论工作还是生活，谁也别想平白让她吃亏跌跟头。可她万万没想到有一天，会由自己曾经深爱的那个人，来证明自己的愚不可及。

这样的事实几乎压垮了她。因为越发掘那个人的不堪，越证明自己的蠢笨。痛恨那个人，不仅仅是毁掉一段纯真美好的过往，更是将她之前六年的生活鞭笞得鲜血淋漓；而彻底舍弃那个人，就等同于要放弃和遗忘从前的那个自己，从此脱胎换骨，也变成另一个人。

而她现在又痛、又恨，却依旧舍不得。

就像一个亲手毁掉心爱玩具的孩童。明知道那件东西已经不复当初模样，却迟迟不愿相信面对。

因为只要不见，就可以暂时欺骗自己一切并没有改变。

李茶轻轻抚着她的头发，就像许久之前有人会对她做的那样。钟情从记忆中猛地回过神，正对上李茶充满同情的双眼，才恍然自己竟然又深陷入对于昔日恋情的追忆。

李茶轻轻说："我懂了。钟情姐，你现在还不想接受这个现实。不过总有一天，你接受了，或者你想要跟他当面对质，你带上我！我一定会帮你出气的！"

钟情含笑点头："谢谢你，李茶。"

Chapter 04

说好坚强

不过这一次，
她对自己说，
只准掉几滴泪。

从郊区归来，已经是又一周新的开始。一大清早，钟情和李茶吃过早餐，钻进温暖的车厢。老李呷了一口茶，笑呵呵地问："两位小姐都玩好了？"

这两天，钟情和李茶先是在温泉小镇赏菊花、泡温泉、吃特色菜，后又让老李把车子开到附近滑雪场，好好享受了一场白雪盛宴，可谓玩得不亦乐乎。

起初钟情还时不时地感时伤怀，到了后来压根儿顾不上掉眼泪，一整天都在尖叫和欢笑中度过。她这才意识到，自己大学还没毕业就赶着实习，上班之后又忙着升职，实在错过了太多生活中的美好和愉快，也第一次体会到了和朋友一起游玩的惬意。

因此，开口道谢的时候，钟情的唇边浮现真实的笑意："玩得很好。谢谢你，小茶。也辛苦李叔了。"

"哎呀，钟情姐你还跟我客气！"李茶捧着一杯热可可，摆了摆手。

老李也微笑："钟小姐太客气了。"

返城的途中，三个人有说有笑，李茶还兴致勃勃地计划了下一个周末的行程。

距离公司还有一段距离的时候，钟情突然开口："小茶，我想跟你一起去趟公司。"

"咦！钟情姐你要提前上班了吗？"

钟情的神情微微凝住："我……还没有想好。但总在家里待着，确实也不太好。"

"嗯……我觉得如果你身体没有不舒服，确实可以先销假回来。"李茶说："公司现在是真的缺人手，如果你这个时候回来，确实能帮不少忙。"

钟情仍旧有些犹豫："石总不在，是谁暂代总经理的职位？"

"是技术部的总监，大老刘。"

"嗯。"钟情思索片刻，才说，"那我就跟你一起去上班吧。我先给行政那边打个电话。"

"太好了！"李茶比了个胜利的手势。

车子在写字楼下停妥，李茶和钟情挽着手步入大厅，搭乘电梯的时候，便遇到公司同事。

见到钟情，同事语气惊喜之中仿佛还有点别的情绪："钟情，你回来了？"

两日休假归来，钟情真正的神清气爽，脸庞都泛着珍珠般的光泽，说话时底气也足："是呀。你也很早。"

另一个同事试探问道："刚我在门外，看到你和李茶一齐下来，怎么，你们俩拼车过来的？"

李茶笑眯眯解释："没有哇。我和钟情姐周末一起去旅游了！"

有人"哇"了一声，好奇发问："你们去了哪里？"

"郊区，一个特别好玩的地方，去了还想去！那里氛围特别好。"李茶提起吃喝玩乐，格外来精神，一张嘴就叽叽喳喳停不下来。

电梯门打开，正对着公司前台，那里站着一个熟悉的背影，白色职业套装，柔顺长发披肩，所有人一同噤声，目光三三两两一齐投向钟情。

钟情面色微怔，还未来得及说话，那个人已经转过身来。

是石星。

她穿精干的职业套装，也别有一分柔顺婉约。头发上别着一只珍珠发卡，一枚小小的香奈儿山茶花陶瓷项坠，静静躺在脖颈下方，闪耀着柔和的光泽。她朝着几人微微笑道："各位早。"

几人纷纷道早安，唯独钟情站在原地，讲不出话来。

石星也不吃惊，脸上依旧笑笑的，神情温柔："别都杵在这儿，该干什么就干什么去吧。"

这一次钟情最先挪动脚步，李茶几人也跟在后面。就听身后传来石星有些柔弱的嗓音："钟情，你过来一下，我有话跟你讲。"

钟情低头看腕表，而后转身，看向石星："每周一九点半例会。我们是先开会还是……"

"先谈我们的事情，例会延迟至今天下午五点半。"

钟情便不多言，站在原地，只等石星走过来。无论去哪个房间，都要往里面走，左右不会让她再走回前台，两个人对着电梯口聊天，旁边还站着全楼层最八卦的两个前台小姐。

果然，石星施施然走近，经过她身边的时候，轻轻说了句："到总经理办公室来。"

两个人前后脚走进公司。所有人似乎都在忙着手头的事，喝咖啡，整理资料，看电脑，却在两个人经过之后，统统抬起头锁定这两个人的身影。

其实石星和钟情差不多高矮，只不过石星嗜白，又极爱珍珠水晶等物，穿衣打扮走的是婉约派路线，常一副大小姐的举止做派；而钟情，几乎没有人见过她穿浅色系衣服，头发烫成大大的波浪卷，一副Office Lady的职业打扮，在公司给人的印象是专业还有点冷淡。这样两个人走在一起，便显得格外不和谐。

有好事的男同事凑在一处，低声谈论。其中一个说："要是我，我就选钟情。"

另两个都看着他，问："为什么？"

"看着舒服啊。石大小姐那个架子，整天把自己打扮得跟芭比娃娃似的，看着不累？"

"呵呵，那可不一定。"

"这话又怎么说？"

"有钱，想怎么捯饬都行。没钱，只能一切从简。"这时凑过来一个女同事，说起衣服首饰，两眼冒光，"你们是不识货，石大小姐光头发上别的那个珍珠发卡，就够你一个月工资了。"

另一个男同事笑呵呵道："所以啊，人家陆河聪明，直接娶个白富美，少奋斗三十年，我等是拍马都赶不上喽！"

"你们不八卦会死吗？"李茶刚沏了一杯热奶茶，就听到几个人聚在一块八卦，难得地没有好气，"还都是男人，小气吧啦！"

"哟。我们肯定赶不上你李大小姐啊，家里有钱自然不一样，什么都不会做也能每个月照领工资。"之前八卦饰品的那个女同事冷笑回了句嘴。

相比外面的纷纷扰扰，办公室里就显得格外安静了。

石星进门，就坐在石路成从前坐的位子上，手边摆着一只粉色超薄笔记本，一只桃红色大耳朵马克杯，以及其他林林总总不少私物。原本格调简单的办公室，瞬间成了充满少女气息的闺阁。

钟情只觉得目光所及的地方，多是粉、白两色，不免看得头疼，便很快移开视线，将目光投向石星背后的超大落地窗。

石星坐在黑色皮椅上，唇角噙笑："怎么，看到我坐在这个位置，是不是很别扭？"

钟情看着她瓷白的面庞，轻轻点头："是有点儿。"

石星微笑，纤细的食指在桌上交握："你还挺实话实说的。"

钟情将目光专注在她的两条眉毛上，据说这样看人的时候，对方会以为你是在看她的眼睛，但又能避免自己的胆怯或不情愿。钟情说不上来自己此刻的心情是哪一种，但她不自觉地就采取了这种做法，并且开始研究石星画眉用的是眉笔还是眉粉。

见钟情一直不说话，石星皱了皱眉，做了精致美甲的手指甲轻轻磕了磕桌沿："你就没什么想和我说的？"

钟情留意到她眉毛皱在一起，又听她的语气有点急切，知道这位大小姐的脾气上来了，便答："没有。"

"呵！"石星的声音依旧温和，却没有之前在众人面前的仪态万方，"钟情，你还真是让我开了眼界。怎么，敢纠缠我的未婚夫，却不敢跟我当面对峙？"

钟情的眼睛瞬间与石星的目光对上，她看到她的眼睛里，有愤怒、蔑视，还有一丝并不明显的恨意……却唯独没有心虚。

钟情瞬间觉得心口缺了一块："他是这么跟你说的？"

"当然了。"石星的嘴角撇出一抹不耐的笑，"不然你以为他还会怎么美化你？噢对了，他是说过，他说你脑子好使又能干，星澜缺不了你这么一位栋梁之材！"

钟情几乎停止了呼吸："那你信吗？"

石星的眼睛里闪过一丝有些残忍的笑意："我突然觉得，陆河这个人平时很聪明，但在对于你的判断上，并不准确。钟小姐，你觉得这些对于现在的我来说，重要吗？"

钟情清晰看到眼睛里的厌恶和鄙夷，突然明白过来："你是要开除我？"

石星轻轻颔首，表示赞许："你总算又恢复了正常的智商。"

弄明白对方的意思，钟情已经不想和她进行这种幼稚的谈话，干脆站起身来："石小姐，你对我有任何不满，大概都缘于陆河，而陆河现在是你的未婚夫。所以我想你有任何不满，应该去找他发泄，而不是拿我当出气筒。"

石星坐在椅子上，姿态悠然："你觉得我说这些只是为了羞辱你？"

钟情微微皱眉："我听说目前暂代总经理职位的人是技术部的刘总监。"

"之前是，"石星露出一抹甜笑，"但从今天开始，是我。"

钟情觉得莫名："但你也没有资格随便开除员工。我是石总本人聘用的，如果想要解雇我……"

"如果想要解雇你，只是我一句话的事。"石星突然也站了起来，两个人视线持平，彼此望着对方的眼："你还不懂吗？我现在坐在星澜总经理的位子上，整个公司都由我说了算，我说让谁走，谁就得收拾东西给我滚蛋！"

钟情望着她坦然以对的双眼，听着对方理直气壮的口吻，突然觉得整件事荒谬可笑到了极点。她在家里躺了一周，再回到公司，本来以为自己可以借由工作慢慢疗伤、舔舐伤口；可真正到了公司，她才发现，眼前的一切与一周前的那个晚会连接得严丝合缝，她的不幸从来都没有结束。

相恋四年的恋人转眼之间爱上别人，从业三年的公司风云变幻，而她的前途命运，都捏在眼前这个不经世事的年轻女孩手里。陆河翩然转身，不仅带走了她的爱情，还顺便结果了她苦心经营的事业。

钟情连眼泪都流不出，拎着背包转身就走。而身后传来石星有些急迫的嗓音："你如果还有点廉耻，就不要再纠缠陆河，也不要去找我爸爸颠倒是非！"

走到门口，钟情突然转身，眼睛干涸得连她自己都觉得吃惊："石小姐，或许现在的星澜是你说了算，但请你搞清楚，出了星澜，整个世界不是因你而运转。我想见谁，谁要见我，也不是你能干预得了的！"

撂下最后一句话，钟情摔门离去，身后传来噼里啪啦砸碎东西的声响，而她根本无力理会。

两个人的争吵在门外几乎可以听得一清二楚。钟情才走出门，就发现外面几乎围了一圈人。李茶站在最前面，一双大眼睛望着她，什么话都没说，可眼圈早就红了。

全公司资历最老的刘总监难得说了句公道话："小石总脾气有点大。钟情，你挺有能力的，去哪儿都能发展得好。"

话说得很漂亮，也很安抚人心，但有几分真心就不得而知了。

钟情说了声"谢谢"，便走回自己的位置收拾东西。

同个部门的同事纷纷凑过来。有平时关系不错的小声发问："钟情，你真要走？"

另一个说："不走难道还留在这儿看那位大小姐的眼色啊！"

又有人说："其实……如果石总还好好的，肯定会升你职的，可惜石总偏偏在这个节骨眼儿上病了。"

钟情最后临走的那句话，把石大小姐气得不轻，也着实出了心头一口恶气。此时听了同事议论，便笑了笑："哪怕石总给我升了职，什么时候轮到石小姐来，该开我还是要开我的。毕竟这是人家自家的公司。"

说出这句话，她自己也释然了。陆河不要自己，转而和石总的女儿在一起，人家以后就是一家人。她在人家自己的公司苦苦挣扎，又要顾忌旧日过往，又要小心看人脸色，何必呢？

想明白这一点，钟情走得也痛快。

大家见她一滴眼泪没掉，各自暗暗咋舌，不少人都背对她议论，说她心硬。唯独李茶跟在一边，哭得稀里哗啦。又一路追着她送到电梯口。

等电梯的时候，钟情回想起这段时间两人的相处，难得多嘱咐了几句："有什么不懂就问公司前辈，部门赵姐嘴巴是毒了点，心地还是不错的。"

"嗯……"

"实在行不通了，就给我打电话。不过说好，我只是负责帮你解决小问题，涉及公司发展和机密，我一概不听。"

李茶看出钟情这一次是铁了心要走，知道自己挽留不住，一边哭一边说："你放心吧。我就是想知道公司秘辛，也没人愿意告诉我。"

钟情忍不住笑出声："也是。你就好好当你的大小姐，这份工作，踏踏实实做好本职就行，也不用太拼。"

李茶唯唯点头，末了又牵住钟情的围巾一角："钟情姐，这周末我们一起出来玩。"

"好。"钟情答应得很痛快。

眼看电梯来了，李茶忍不住又哭了出来："他们太欺负人了。钟情姐，你别难过，有事就给我打电话。能帮的我一定帮你！"

一句话说得钟情也眼眶发酸。电梯门开，里面还有其他人，钟情不好多说，一步踏进去，转过身跟她摆了摆手："回吧。"

电梯门缓缓合上，外面那个为自己心酸哭泣的女孩子终于看不见，而钟情的眼泪也终于忍不住落下来。

不过这一次，她对自己说，只准掉几滴泪。为石星这样的人掉眼泪，实在太跌面子，不是她一贯的风格。

Chapter 05

重新开始

既然什么都没有了，
那就一切重新开始，
一切……从头开始。

一大早赶来，却在不久之后捧着自己全部家当狼狈离开，这恐怕是钟情人生前25年从来没有设想过的情景。坐在楼下的咖啡厅里，钟情想了又想，忍不住笑了。从前设想了林林总总，许多和未来有关的事，如今看来，全部都无法实现。爱人丢了、工作没了，兜兜转转间她只剩下自己。望着眼前热气腾腾的红茶，离家这么久，钟情第一次特别想家。

　　翻出手机的电话簿，看了几次，最终还是没有摁下去。她望着手机屏幕倒映出自己的面容，眼睛浮肿、头发蓬乱，简直像个女疯子，突然间福至心灵，即便给家里打电话，也该是在开心喜庆的时刻，绝不应该是现在这样穷途末路的时候。

　　既然什么都没有了，那就一切重新开始，一切……从头开始。

　　钟情去了附近商圈最好最贵的发型设计馆。里面那位号称第一剪刀手的设计师打扮得比女人还美丽，眨了眨涂着蓝色眼影的眼睛，一边跷起兰花指："小姐，想剪个什么发型？"

　　钟情站在镜子前，几乎懒得正眼看自己，索性直截了当地交代："适合我的就行。清爽一些。"

　　自称叫兰生的美发师朝她抛个媚眼："好的！不过，这大冬天的，很少有客人要求剪得清爽点。"

　　钟情听了也觉得想笑，便说："也是，那就显得人精神一些，不要太短。"

　　说完，自己也觉得这般要求颠三倒四，可兰生不介意，伸手把她往后面一推："明白。都交给我吧！"

　　洗了头发出来，钟情坐在最靠外面的一张椅子，面前一张镜子，身畔是宽大的落地窗，冬日的阳光毫不吝惜倾洒进来，投射到镜面，又照在她身上。兰生娇笑一声，一边用梳子把湿发分开，一边赞赏："钟小姐，你皮肤真不错。"

"是吗？"钟情自己不觉，听他这样赞赏，不由得伸出手摸了摸。

"发质不太好。"兰生转而评论下一项，"呀，发尾都分叉了，你平时一定不太注意保养头发。"

钟情的笑容有点讪讪，她从前舍不得大手大脚消费，洗发液和沐浴露都从超市购买最合算的大瓶家庭装，哪里顾得上什么皮肤和头发保养。偶尔被人称赞一声皮肤不错，大多也仰仗了母亲给的一张好脸皮，跟自己养护没有半点关系。

或许就是因为自己不够精致时髦，才遭相恋多年的男友嫌弃？

这样想着，钟情不禁咬牙，新形象新开始，去新公司见人之前，务必把自己收拾得精致稳妥。

"你的头发太长，烫卷发的部分，发质糟糕得都要不得，我就都给你剪掉了。"

兰生虽然讲话娘里娘气，动起手来颇有大将风范，下手又快又精准，不多时，已经让钟情焕然一新。

一切收拾完毕，钟情从椅子上站起来，摘掉围裙，望着镜子里的自己，着实有些陌生：直顺的头发稍稍戳肩，在耳边弯出一个优美的弧度，露出白皙的额头和脸颊。仿佛大学才毕业时的自己，清爽又利落，着实让人眼前一亮。

唯独身上的装扮显得有些不合时宜……钟情在心底悄悄喟叹，果然一分钱一分货，比普通理发馆贵上三倍价格，自然有三倍以上的收效。刷卡的时候，心里除了舒坦，更多了一份疯狂：衣服鞋子都是穿了两三年的旧装，不如趁此机会统统换掉！

从商场走出来，钟情望着大厦玻璃墙的倒影，自觉志得意满。翻开手机的通讯录，找到那个从未拨出的号码，下决心摁了下去。

电话响了三声，便被人接起，传来那人富有磁性的嗓音："Hello？"

钟情心里微微有些忐忑："黎先生，是我。"

"我知道，我保存过你的号码。"黎邵晨的声音听起来有些惊喜，

"钟小姐，这个时候给我打电话，是有什么好消息吗？"

钟情咬咬嘴唇，觉得有点难以启齿，却知道现在不是任性的时候。她两个小时前被石星从星澜除名，大概此时消息已经传遍整个业界，如果那位石小姐再任性一些，恐怕现在敢要她入职的公司已经为数不多。

"我……"钟情咬咬牙，决定还是实话实说，"我被石星开除了。不知道贵公司现在是否还缺人手？"

电话那端沉默了片刻。而就在这片刻之间，钟情的心也渐渐沉下去，看来石星的手腕比她想象中还要狠绝。头顶的太阳光明媚如初，可钟情怎样都提不起好心情，她望着玻璃墙上自己的模样，剪了新发型换了新装，却依旧是一个旁人呼之则来、挥之则去的灰姑娘……眼睛里一滴泪水也没有，钟情在心里暗暗自嘲，经历了这么多，恐怕这世上能让她在瞬间哭出来的事情已为数不多。

"打……"她本想说打扰了，就此挂断电话，却听到手机那端再度响起男声："我才听说这件事。钟小姐，如果你能来，卓晨无任欢迎！"不等钟情说什么，他又问："你在哪？我现在开车去接你，如果方便，我们可以一起吃个午饭。"

钟情简直不敢相信这是真的，前一刻还觉得眼睛干涸，这一秒却忍不住想要哭："黎总，我……我是被开除的。"

"我听到了。"黎邵晨的语气里饱含笑意，似乎对此全然不以为意，"那又怎么样？被一个黄毛丫头开除，并不会影响你在我心中的高大形象。"

钟情破涕为笑，开口的时候，微微有些鼻音："谢谢你，黎总。"

"你在哪儿？一起吃顿便饭吧。"

"我在东大桥路，离世贸天阶很近……"

"就星澜附近吧？我知道。"黎邵晨语意温暖，"外面冷，你先进去找个咖啡馆坐坐，等到了我给你电话。"

从前两人每次见面都要针锋相对，钟情从来不知道这人还有如此体贴的一面，一时只能唯唯应下来："好。那我先进去。"话说出口，才发觉自己笨得透顶。别人只是一句客气话，她自己不说，人家又哪里知道她真的站在室外傻等。

电话那端果然响起两声轻笑："快进去吧。不要感冒。"

挂断电话，钟情再度走进大厦，行走间望见自己的身影，橘色短大衣，黑色立领衬衫外套羊绒衫，下穿铅灰色笔挺西裤，搭配上新剪的利落短发，整个人看起来勉强也称得上时髦精干，除了眼睛有点红。

钟情向来要强，不想让人看出自己哭过，可平日里又极少化妆，无奈之下，只得找了个专柜，买下两样东西，顺便让服务员为自己妆点一二。

化妆的小姐一面为她涂上棕色眼影，一面说："其实你眼睛很有神，平时不用多麻烦，自己描一描眼线，再涂点唇彩，就OK啦。"

钟情被她说得心动，望着包装袋里新添的两样彩妆，微微笑："希望能用得上。"

这一番折腾下来，已经花去不少钱。钟情却不觉得有多心疼，能让她心甘情愿节衣缩食的男人已经不见踪影，趁现在年轻，不多花点钱在自己身上，怎么想都不合算。这样想来，连眼前的普通白色咖啡杯都显得顺眼不少。

不多时，咖啡馆大门被人打开。钟情正好坐在面朝大门的位置，就见来人穿一袭黑色呢料大衣，利落短发，眼若辰星，目光锐利之中又含笑意，随意在屋内一扫，已经吸引无数目光。他本人似乎也知道这一点，嘴角微微噙着笑意，在看到钟情所在的位置时，那笑意又浓了许多。

他在前台买了一杯咖啡，径自走到钟情身边坐下来。一双腿修长，坐在高高的木凳上也很自如。他放下咖啡，微微笑着朝钟情吹个口哨："钟小姐不仅能干，而且漂亮。这么优秀的人才，还主动送上门，我今天真是捡了天大便宜！"

钟情知道他故意调侃，也微微笑："多谢黎总不计前嫌，愿意接纳我。"

黎邵晨笑容更深："又不是三岁小孩，吃不到糖就记恨说以后再也不跟你玩。生意场上的事，哪里那么容易就结了仇的！"

钟情听他这么说，又见他眼神坦诚，知道他是真的不计较。不禁在心里感慨，此一时彼一时。如果放在半月前，同样一番话，哪怕黎邵晨说得更诚恳，她也不会用真心去听。可放在此时，昔日对手已经落魄至此，他却不卑不亢，愿意诚心接纳，这番心胸气度，着实令人佩服。

这样想着，钟情也便这样说了出来。

黎邵晨认真听完，哈哈大笑。笑声爽朗，引得咖啡屋里无数年轻女子竞相看过来，有同桌坐的，还三三两两悄悄议论。钟情知道这人样貌出众，举手投足又魅力十足，无论走到哪里都是众星捧月的焦点人物。这么一想，再联想起不久前两人在星澜晚宴上的交流，不禁更觉羞愧。

　　是自己平日里眼光太窄，坐井观天，才觉得旁人的提醒都不是好意。古人那句话怎么说来着，钟情虽然不是中文系出身，却还记得清晰，古语说"以小人之心，度君子之腹"，说的大概就是她从前的心态。

　　黎邵晨笑完，认真敛下神色，看着钟情说道："钟小姐，你很聪明，也很坦诚。我一早发现，你的聪颖都用在工作上，人际关系上，你还太嫩。我之所以想挖你过来卓晨，一是看中你的工作态度，二是因为星澜那样的工作环境，不适合你。"

　　联想起前因后果，钟情忍不住有些吃惊："你早就知道？你都知道些什么？"

　　"很多。"黎邵晨微微一笑，"你与石家大小姐二女争一男，石路成什么都看在眼里，却还要稳住你，让你为他卖命。而你的那位小男朋友，也不是个简单人物。"

　　钟情又惊又怒，在同事和石星面前都能忍住的话，在眼前这个男人面前，却忍不住脱口而出："我没有和石星抢男人，我和陆河一早认识，我们是同乡……我们谈了四年恋爱！"

　　黎邵晨抬起手掌，示意她不要太激动："我的信息大多来源于旁人的嘴，肯定比不上当事人了解得清楚。但是钟小姐，你也要想清楚，哪怕你说的是实情，但整件事在别人眼里看来是另外一番样子。大家茶余饭后闲着没事拿来说说嘴，真相是什么，谁在乎呢？反正事不关己。"

　　钟情从前总以为黎邵晨这个男人徒有其表，再不过就是有个好家室，仗着自己有钱有貌，所以才惹得那么多女人对他趋之若鹜。可如今听了这么一番话，钟情简直瞠目结舌。这个男人平日里吊儿郎当根本就是掩人耳目，而吊儿郎当的人一旦认真起来，说不定要让多少人觉得可怖！

　　心里那么多震惊，可钟情却明白，他说的每一句话都是大大的实在话。

　　黎邵晨看着她的脸色，也知道自己有几句话说得过分。轻咳两声，换了语气说道："钟小姐，我刚刚说的，是别人如何传这件事，并不是我本人的真实看法。我本人十分欣赏你，你刚刚很坦诚，所以我也就说了一些实话。"

钟情这时已经回过神，嘴角溢出一丝苦笑："我明白你的意思。你说得对，哪怕他们说的都不是事实，可众口铄金，真相根本没人在乎。"

她孤身一人来到大城市，无根无源，没有依靠，拿着大喇叭嚷嚷上一百句，也比不过石星轻轻柔柔一句话。哪怕那是诋毁、哪怕都是谎言，可又有谁在乎。

钟情突然觉得万分沮丧："你刚刚说，石总什么都知道，却还让我为他卖命。我本来就是个给人打工的，到了哪里不是给人卖命？"她抬起眼睛，那双眼清亮依旧，却缺少了让人精神振奋的神采："只要这份工作能让我吃饱穿暖，保有自信和尊严，就没什么好抱怨。反正大家都是这样，不是吗？"

黎邵晨看着她神采顿失的眼，突然有点懊悔自己嘴巴太快，图个一时痛快，却把眼前这个已经足够可怜的女孩说得一无是处。

他永远都记得两个人第一次见面，是在沐锦天在郊区的那间别墅院墙外。那天晴空烈烈，没有一丝风，她穿一件白色短袖衬衫，下面是耐脏的深色布裤和方跟黑皮鞋，后背洇湿了一大片，隐约露出里面浅粉色的内衣带子，她自己却浑然不知，站在门前跟那位英国管家用一口不太地道的英式口音苦苦沟通，只为见一面传说中一掷千金的异国投资商。

彼时他开着舒适的轿车，车里开足冷气，只消把窗子撬开一条缝，滚烫的空气就争先恐后涌进来。他摇下车窗，原本想喊一句那管家的名字，让他告知沐锦天他已经到来。可看到那个年轻女孩捧一沓资料，全身汗湿，也不知在烈日下等了多久。他连车窗都忘记摇上，就坐在那里盯着她看。

看她通身狼狈却依旧神采奕奕，一双眼狭长清亮，没有涂任何唇彩的嘴唇弯出一抹倔强的弧，她的长相并不是时下受人追捧的美貌，却别有一番古典韵味。听她用有些不熟练的俚语与管家先生套近乎，明明自己热得要死，嘴唇开裂，却连一杯水都不敢跟人讨要。

其实在此之前他已经与沐锦天有过两面之缘，且早在一年半前，卓晨就与M&C有过项目上的合作。他知道沐锦天的品性为人，也知道那位老管家并不是不好讲话的人，为陌生女孩倒一杯水，在他们看来并不是什么为难的事。所以恐怕不是人家不肯，而是当时的钟情硬拉着人家不放，并且自己都顾不上饥渴这件事。

那天他从车子走下去，刚到门厅，就受到管家艾德的热情欢迎。被人接引走进去前，他还特意转身，饶富兴趣看了那女孩一眼。

他记得自己当时确实有些失礼，眼看着人家落魄，却还偏偏笑着问了句："这位小姐，请问你是哪家公司聘请的销售？"

他确实以为她是销售人员，其他部门员工，鲜少见到谁为了一个客户这般卖力。

钟情当时也是倔，抬手递了张名片过去，并且仰起头看着他，吐字清晰地道："我是代表星澜前来和沐先生谈合作的。我知道你是卓晨的总经理。"

黎邵晨没想到有人还未谋面就把所有功课做足，顿时也来了兴致，看了眼名片上的介绍，笑着说："一见钟情，真是个好名字。"

他还记得钟情当时的反应。她把那双漂亮的眼睛翻得黑眼珠都快找不见，转过身一屁股坐在楼梯上，抱住厚厚一沓资料，整个人蜷缩得如同一只受伤的小鸵鸟。

黎邵晨知道自己向来嘴上没溜，一琢磨也明白过来，人家父母好好给取的名字，被自己这样拿来调侃，但凡自矜自重的女孩子，大概谁也不会给他好脸色看。

这样想着，他也释然，跟在老管家身后进了房间。

等待沐锦天下来的间隙，脑海里又浮现女孩汗湿的脖颈，皮肤上贴着细细的卷发，以及洇湿的背脊和微微透过来的内衣带子……黎邵晨自认一向心硬如铁，那天不知怎的念头微转，与老管家轻声商量："天气太热，门外那女孩待久了，恐怕要中暑，不如送一杯水并一条毛巾出去。"

老管家并不多说，很快便备好了水和毛巾，送到钟情手里。

回来的时候，正好赶上沐锦天从楼梯下来，看到擦用过的毛巾，和空空如也的水杯，微微皱眉。

管家艾德低声解释了两句。

沐锦天坐下来，与他聊了两句，问："星澜这家公司确实找过我不止一次，那么，在你看来，卓晨与星澜，谁更胜一筹？"

黎邵晨原本可以什么都不说。因为他知道，在这场拉锯赛中，往往并不是谁更努力，谁就会赢，而是看谁的面子更大、谁给投资商留下的印象更深。可那天他仿佛中了魔障，不知怎么就道出一句："星澜派来的那个业务经理，年纪轻轻，倒是很有韧性。"

后面自然也为卓晨说了许多话，自家的背景、发展、优势，以及前年萧卓然与沐锦天的密切合作。

但显然，最开始一句简简单单的评价，让沐氏总裁不知为何对钟情上了心。

之后自然又经过诸多磨合、纠结，但在最后，星澜确实以一票之差取胜。这关键性的一票，取决于沐锦天这位总裁的个人决定。

正如事后沐锦天本人所说，多一个投资对象，多一条通往未知的路。沐氏和卓晨，并不会因为这一个小小的投资案渐行渐远。可在黎邵晨心中，那个无声蜷缩在台阶的背影，就那样深深印刻在脑海。

从前那双神采飞扬的双眼，与如今这双失了光彩的眼眸彼此嵌合，黎邵晨在心里暗暗惋惜，飞快运转着大脑，想要找出一些鼓舞人心的说辞："当然不一样。钟小姐，你的记性好像不大好。两天前在温泉小镇的餐桌上，你忘记我说了什么吗？如果你能来卓晨，并且为卓晨做出卓越贡献，我们付给你的薪资，会是你在星澜的几倍。"

钟情有些不解地望着他，不明白他为什么瞬间将话题转到薪水上。这并不是她刚刚抱怨的主题。

黎邵晨微微笑着说："我跟业内同行打听过钟小姐的薪资，老实说，不低，但尚且不足以匹配你的能力。"

钟情在心底无声苦笑。拿到沐氏的投资，旁人都以为她拿了巨额提成，可天知道，那份提成直到今天也未见到影踪。如今她赤条条被赶出公司，又在这之前请了一周病假，恐怕连上一个月的工资都不能指望了。

黎邵晨误解了她苦笑的含意，连忙说："想要比现在的工资还高，不是个简单事，我想即便石总本人如今还在公司，也会为你的职位和薪水头疼。可是我有个更好的主意，钟小姐，你要不要听一听？"

钟情抬起眼睛，那双眸子虽然失去往日光彩，却清澈依旧，让人在不经意间怦然心动。

黎邵晨眼神也含笑，望着她："我想让你任职卓晨的技术总监，比之市场总监，恐怕要辛苦许多，但你应该明白，一个项目从开发到完成，你可以全权参与，也可以交给手底下合适的人去做。灵活度更大，薪资不可估量，并且，如果你表现出色，公司会在今年年底与你分红。"

此时从阳历年算，已经临近11月份，过不过年，国人过年向来算旧历，也就是说，如果她去到卓晨兢兢业业，短短三个月后，很可能就会获得一笔颇为丰厚的年终奖。

这样的待遇，确实足够令任何业内人士心动。

钟情听得心向往之，并不为了薪水，而是黎邵晨所说的项目开发。她微微凝神，显然已经陷入思考："可我并没有全程跟进项目的经验……"

"有人可以教你。"很显然，在挖角前，这位黎总已经做足准备，把她的个人履历背得滚瓜烂熟，"你毕业两年，进入星澜工作三年，我不知道有没有人告诉过你，做工作到了一定阶段，好与不好，都该好好考量，时机恰当，就要转型。"

这个说法，许多人都在讲。毕竟谁也不能做一辈子的销售员或普通工人。市场部虽然薪水颇丰，但每日从早忙到晚，处在接触客户的最前沿，顶多是个冲锋兵的位置。付出同等的智慧辛勤，却仿佛无根之木，总要攀附公司其他部门得以生存。再说浅白一些，就是一碗青春饭，不容易端稳，还得饥一顿饱一顿。

钟情点点头，脸上显露出几分生涩："确实。"

好像自从离了家，走出校园，除了父母和大学导师，许久都没听人说过这样为自己考虑的话。不管事实如何，黎邵晨年纪轻轻，却真是会做人。

黎邵晨又说："跟客户接触这方面，你的经验已经很丰富。但我想你应该也想尝试自己完成一个项目吧。现在卓晨愿意提供给你这个机会，因为你认真、勤奋，也有天分，钟小姐，就看你敢不敢当那个吃螃蟹的人了。"

黎邵晨的眼神和语气都充满了蛊惑性，而钟情此前接连经历挫折，是一个输掉全部家当只能重新开始的人。最后一句话，突然激起她满腔豪情，钟情露出笑颜，将手放在黎邵晨伸出的手掌上："我愿意尝试。黎总，请给我这个机会。"

Chapter 06

默读悲伤

唯独她，
不声不响，
哭都是背着人，
直到今天……

在家休整一晚，到了第二天去上班的时候，钟情已经调适好心情，如同一个初次走上战场的士兵，心中满满都是斗志。

衣柜里的旧衣旧鞋统统扔掉，挂上从商场购置的崭新衣物。盥洗台上摆着三件套护肤品，以及几样彩妆。一切收拾妥当，她拨通了父母的电话，三言两语交代了自己工作上的变动。父亲向来少言，这一次听了她的新职位，难得嘱咐了好几句话："到新公司要努力和同事、上级搞好关系。工作要踏实，心不要太高。勤奋总会有回报。"

类似的话钟情从前听了许多，也不觉新鲜，倒是鲜少见到父亲这样一股脑地把许多道理倾倒出来，大概为她感到开心之余，也是担心她把握不住这个工作上的新契机。

母亲的担忧就简单多了，吃得好不好、睡得好不好、人有没有又瘦了……最后，免不了又问到陆河。

钟情自小跟父母沟通良好，这件事她思量许久，最终还是决定据实相告："爸，妈，我跟陆河分手了。"

"为什么？"母亲最先沉不住气，"是不是你又耍小脾气，惹得陆河跟你闹别扭了？"

父亲倒是没多说什么，似乎在等她进一步的解释。

钟情斟酌良久，最后还是决定简单地一笔带过："也没什么，我有了新工作，他找了新女友。"

母亲的声音瞬间高了八度："是他脚踩两只船？！"

钟情哪里听不出母亲的震怒，但毕竟两家相距不远，她不愿把事情闹大，弄得父母面上无光。无论到了什么时候，这个社会都是这样，哪怕是男人无德抛弃糟糠之妻，也丝毫不会妨碍他再娶娇妻，而无论女人有多少委屈不甘，都是落人口实的那个。

她深吸一口气，努力让自己的语气听起来不那么在乎："妈，不是你想的那样。我们两个毕竟一个在工作，一个在学校，时间长了，共同语言也少了。算是和平分手。"

母亲听起来似乎犹不敢相信："可是今年夏天，他还回过家一趟，给你爸爸和我送来不少补品，又撂下一万块钱。"

钟情"腾"地坐起来："妈这事你怎么从来没跟我提过！"

钟母的口吻听起来也很郁闷："他说这钱是你攒下来的工资，他只是代为转交，我想着他一个还在学校的穷学生，自己也不大可能弄到那笔钱……哪里想到你不知道这事。何况，咱们一周才通一次电话……"

钟情瞬间软下来。从前听到母亲这样抱怨，她顶多打个哈哈过去，觉得愧疚了，就从网上购置一些家里用得着的物品快递到家中。可这一天听到母亲声音低下来，语气里是并不明显的寂寥，不知怎么的，就觉得心被拧得厉害。

钟情心里满是愧疚："是我不好……"她擦擦脸颊的泪，突然又满怀志气："妈，爸，等我赚了钱，就在平城买个房子，把你们俩都接过来！"

钟母忍不住笑了："尽说孩子话，大城市的房子有多贵，你以为我们两个不知道？一平米就几乎顶我和你爸一年的收入。"

钟情忍不住分辩："也有便宜的！"

"现在说这些还太早。"钟父开口了，"朵朵，你明天还要早起上班，就不多说了。记得照顾好自己，还有，心不要太急。我和你妈都很好，不用你操心。"

钟母好像还想再说什么，电话已经被钟父撂下了。

有些唏嘘的心情，直到第二天早起，站在镜前梳妆，依然萦绕在心头。钟情望着唇上服帖的嫣红，又摸了摸自己的新发型，忍不住对自己露出一个微笑。

新工作，新生活，多笑一笑，总没什么坏处。

到了公司，时间还早，钟情站在门口，踟蹰了一会儿才推门进去。这个时间段，大概只有保洁阿姨会在。走进去，钟情意外地发现，有人到得比她还早。

空气里飘浮着浓郁的咖啡香气，那个人穿着浅灰色的休闲西装，转过身的时候，露出里面的黑色薄毛衫，以及见牙不见眼的灿烂笑容："钟情，这么早！"

钟情也蛮惊讶："黎总。"

黎邵晨搅着咖啡，笑着说道："终于把你游说过来帮忙，昨晚兴奋得几乎没合眼。"

钟情失笑："黎总你真会开玩笑。"

"哪是开玩笑。昨天请你吃过饭，我就打电话让人事部给你发邮件，你应该都看过了吧？"

钟情一个结巴："啊？啊……我昨晚回去，事情有点多……"

"没关系，待会儿再看也不迟。"黎邵晨一拍脑门，"看我这脑子，待会儿人来了，你直接把银行卡还有相关信息当面给她就行。"

钟情微笑："好的。谢谢黎总。"

黎邵晨摆摆手，又指了指咖啡机："要不要来一杯。"

"不用。"钟情有些拘束，"请问，黎总，我坐哪里？"

卓晨是业内出名的黑马，办公效率出奇的高，地方却没想象中大。钟情四下里望了望，发现整间办公厅看下来，约莫也就二十人左右，还没有星澜的人多。

黎邵晨端着咖啡朝她招招手："跟我来。"

钟情拎着塞得满满的背包，快步跟在他身后。

经过总经理办公室，两个人一前一后来到一间约莫十来平米的小屋，黎邵晨推门而进，站在屋子中央，朝她微笑："我让人提前布置的，怎么样，还满意吗？"

极简的装潢布置，白色办公桌，黑色地砖，米黄色墙纸，迎面洒进来大片阳光。钟情轻轻吸了口气，努力让自己看上去不那么激动："很满意。我很喜欢，谢谢你，黎总！"

黎邵晨突然挪开身体，让出身后摆在桌上的一盆绿萝："差点忘了这个，人事部妹子的杰作，据说吸收电脑辐射，还能保护视力，生命力强，寓意好。希望你能喜欢。"

听着黎邵晨一连串的推荐介绍，钟情忍不住又笑了出来："我知道，我家里也养了一盆，确实很好养。稍后我会亲自到人事部道谢。"

黎邵晨笑吟吟喝了一口咖啡，又问："真的不来一点？"

钟情摇摇头，走到桌边，开始从包包里掏东西。相框、手机、水杯，还有一罐茶叶。

她有点羞涩，很快又释然，以后公司的人大概要经常出入这间办公室，桌上摆放的东西，也没什么不好见人的。

黎邵晨注意到相框里的三口之家，微微凝神："这两位是……你的父母？"

钟情点点头："这是前年过年时拍的照片。"

她并没有在桌上摆放照片的习惯。从前或许也有过类似的念头，但毕竟办公桌边人来人往，并不方便摆放此类物品。昨天在餐厅交谈时，黎邵晨说会单独给她拨一个地方，她想到或许自己会有个单独的隔间，却没想到会是如此宽敞的地方。

黎邵晨微笑："累了的时候看一看父母，确实是很好的激励方式。"

钟情但笑不语。黎邵晨本人就是平城人氏，常年陪在父母身边，哪里会懂他们这些身在异乡的年轻人的苦楚。并不是为了疲累时有一些激励，而是时时刻刻望着，都能一抒思念。

黎邵晨又把目光投向摆在水杯边的茶叶罐："哇！"他拿起盒子仔细打量，又看着钟情笑，"难怪看不上我的咖啡。昨天在咖啡厅，我见你点的也是一杯红茶。原来是爱茶人士。"

钟情微微笑："茶是家乡婆婆炒的，有些乡土味，并不是名贵茶种。"

黎邵晨却不干了，放下茶罐抱起手臂："不管，反正没喝过。钟总监，看你的表现了。"

钟情突然发现，有这个人在的地方，就时时处处有欢笑。

她拿起自己的茶杯，又问："你有其他杯子吗？"

黎邵晨立刻指点："有，就在茶水间，大家头天下了班，都会把杯子放在那儿，会有钟点工清洗。"

钟情端着茶罐和杯子点头离去。

不多时，就端着两杯热茶回来："味道清淡，吃过饭喝一喝蛮好的。"

黎邵晨自豪表示："我在家已经吃过了。"而后迫不及待抿了一口。

"小心烫。"钟情开口，却已经晚了。

黎邵晨却咂了咂嘴巴："味道确实不错。"而后又笑："我一皮糙肉厚的大老爷们儿，哪有那么娇贵。别说，真挺好喝的！"

黎邵晨扬了扬水杯，径直出了房门。

钟情看到被他遗忘在桌上的咖啡，摇了摇头，只得又给他送到隔壁去。

不多时，已经到了早例会时间。业内大多公司会如此，钟情也拿了资料夹走进去。她昨天下午逛街回到家，收拾好东西，便一直在做这个东西。主要是一些针对公司未来发展的设想，以及几个她认为可以去拓展的项目。

坐在位子上，钟情低头看着自己手头的资料，默默想着事先准备好的自我介绍，以及讲话时的几个要点，心情有些忐忑。

哪知道公司参加例会的人只有五六个，每个人脸上的表情也都很轻松。互相道早安，问候前一天晚上的活动，还有人主动跟她握手。

不等黎邵晨来，她已经熟悉在场每个人的名字和职位，压根儿用不到公式化的自我介绍了。

黎邵晨走进来的时候，手里端着一杯茶。

有鼻子灵的闻到了，就笑："哟！黎哥，什么时候不喝咖啡改喝茶了啊！"

黎邵晨拍掉别人伸过来的手，瞪了那人一眼："别动！我可不想喝男人口水。"

那人哈哈大笑，一面跟旁边人说："自从萧总走了之后，黎哥越来越没下限了！"

在场还有女孩子，那女孩正是之前黎邵晨提及的小米，此时她笑得前仰后合："我算看出来了，黎总的真爱果然是萧总。过去萧总在的时候，黎总可没这么小气。"

黎邵晨一脸严肃："胡说！我俩什么时候用过一个杯子！注意影响！"

大概是部队出来的，黎邵晨板起脸来训人时还挺有范儿，但是大概这人一贯的表现摆在那儿。会议厅里安静了几秒，顿时又爆出一阵大笑。

黎邵晨也无奈："得了得了。我说你们，公司来了新同事，你们能不能给我点面子！"

"对，不给黎哥面子，怎么也得给钟总监面子啊！"先前起哄那人又笑。

钟情连忙说："你们叫我名字就好。"

黎邵晨咳了一声："这个……还是叫职位吧。他们这群人一直没正经，你别被他们带歪了。"

钟情摇摇头，嘴角却含着笑："不会。"

黎邵晨觉得为了保持自己在昔日对手面前的最佳印象，觉得还是早点切入正题为妙："行了，开始说正事。老规矩，各自汇报一下各部门最新进展。"

很快便轮到钟情，黎邵晨说："在你之前，卓晨一直没有技术部总监一职。这块本来也是我负责居多，稍后咱俩详谈。"

钟情点点头："好。"

会议室的人陆续出去，黎邵晨关上门，说："我开门见山吧。目前公司最迫切解决的，我想你应该也猜到了，就是和丽芙卡的合作。"

钟情点点头，既然黎邵晨已经准备单说丽芙卡的事，那她的那份计划书就没必要这个时候拿出来。丽芙卡是她计划书中的一部分，但很显然，卓晨现在不考虑别的，准备单攻这个项目。

"说说你对丽芙卡的了解。"

钟情微微沉吟，而后才道："我在网络上查过相关资料，收获不多。但可以看出，丽芙卡背后应该有财团支持，资金这方面不成问题，也是正规企业，不必担心受骗。"

黎邵晨点点头，这一点是重中之重，一个企业最首要的是背景干净、信誉良好，而后才能考虑与之合作。

钟情又说："今年年初，就听说了丽芙卡有意在国内寻找丝绸供货商，大概在半个月前，我又听说了一个新消息，但还不能确定这个消息的准确性……"

"你说。"

钟情有点犹豫："我听说，丽芙卡想要的是半成品，也就是说，供货商光找准丝绸厂还不行，还需要按照他们的需求，在国内把这些丝绸制作成相应的制品。"

黎邵晨的眼睛里闪过一抹赞许："你说得不错。我这边已经得到了确切消息。"他把手里的iPad递了过去，示意钟情仔细翻看："丽芙卡有意在国内寻找长期供货商，而他们最近急需的一批产品，就是以丝绸为原料制作的长裙。"

"长裙？"钟情翻看过全部资料，有些惊讶，"丽芙卡从事高端定制，所有衣物都应该自己生产制作才对，为什么这次会需求半成品？"

黎邵晨微微笑了："看来你对丽芙卡的了解还不够全面。远的不说，就说这次的丝绸长裙，他们在收到半成品后，会让自己人继续后半部分的加工，包括剪裁、拼接和刺绣，最后再打上自己的Logo。据说这一次丽芙卡之所以这么着急，是为了参加来年春季在米兰的一个时装展。"

钟情微微皱眉，她对于时尚和服装展确实一窍不通，平日闲暇了倒是喜好看书看报，却从来不买时尚杂志。刚工作时，偶尔看到同事有购买，她也会跟着翻上两页，但很快就被那上面标注的高价和成堆广告刺伤双眼，后来索性连翻都不翻了。

黎邵晨似乎知道她在想什么，笑着道："相关知识，等你回去再详细了解也不迟。都是些很容易上手的东西。"

钟情抬起眼，正好捕捉到黎邵晨眼中那抹志在必得的神色："看来黎总已经有了主意。"

黎邵晨笑："是。不过这件事我从没跟别人提起，在整个项目彻底落实之前，请你务必保密，千万不要对外界透露……尤其，是对星澜的人。"

钟情颔首，神色凝重："黎总，你放心。既然选择来到卓晨，就等于跟过去一刀两断，这点专业素养我还是有的。"

黎邵晨唇角微翘："用人不疑，疑人不用。我相信你，只是这个项目，目前连卓晨内部的人都不知道，所以才叮嘱你。"

钟情郑重许诺："我一定会谨慎。"

黎邵晨端起杯子，又饮了口茶，钟情发现，黎邵晨对于自己带来的茶叶似乎情有独钟，杯中的水所剩不多，看颜色，似乎已经是冲泡了好几遍的样子。她利落站起身，拿起自己和黎邵晨的水杯："我去添点水。"

黎邵晨看着她走远的背影，面上一直含笑。转回身，看到她放在桌上的资料，不禁有些纳闷。在卓晨，除了项目启动或者年终总结，极少有人会在周例会上准备讲话材料。

黎邵晨这人头脑聪明，看东西也快，几页的东西很快翻完。转过身，正好看见钟情捧着茶杯走回来，嘴角的笑容比之前更为灿烂。钟情这个女孩，比他想象的还要认真努力。

钟情把茶杯放下，一面说："茶大概没有味道了，我又帮你重新泡了一杯。那种茶我家里还有，公司的那罐，就送给黎总了。"

黎邵晨也大方："那我就却之不恭了。"

两个人简单说笑过后，黎邵晨问："你有没有听说过盛泽这个地方？"

钟情思索片刻便道："听说过，盛泽镇，就在吴郡，离我家很近。听说那里盛产丝绸。"

"不错。"黎邵晨也来了兴趣，"你家也在吴郡？"

"不在吴郡市，是下面的一个小城镇。"

"小城镇也好啊，江南水乡，肯定别有一番温柔。"

钟情微微笑："不比盛泽出名，小小的一个镇，镇上只有一家新华书店，一家电影院，想逛大商场都要进城去。但确实有桥有水，很美。"

黎邵晨看她眼神平静，却很向往，知道这段谈话勾起了她的思乡之情，不禁笑着说："那看来这次出差，会让钟总监收获颇丰了。"

"出差？"

"是啊，想要了解丝绸，自然要前往绸都。这趟出差只有我和你，具体地点暂时对外保密，如果公司的人问起，你就说……我们去临安。"

钟情这一次忍不住笑出了声："苏杭处处盛产丝绸，哪里也差不了多少吧。"

"失之毫厘，谬以千里。"黎邵晨故作老成，端起茶来又喝了一口，"这次去盛泽，就带你去开开眼，顺便准你两天假，回去看看父母。"

钟情眼睛亮起来，又很快露出几分羞怯："这……会不会有点假公济私。"

她才来公司，又是经手的第一个项目，才跟老总出差就"顺便"回家，听起来怎么都觉得不太合适。

黎邵晨笑得别提多得意了："要假公济私，也是老板带着你一起。怎么，为了公司累死累活，还不准许员工中途放两天假了。"

钟情知道黎邵晨这是为自己找台阶下，她端起水杯，在黎邵晨的茶杯上轻轻碰了一下："那就多谢黎总了。嗯……旅途顺利！"

黎邵晨笑得更灿烂："马到功成！"

接下来的一段时间，钟情每天早出晚归，几乎都在查资料和讨论会中度过。讨论会自然仅有她和黎邵晨两人。虽然忙得脚不沾地，却也让她整个人从头到脚都充实起来。抛开那些让人心灰的事，钟情突然发现，换了一个工作，换一批日夜接触的人，有时确实能为一个人灌注进新鲜血液。每天晚上回到家，累得沾到枕头就睡，压根儿也没有精力去想那些已经成为过去的人和事。

周五的晚上，钟情收拾好东西，正要从公司离开，突然收到一条短信。她的工资卡是开办了短信通知业务的。也就是说，每一笔金额的存入和取出，她都会在第一时间收到短信通知。望着手机屏幕上显示的那个数字，钟情几乎不敢相信自己的眼睛。这笔钱，足够她在平城近郊支付一个小户型房子的首付款了。

慌乱之下，钟情匆忙裹好围巾，拿上手机奔赴最近的银行。在提款机上再次看到那个数字之后，钟情整个人陷入一种迷茫境地。尽管手机提示上并没有标明打款人的名字，但她几乎可以肯定，这样一笔金额，只能来源于星澜。

这是石路成让人打给她的上月工资和那笔大额提成。可提成比她预想的还要多。

钟情几次拨通石路成的手机，又很快摁掉。这一笔钱本是她应得的，可经过上次石星那一场大闹，反让她生出一种万念俱灰的感觉。对于星澜和石路成，她已经不抱任何希望了。突然间这笔钱又送到她眼前，钟情不知道别人遇到这种情况会如何想，反正她自己是陡然生出一种天上掉馅饼的不确定感。

不是不快乐的，可这份快乐之中，又本能地裹挟着一份不安。

慌乱之下，她拨通了李茶的电话。

电话很快被人接起来，传来李茶欢快的嗓音："钟情姐！太好了，你主动给我打电话！我还想着你忙着适应新工作，肯定得有一段时间不能找你出来玩了！"

钟情听到她欢快的嗓音，觉得整个人瞬间被拉回现实，脑子也清醒许多："怎么，我就不能主动给你打电话啦？"

"不是。我的意思是，我太高兴啦！"那边传来一阵稀里哗啦的声音，紧接着又传来李茶故意压低的嗓音："我才下班，等我下了楼到停车场再给你回电话啊！"

钟情看了眼腕表，晚上七点半。又联想起电话里李茶收拾东西的手忙脚乱，心里已经有了大致猜测，石路成病倒后的这些日子，星澜上下的人都不太好过。

五分钟后，李茶的声音再度传来，她大概是坐在了自己车里，说话也放开嗓音，不像之前那样偷偷摸摸："钟情姐，你在哪儿啊？我还没吃晚饭呢，要不咱俩今晚好好聚聚吧？去我们家，怎么样？"

钟情有些心动，却又犹豫："不太好吧，叔叔阿姨那儿……事先也没打个招呼。"

"哎呀，这些天忙得我脚不沾地，都没来得及跟你说！咱们公司最近不是总加班嘛，我现在都不回家了，我妈在公司附近给我找了套小公寓，还把家里的阿姨拨过来给我用。就咱们俩，不用担心！你在哪儿呢，我这就去接你！"

钟情报了个地址，走进楼里等候。

晚上七八点钟的光景，车况已经不那么拥堵。李茶很快接上她，两个人坐在暖烘烘的小车里，有说有笑。

李茶语速极快，口齿也伶俐，将钟情走后星澜公司内部的种种扒得一塌糊涂。原本都是颇为愁苦的事情，被她这样零零碎碎讲来，倒也听得十分可乐。钟情原本还有些犯愁，越听越乐，最后忍不住笑出声来："怎么被你一说，石星就跟个女魔头一样。"

"她就是女魔头啊！"李茶一边把着方向盘，还不忘张牙舞爪的，"而且人家穿Prada的女魔头好歹还有智商，她一个穿Channel的什么都不懂，还整天对我们指手画脚。"

"对了。"李荼突然转过脸，"我跟你说一件事，钟情姐，你千万要镇定。"

"你说。"钟情见她这样郑重望着自己，便知道不会是什么好消息。

"这不是前两天学校放寒假了嘛。据说陆河终于把学校的事都忙完，他昨天回公司了。"

"然后呢？"

"然后他就摇身一变，成为咱们公司……哦不，我们公司的副总了。"

钟情沉默。这样的事，虽然不在意料之中，但也在情理之内。石路成急病住院，石星一个平日只懂吃喝享乐的大小姐，恐怕难掌大局，陆河回来升任公司副总，同石星一起管理公司，可以说是中上之策。

至于上上策……钟情苦笑，以星澜目前的状况，哪里还有上上之策。能够维持从前水平便已十分不易。

李荼见到她露出苦笑，声音也低下去："钟情姐，你还没跟陆河摊牌吗？"

钟情笑容更苦："摊牌？别人好歹都是先摊牌，后分手。我这是不声不响被人摆了一道，哪里还用得着摊牌？"

"我的意思是……不管怎么说，陆河毕竟之前跟你好过，他应该给你一个交代。"

钟情轻轻抚住额头，她知道自己，工作上强悍，感情上懦弱。陆河也是深知她这点，才敢如此对她。否则换一个脾气泼辣的，不当众对着他和石星泼硫酸，大概也会扔上几枚臭鸡蛋。再弱一点的，也会电话短信狂轰乱炸，非逼着陆河见面，两个人撕破脸皮相互臭骂一顿才算收场。

唯独她，不声不响，哭都是背着人，直到今天，也没主动找他要个说法。

钟情知道自己的弱项，却没有办法让别人也感同身受这一点，便说："我会找他谈，但现在还不是时候。至于他会不会给我个交代，全凭他的良心。"

李荼的语气有点怯怯的，趁着等红绿灯，用眼光偷偷瞄她："说真的，钟情姐，我觉得陆河平时看上去是挺斯文客气的一个人，对谁说话都彬彬有礼的。如果不是这次闹出石星这档子事儿，我一直都觉得他就是言情口袋本里那种标准男主角，长得好看，工作认真，对你还一往情深……昨天公司宣布他成为副总，我看他当时脸上神情淡淡的，也没显得多高兴，我总觉得……会不会这其中有什么误会，或者是他有什么苦衷……"

钟情原本还有些怅然，听她这样说，几乎笑出来："你可别说了。你当这是电视剧还是小说，误会、苦衷？我从前跟他天天在一起，他有什么苦衷会是我不知道的？"

一番话说完，钟情已经有些后悔。李茶比自己小好几岁，心态上也像个小姑娘，两人每每交心相谈，钟情从来都把她当作邻家小妹对待，极少有这样语气尖酸的时刻。可话已经泼出去，她又在气头上，一时也不知该说些什么才能挽回气氛……

最后还是李茶先开口："对不起。钟情姐，我知道你心里难受。"

钟情也连忙道歉："是我该说对不起。你是好心，我最近情绪不太好，但不应该对你发脾气。"

"没有啦，也算不上是发脾气……"李茶已经把车子停稳，有点胆怯地偷偷瞟了钟情一眼，"是我话没说好，才会惹得钟情姐不高兴。"

钟情的脸色依旧不太好看，却是因为突然想起不久前黎邵晨在咖啡馆的那番话。是了，真相如何，只有两个当事人最清楚，旁人再如何懂，也难以感同身受。怎么能要求别人对自己的遭遇端正态度？是她太狭隘了。

况且如李茶这样，在自己失恋换工作后，还能时时关心、处处问候的好友，放眼全平城也只得这一个。

这样一想，钟情脸色彻底缓下来，下车之后，更是主动拉住李茶手臂，语气温和地问："最近公司是不是很忙？我看你下班比我还晚。"

"对呀。"李茶倒不记仇，很快语调又欢快起来，"虽然现在公司有了正副两位总经理，但两个人一个什么都不懂，一个呢，对于公司业务一知半解。今天下午公司临时开会，是大老刘主动提出的，说公司下一个项目，就是争取拿下丽芙卡，可公司没一个人懂丝绸。"

提到丽芙卡，钟情心里也起了波澜："那后来呢？"

"一个会足足开了三个半小时。最后还是石星说，她对时尚最精通，从前去意大利旅行时，还买过丽芙卡的衣服，这次的项目，不用公司任何人插手，她一个人就能拿下。"

钟情不由得挑眉："他同意了？"

"你说谁？"

钟情有点不自在，改口问："我的意思是，公司上下都同意了？"

李茶耸耸肩，摁响门铃："谁敢不同意啊，她现在是公司老总。她一声令下，全公司都是听命的份儿。不过啊……我看陆河那个表情，似乎对石星做这个决定有点不满。"

保姆很快来开门，见到钟情，热情地打招呼："钟小姐，我们小姐早就打了电话，说你要过来用餐。快请进来。"

李茶跟在后面，小声抱怨："李嫂，你肯定跟我妈通过电话了。"

被叫作李嫂的女人约莫四十来岁，戴着围裙，鬓角有白发，朝着钟情笑得有些腼腆："是刚好夫人打电话过来，嘱咐说让小姐好好吃饭，我就说今天钟小姐也会过来。夫人别的什么都没说，就叮嘱我多炒两个菜，把两位小姐照顾好。"

钟情换了拖鞋，卸下厚重的大衣，走到卫生间洗手，一面道谢："李茶，你们全家都这么热情。"

李茶已经快手快脚换好家居服，走到盥洗池，为她挤泡沫："是钟情姐你太客气啦。我从小到大没两个朋友，我妈听说你在公司对我特别照顾，所以常常跟我说，有机会要好好招待你。"

两个好朋友一齐入座，保姆李嫂见一切收拾妥当，便换了衣服准备离开："吃完饭你们什么都不用管，明天我来了再收拾。小姐，钟小姐，我先走了。"

大概李家的习惯向来如此，李茶没有多说什么，跟李嫂挥了挥手："路上小心。打个电话让李叔叔来接你吧。"

"哪里用得着那么麻烦。也不是多远的路，我坐地铁回去很方便的。"

房门被人从外面轻轻带上，屋子里一片静谧，李茶的表情却雀跃起来，站起来走去厨房："钟情姐，我这边有瓶好酒。嘻嘻，要不要来一杯？"

钟情也走过去，见酒瓶子都已经打开，只能说："少喝点。喝醉了第二天会头疼。"

"我知道！"李茶拉着她坐下来，为两个人倒酒夹菜，"尝尝李嫂的手艺。她是扬州人，做菜口味偏淡，但特别好吃，你尝尝！"

桌上摆着四菜一汤，样样精致可口。两个女孩都是累了一天，动起筷子就停不下来。其间李茶还频频举杯，一瓶红酒很快就见底。

钟情还不见有什么，李茶却喝得小脸红扑扑，末了拉着钟情的手不放："钟情姐，你还没说，你在新公司，好不好？"

钟情知道她是有些醉了，起身到卫生间洗了一块热毛巾，回来为她敷脸，一边回答说："还不是老样子，每天忙得要死要活。"

"才不一样！"李茶拍掉她的手，噘起了嘴，"我听说卓晨的工作效率特别高，员工从来不加班，老板……就是那天那个，黎邵晨，对下属特别好，经常请吃饭、请泡吧……"

她突然又拉住钟情的手："钟情姐，你在那边肯定比我强多了。要不，要不……你帮我问，卓晨还缺不缺人？我想过去跟你一起工作。"

钟情见她一双大眼睛水汪汪，明澈如同两汪湖水，知道她虽然有些醉，但也说的是真心话。又感觉到她握着自己的手微微颤抖，想来她一个娇娇女，从来没这样求过人，心里估计还在打颤，不由得笑出来："好，我帮你问问。"

"钟情姐……我就知道，你对我最好了。钟情姐，我热……"

钟情看她脸蛋红扑扑的，额头还冒了汗，知道她这会儿酒劲上来了，便去卫生间给她拧毛巾。

敷了热毛巾，李茶又闭着眼嘟嘴："我渴……"

钟情只能又跑去给这位大小姐倒水。

一通折腾之后，李茶总算老实了彻底软倒在椅子上，钟情也累得不轻，费了好大劲儿把她挪到小卧室的床上。

临走前还险些找不到自己的手机。最后不得已用李茶撂在桌上的手机拨了下自己的号码，才在李茶躺过的沙发上找到，估计是之前被她支使得团团转时随手放的。

钟情忍不住笑着念叨了声"小醉鬼"，坐在靠近门的沙发上，歇了好一会儿才缓过来。她微微有些喘，心里面，一个念头却渐渐清晰起来。

既然石总让人给她打了工资，无论如何，她都应该去医院探望一二。

别的不说，至少应该好好感谢他的栽培，再好好地道个别。

Chapter 07

谁曾改变

他的世界，
从来都只专注对待一个人，
只是不知道在什么时候，
他的心变了。

第二天上午，钟情拿着从李茶那儿问来的地址，拎着自己早起煲的鱼汤，从家门口打了个车，直奔医院。

　　医院地方大，楼层也多，一路打听，最后到了房门口，又有点踟蹰。最后还是心里那份由衷的感激占了上风。她整了整领口，深吸一口气，抬手在门上敲了两声，便走进去。

　　高级病房，内里装潢以暖黄色为主，看得人心头也暖融融。床头柜上摆着一束白色兰花，小小的白色花朵，衬着翠绿叶片，很是淡雅。房门渐渐推开，钟情还没来得及看清病床上躺着的人影，就先看到站在病床边的一人：灰色菱格毛衫，水蓝色牛仔裤，卷曲的头发微微挡在额头，不正是昔日令自己魂牵梦萦那个人？

　　陆河听到房门的响动，也朝这边望过来，看到来人的面庞，也是一怔。但他反应很快，先是低声安抚了躺在病床上的石路成，而后三步并作两步朝她走来，脸上的表情很淡，淡得看不出任何情绪来。

　　两个人一前一后走到一处僻静的拐角处，陆河转过身，脸上有阳光投射到窗上又折射过来的白色光斑，他的肤色很好看，白皙却不会显得女气，如同上好玉石，眉眼温润，往往不笑也是含情。钟情一直知道他生得好看，却是第一次看到他用这样毫不带感情的目光望着自己："你来这儿做什么？"

　　钟情下意识便开口："石总生病，我来看望一下。"

　　陆河漂亮的眼睛笔直望着她，那里面神色却是令人陌生的："石总？你现在已经是黎邵晨面前的红人，还有闲暇来看望昔日老板？"

　　钟情在感情上向来柔软，但并不代表她是个任人揉捏的软柿子，听了这句话也瞬间火起："我会去卓晨，也是拜你那位石大小姐所赐！再说，我要看谁，什么时候，来，还轮不到你来做主！"

陆河微微一怔，旋即又笑开："这事现在还真是由我做主。"他的笑容含着讽刺，一双眼珠如同黑曜石，亮亮的，却看得人心底发凉："石总身体不好，不宜见客。而且，我想他也不会再想见到你。"

一句话，憋在心里许久，在这个时刻终于忍不住脱口而出："你怎么会变成这样？！"

陆河看到她眼睛里的鄙夷，微微侧过脸去："人都会改变。钟情，是你太天真。"

钟情转身就走，直冲病房的方向。手臂被人从身后攫住，那力气大得让她忍不住红了眼睛。他虽然身材高大，力气也足，却从来不会这样对她。从前两个人吵架，也向来都是她对他拳打脚踢，他只会紧紧抱住她，任她发泄，连事后为她擦眼泪都是小心翼翼，仿佛当她是个瓷娃娃。

这个世界到底怎么了，为什么昔日温柔体贴的爱人，会成为如今这个对她言辞冷酷的陌生人？

陆河的声音从身后传来，却仿佛隔着什么，让人听不真切："告诉我，你为什么要来见石路成？"

钟情忍住即将溢出的泪，嗓音却微微哽咽："毕竟过去他帮助过我不少，我去了新公司，有了更好的职位，总要来说声感谢。"

陆河眼中的情绪很复杂，语气却依旧干脆利落："没这个必要。他现在成日昏睡，没人对他讲公司的事。你这个时候去见他，说你去了新公司，顶多会气得他二次病发。"

钟情气极转身，顾不得自己胳膊被他拧得生疼，陆河却很快松开了手，不知道是看到了她眼底的红色，还是别的什么。

两个人的目光只短暂接触了一瞬，便又各自移开。钟情固执望着墙壁一角摆放的花盆，低声说："既然这样，我就去看看石总，什么都不说，这样总不会惹什么麻烦。"

"你就是倔。"陆河的声音也低下来，沉沉的，如同撞在石壁上的钟，让人听不出情绪："你想看就去看。那些东西带走，别留下来。"

钟情转身就走，一个字都不想多说。

陆河站在原地，望着她消瘦的背影，剪短的乌黑的发，露在外面的纤细手指，以及手上提的橘色保温桶……直到人拐过了弯，再也看不见，才跟上去。

钟情说到做到。走进病房，见石路成脸色灰白，沉沉睡着，便没有出声打扰。在原地站了一分钟，把汤放在床头柜，便转身离开。

陆河站在门边看着，直到她离去，两人之间都没再说一个字。

他听着清脆的高跟鞋声渐渐走远，没有转身去看，走到床边，也没有看躺在床上那人，而是捧起那只保温桶，悄悄掩上房门。

陆河一个人静悄悄走到楼梯转角。这里少有人来，是他第一次陪着来医院，就发现的地方。他轻轻打开保温桶的盖子，望见里面熬成乳白色的汤水，切得薄薄的姜片，嫩嫩的鱼肉沉沉浮浮。他拿起一边的勺子，轻轻舀了一勺，送入口中，熟悉的香味瞬间在口腔中蔓延开来。一滴眼泪，掉进汤里，无声无息。

钟情心里憋着一口气，一路搭乘电梯下楼，疾步走到门口，险些跟迎面走来的人撞个满怀。两人各自站稳，钟情一句"抱歉"冲到嘴边，待看清来人样貌，又生生咽了回去。

对方的脸色也不比她好看多少。已经是初冬季节，她却仿佛不知寒冷，穿一件米色薄风衣，三粒铜扣统统解开，脖子上围着淡粉色的围巾，流苏层层垂下来，巧妙遮住毛衣领口裸露出的冰肌雪肤，看起来一如往日的精致优雅。

石星脸孔小小，一副浅茶色的墨镜几乎遮住半张脸，原本脸色冰冷，一副拒人于千里之外的架势。看清楚几乎和自己撞成一团的人，脸色更差，摘下墨镜，露出一双晶莹的大眼。

钟情见她虽然精心打扮，但眼皮红肿，眼底也充满红血丝，明显是一夜未眠，或许还彻夜哭过，才会气色这样差。新仇旧恨加在一起，钟情本就没什么好脸色，可看到对方这副模样，再联想到曾经意气风发的石路成此刻意识昏聩，躺在病床一睡不起，也便说不出什么难听的话。微微朝石星点了点头，绕开她打算就这样走出去。

哪知道石星一把将她拽住，嗓音轻柔依旧，眼色却透着几分凶狠："你跑来这儿想干什么？"

医院大厅人来人往，大多面有愁容、步履匆匆，却极少见到谁在门口处流连。两个人都是年轻女孩，样貌打扮也颇出众，很快就吸引了来往不少目光。

钟情先前压在胸口那股意气还没有散去，赶上石星比从前更不遮掩的凶狠，也来了脾气："你松开！"

"你先说，你跑来医院干什么？"

钟情觉得她简直无理取闹："石总病重，我来探望，有什么不对吗？"

"别以为我不知道你心里打了什么算盘！"石星微微眯起眼睛，嘴角笑容浅浅，"从前还真是小瞧你了。我解雇了你，你就想到来医院找我爸爸求情，怎么，我爸爸理你了吗？陆河理你了吗？你算计得再多，也没有用，你如果还知道'廉耻'两个字怎么写，就别再来纠缠我爸和陆河！"

钟情此时才知道什么叫"秀才遇到兵，有理讲不清"，心里不禁又气又觉悲哀，石路成那样通情达理的一位长辈，怎么生养出这样外表优雅、内里刁蛮的女儿？跟这样的人讲道理，估计熬白了头发都理不清个头绪。

钟情不打算跟她多作纠缠，索性直接摊开来讲："石小姐，你想多了。我已经找到工作，今天来这里确实只为探望石总身体。另外……"她顿了顿，语气里含了浅浅一丝笑，"如果陆河对你是真心，那别人如何努力也都撬不走。"

石星哪里听得这般轻蔑的语气，何况钟情又是长久以来都没被她放在眼里的一号人，一时间千金小姐的脾气也上来了，紧紧抓着钟情手臂，指甲几乎直接掐进她的肉里："自己下贱做了不要脸的事，还怕别人说？"

钟情听她用词实在难堪，又以为她再度暗示是自己主动勾引陆河，一时间怒火又起，口不择言："请你嘴巴放干净一点，谁做了不要脸的事，谁抢了别人男朋友，就算你家有钱有势，也不应该这样贼喊捉贼！"

石星哪里听得这种指责，一时间眼睛瞪得圆圆，松开两人纠缠的手臂，一巴掌朝着钟情脸颊扇过去。

钟情反应也快，倒退一步，脸颊微微一撇，就躲开了。

石星紧跟着还要再打，手臂被后面跟进来的人紧紧攥住，是大老刘。也不知道是赶什么还是急的，他此刻几乎满头是汗，拉住石星的手臂，压低声音劝解："大小姐，这毕竟是医院，事情闹大了，损失的是石家颜面……"一面又悄悄抬起眼来给钟情使眼色，示意她赶紧离开。

钟情心里的憋闷与委屈，哪是一两句话就能发泄完的。她虽然不是富家千金，可也是父母捧在掌心的娇娇女，从上学到找工作，再到谈恋爱，人生路上可以称得上顺风顺水。从没挨过坑骗，自然也不懂得如何去责备、报复他人。

她心里有恨，但自小的家教和成长经历，并没有教会她如何去对自己厌恶的人恶语相向，如今对着石星，终于说出憋在心里许久的那句话，在别人看来或许微乎其微，却已经是她的极致。哪怕刘总监没有出现帮着解围，她恐怕也不知道该如何跟石星这样的刁蛮女一较高下。

所以她几乎刚收到刘总监的眼风，就头也不回地走了出去。并不是因为畏惧石星或者大老刘，而是即便留在原地，她也不知道自己还能做什么。总不能学那位刁蛮大小姐，二话不说地也一巴掌抽回去吧？

原本好好一个周末，就这样被毁了大半好心情。钟情一路搭乘出租车回家，回想起自己刚刚在大厅和石星争执的情形，解气不足，也觉懊悔。从前总觉得自己虽然家境普通，但严父慈母，自己名牌大学毕业，又有陆河那样一个几乎称得上完美的男朋友，即便称不上前途光明，但也该是平安顺心。哪里想得到有一天，自己会为了陆河对另一个女人恶语相向，而在对方口中，自己俨然成了一个人人唾骂的第三者。

如此悲哀，如此荒谬。

即便已经为自己铸造了重重围墙，眼泪却仿佛有着千里溃堤的魔力。几乎在哭出来的那一秒，钟情便知道，陆河的这一页，想要就此翻过去，终究太难。

出租车司机倒有一副玲珑心肠，听到后座女客哭泣，从后视镜瞄了一眼，便打开收音机，调到一个音乐频道。

钟情听到熟悉的音乐声响起，是一首有些年头的曲子，取自若干年前热播的一部仙侠电视剧的插曲。钟情记得上大学的时候，有一年暑假回到家，电视上正好在重播这个。那时她已经与陆河确定关系，陆河的母亲非常喜欢她，总是邀请她到家中做客。

有一天陆河的母亲出门买菜，她和陆河坐在一处，一边看电视剧，一边有一搭没一搭吃水果，聊各自在学校遇到的趣事。

看到电视剧里的男主心系初恋，又和另一个女人一路做伴，钟情便一把掐住陆河的脖子，凶巴巴问："是不是男人都是这样？"

钟情向来温柔，鲜少有这样泼辣的一面。陆河当时看得几乎呆住，眨了眨眼睛反问："都哪样？"

钟情手一指电视屏幕："心里想着一个，身边陪着的是另一个啊！"说着，她再度加大力道，使力摇晃着他："说，你是不是也这样想的！"

陆河闻言便笑出来，他的眼睛生得好看，笑起来便成了弯弯两枚弯月，更显温柔，一边笑，一边就反手搂住了钟情："有你一个，还不够我受的。找两个简直作死。"

钟情记得自己当时没心没肺便笑开了颜。

此时再听这首歌，只觉得感慨良多，倒也别有一番心境。细说起来，陆河似乎并没有违背当初的诺言，他的行为称不上脚踩两只船，顶多只能算是有了新欢，就抛弃旧爱。

他从前是那样认真地爱着她，如今在不知不觉间选择另一个女人做妻子，且对她没有半点留恋，想来也是打算接下来一心一意对待石星。

他的世界，从来都只专注对待一个人，只是不知道在什么时候，他的心变了。

钟情想明白这点，索性也不再掉泪。一首歌放完，电台的节目也到了尾声，主持人正在语气轻柔地跟观众道别。那出租车司机关上电台，出声问："是前面路口右转吧？"

钟情看看窗外，说："对。右转近一些，这个时间应该不会堵车。"

那司机师傅看起来三十来岁，咳了一声，又说："眼瞅着就快元旦了，在外边有什么委屈，也没什么，回家了就什么都好了。"

钟情听得愣住。过一会儿才笑："谢谢。"

曾经她和陆河一起勾画的那个家没了，但好在，她还有父母。突然之间，就对黎邵晨提到的盛泽之行极为期待起来。

能早一点回到家乡，对于此刻的她，也是另外一份抚慰了。

Chapter 08

意 外 之 旅

有时候越是实话，
才越伤人。

准备工作进行了两周，很快就到了出差的日子。

卓晨公司上下对于钟情跟随黎邵晨两人一起南下出差，并没有感到多少意外，临行前大家还在黎邵晨本人的带领下到附近自助火锅店大吃一顿，为两人送行。用人事部小米的话说："咱们黎总，出了名的爱玩。每个月不出次差，顺便旅个游，浑身都得不自在。"

钟情当时听得直乐，后来想想，或许正是黎邵晨这样外严内松的管理方式，才使得卓晨成为以高效、高质、高福利著称的业内典范。

外界都认为黎邵晨是个不好对付的老狐狸，公共场合从没人敢小看他看似泛泛而谈的言论；公司内部的人对他无不交口称赞，虽然上上下下都喜欢拿他取趣，但又都对他的每句话毫无异议地执行到底。能做到这般八面玲珑，又不失威严，黎邵晨确实是一号不简单的人物。

如今这位不简单的人物正坐在机场二楼的茶室，兴冲冲地端着两杯茶走过来："钟情，你动作挺快啊！"

钟情见他情绪高昂，如同一个迫不及待去春游的孩子，不禁也笑了："刚刚黎总给我打电话的时候，正好刚下出租。"

从出租车走到机场二楼，换作谁也费不了多少工夫。

黎邵晨把一杯茶推过去，眼眸微微眯起，笑得一脸灿烂："尝尝看。"

要说黎邵晨这个人的长相，如若他肯冷下脸皮沉淀气质，颇有几分武侠小说中描述"眉若刀裁，目若寒星"的冷魅超然。可惜这人从来绷不住，面对相熟的同伴，更是喜欢笑脸迎人。这样一笑，帅依旧是帅，距离感就没了。连钟情这样多日心情欠佳的，见到自家老板笑得这么讨喜，都忍不住也露出一个笑脸。

钟情见小小一盏玻璃碗里，碧绿的叶片青翠欲滴，茶汤清澈莹然，看着就喜人，便掀开碗盖，小小轻啜一口。

平城的冬季寒冷干燥，钟情一路走来，只觉得脸皮僵硬，唇舌干燥，含了一口鲜醇的绿茶入口，便觉得整个人都精神起来，端起茶碗仔细观看："这是什么茶？味道真不错。"

黎邵晨献宝一样，从随身的背包里拿出小小一只茶叶罐："蒙顶甘露。昨天回家从老爷子那儿顺来的！"

钟情对于黎邵晨的家庭有所耳闻，不禁失笑："这茶肯定很贵。"

黎邵晨搔了搔头，有点不好意思："还成吧。是老头儿从前一个学生送的。"

他没好意思提头天晚上回家，从老头那儿偷茶的时候，被家里几位长辈连番打趣。

先是一贯严肃的黎父开口问："你不是从来都喝咖啡吗？什么时候对茶感兴趣了？"

黎邵晨也会做人，早就把从钟情那儿顺来的茶叶分出一小罐，给老爷子递了过去："爸，您尝尝这个。"

黎父一辈子就两个业余爱好，品茶、下棋，黎家上下无人不知。家里逢年过节，也收到许多旁人送来的各种茶叶，可从自己儿子手里接过茶罐，这么些年还真是头一回。

黎父接过茶罐，打开来捻了两片放在指尖搓了搓，又闻闻，脸上看不出什么神情，倒是把茶罐往旁边站着的保姆一递："去泡一杯来。"

黎母在旁边看得诧异，但也高兴："邵晨，从哪儿淘换来的茶叶？给你爸爸送也不多拿点儿，就这么一小罐……"

黎父哼了一声："送？他这分明是换！"

黎邵晨从老头书房里拿茶叶的时候，只有黎父一个人看得清楚，这么一说，其余人才知道，家里这位一向不愁吃穿的大少爷，居然破天荒地从老爷子那儿顺了东西走！而且还是黎邵晨本人向来不感兴趣的茶叶。

黎母敏感地嗅出这里面有点别的意味："邵晨，你从家里拿茶叶，是要送给谁喝？"

这点事也是明摆着的，如果送外人，犯不着从家里拿小罐盛，直接从外面商场茶店买礼盒送过去就是了。这样看似寻常、实则亲密的举动，大概只有朋友之间，才会如此。而黎邵晨从前的那些朋友，家里父母都是认识或者听说过的。

家里几位长辈一时间都颇感兴趣地望向他，黎邵晨顿时觉得压力山大，挠了挠头顶，咳嗽一声道："那个……也不是送谁。就跟一个朋友，我们俩分着尝尝。"

黎父鲜见地露出一点笑意，指了指桌上的茶罐说："这茶叶，也是你那个朋友送的吧？"

黎邵晨自小家教森严，熟悉他的朋友都知道，这小子属于典型的"外圆内方"，对待外人圆滑若水，对待亲人朋友却直来直往，是个耿直的脾性。

被老爹这么一问，黎邵晨也没隐瞒，索性直说："啊，就我们公司，新招来的一个技术总监。她挺喜欢喝茶的，那天我看她泡茶，我也就来了一杯，喝着还不错。"

黎父唇边流露出淡淡笑意："她家是苏杭一带的。"

不是疑问句，而是肯定句。

黎邵晨这个在外一手遮天的，在黎父面前都有点坐不住了："啊，是。爸你怎么知道的？"

黎父和黎母交换了一个眼神，语气平淡："年轻时候，在那边老乡的家里小住过。那边乡下自家炒的茶，就是这个味，有点像水西翠柏，但比翠柏更青嫩。"说到这儿，他扫了黎邵晨一眼，别有深意："这个茶，基本走出吴郡就喝不到了。"

旁边还坐着黎邵晨的叔伯和婶婶，几个大人眼神一交换，再落在黎邵晨身上的时候，就有了那么点儿不一般的意味。

黎邵晨简直如坐针毡，笑声都发干："哈哈，还挺巧的。那什么，爸，这茶你要是喜欢，明天我出差正好去那边，再给你带点过来。"

说完黎大少捏着小茶叶罐头也不回地溜了。

到了一定年纪，家里的长辈无论男女，在某个话题上都显得特别有默契，也特别可怕。

黎邵晨一边喝着茶，回想起前一晚在家中"因为一罐茶叶引发的惨案"，顿时觉得无比惨痛，一手遮着额头，正经的蒙顶甘露都喝不出香了。

钟情见自家老板表情不对，便问："黎总，你怎么了？"

黎邵晨抬起头，看了眼表，发觉时间还早，便又摇摇头垂下眼皮："没事。"

钟情见他刚才还高高兴兴的，这会儿整个人都蔫了，也不知道是自己哪句话说错了，便又问："是头疼吗？昨晚没休息好？"

黎邵晨嘬着牙花子抬起头，一脸郁闷："没。就是想起家里人老催着结婚，比较烦。"

钟情闻言"噗嗤"一声就笑了。

黎邵晨见她是真被逗笑了，也跟着乐了，一边乐还问："你笑什么？"

钟情直摆手："没。我就是觉得……"

黎邵晨不肯罢休，直追着问："觉得什么？"

钟情悠悠笑着道："我觉得黎总不像会缺女朋友的人。"

"嘿！"黎邵晨一听这话，顿时不干了，挺直身板一脸严肃望着她，"这话说的，我怎么就不缺女朋友了！"

钟情也被他问得一愣，下意识就说："我听他们说，黎总女人缘很好。许多女孩都喜欢你，所以……"

黎邵晨摆摆手，再度恢复了之前忧郁的小表情："女人缘好有什么用，没一个靠谱的。"

在旁人眼里，黎邵晨这样帅气多金又能干的年轻总裁，只有女人成堆冲上去把他淹没的份儿，谁能想得到他也会一脸忧郁地"恨娶"啊！

钟情看得叹为观止，忍不住代表广大未婚女性提出疑问："那你觉得什么样的是靠谱的？"

黎邵晨垂着眼皮，大概是真为这事犯愁不是一天两天了，一口接一口喝光整杯茶，都没正面回答这个问题。直到上了飞机，两人并肩坐下来，黎邵晨才不咸不淡说了句："真心喜欢我这个人的，而不是看上我的钱，或者其他那些附加的东西。这样的女人现在没几个。"

钟情听得一愣，咂摸片刻，忍不住笑了。

认真算起来，她认识黎邵晨也有不短时间，但两人真正走近，却是最近这一个来月的事。两个人曾经是职场上针锋相对的敌手，如今却是合作无间的同事，她曾经也想过要定义黎邵晨这个人，却一直没找到合适的形容词汇。

对自己曾经的敌人不计前嫌，在对方落难之际伸出援手，对所有同事一视同仁，却对自己未来的妻子有着意料之外的"苛刻"标准……黎邵晨，是个外表圆滑世故，却不失赤子之心的男人。

想到这儿，钟情不禁微微笑了，在这样的人手下打工，想必只要自己好好努力，接下来的日子要比从前在星澜更精彩，也更自在。

飞机抵达临安，两人行李不多，提着便走。两个人各自打开手机，黎邵晨盯着手机屏幕，不知是看到什么，突然停住脚步。

钟情走出几步，发现后面没人跟来，见到黎邵晨摸着下巴，不知在想什么，便问："黎总，咱们先打车去车站吧。去那边只有大巴。"

黎邵晨抬起头，露出一抹有些玩味的笑："不了，行程有变。咱们先在临安走一走。"

钟情有些摸不着头脑："在临安？"

黎邵晨笑容沉沉，颇有些高深莫测的味道："上次你不是也说，苏杭一带处处盛产丝绸。咱们先在临安逛一逛。"

钟情总觉得那笑容里有阴谋的味道，可人家领导不说，自己也不好紧追着问，便点点头，跟在旁边一道走。

两个人上了车，黎邵晨扫了眼手机屏幕，跟司机师傅报了个地名，便说："时间还早，咱们先去酒店，歇一歇。"

钟情一路稀里糊涂，跟着黎邵晨下了车，才发现车子停在一家酒店外。欧式建筑风格，洁白大理石柱，一路走进去，越往里走越觉装潢华美，客人只有零星三两个，倒是身穿黑色制服的服务员一溜溜站得整齐。

钟情有些局促地站在大厅里，抬头望了望墙壁上的彩色浮雕，也不知道是用了什么材质，只觉得那浮雕光泽流动，瑰丽异常，一直仰着头看，脖子都仰得酸了，却还没看到顶端。

黎邵晨拉着她找了张闲置的沙发坐下来，很快便有服务生送上两杯矿泉水，一边将房卡放在桌上："黎先生，小姐，这是房门钥匙，请收好。"

钟情喝了口矿泉水，望着往来的人群，真有些如坐针毡的感觉："黎总，咱们出差……用不着这么铺张吧？"

黎邵晨看着她那副局促不安的样子就乐了："又不是花你的钱，看你那心疼的小样儿。"

钟情看了看左右，小声说："我不是那个意思……我是觉得，咱们没必要住这么贵的酒店，三星酒店就蛮好的。"她还没说从前在星澜出差，自己住的都是一两百块一宿的快捷酒店，连一颗星都没有。

黎邵晨眨了眨眼睛，笑得别提多狡猾了："你放心，来这个地方物有所值……"

钟情一头雾水，但她敏锐地感觉到，黎邵晨会选择入住这家酒店，应该不单单是为了摆谱享受。这么一想，她索性也就安心下来，踏踏实实坐在沙发上享受着暖风喝水。

就这样坐了大概半小时，黎邵晨突然站起来，语调轻快地说了句："走了。"

钟情连忙拎着包跟上。两人大件行李都已经交给服务生送至客房，钟情一直弄不明白为什么到了酒店不进自己房间休息，却非要坐在大厅喝水。此时听到黎邵晨一声召唤，匆忙站起身的同时，突然福至心灵：黎邵晨这是在等人！

两个人站起身来，一前一后往外走，钟情遥遥看到远处走来一个有些熟悉的身影，却听到黎邵晨低声说："别盯着看，跟着我走。"

望着黎邵晨朝自己递过来的手臂，钟情微微犹豫，俏丽的发丝顺着她低头的动作乖巧贴伏在脸颊。抬起头，正看见黎邵晨脸上那似笑非笑的神情，钟情一咬牙，便将手递了过去。

两人均穿着深色大衣，钟情脚踩一双五公分高靴，一眼望过去，男的英俊挺拔，女的高挑优雅，两人相携而行，颇是一幅养眼的画面。

远远地，有人朝着他们两人的方向看过来，先是一愣，随即快步走过来，主动朝黎邵晨伸出手："黎总，这么巧。"

钟情挽着黎邵晨的手臂，别扭得连路都不会走了，待看清楚来人，瞬间觉得手不酸了，腿不僵了，整个人都自在了。

刘靖宇，也就是从前大家口中的大老刘，星澜的技术总监，此时正朝着两人露出恰到好处的笑脸。

黎邵晨跟他握了握手，脸上露出淡淡惊讶："刘经理，是挺巧的。"

钟情站在一边看着，心里默默给黎邵晨脑袋扣上一个"影帝"的皇冠。

说话间，大老刘已经把目光投到她的身上，那副原本只是客套的笑意里不知怎么的，仿佛含了点别的味道："小钟，听说你离开星澜，就去了卓晨，没想到这么快就跟着黎总一块出差了！前途无量啊！"

钟情只露出一个短暂的笑容："你太客气了。"

她自问做不来那么虚伪，对着自己不喜欢的人还笑脸相迎。原本在公司也称不上多好的同事，如今站在敌对的位置上，更不可能有什么好语气了。

大老刘还要再说些什么，就听远处传来一道熟悉的女声："刘经理，房间没问题了吧？"

几次针锋相对，钟情对这个声音不能更熟悉了。不久前听李茶说，石星准备亲自负责丽芙卡的单子，原来是选择带了刘靖宇一同前来。

刘靖宇朝着两人微笑地道了句："失陪。"接着便小跑地奔向前台。他也是年逾四十的人了，啤酒肚，小短腿，跑起来如同一只吹得有些蔫的球。饶是如此，跑到石星跟前，还能听到他殷勤的声音："大小姐，房间换好了。这次肯定没问题了。"

钟情小声问："你来这儿，就是为了跟她打个照面儿？"

黎邵晨侧过脸朝她挑挑眉："我是那么肤浅的人吗？"说着，他又拍拍钟情手臂，好像在安抚小朋友："待会儿你什么都不用说，记得保持微笑。"

钟情小声嘀咕："你这意思是让我装高贵冷艳吗？"

黎邵晨投给她一个赞许的眼神："觉悟很高啊！"

这么一说笑，钟情好像也没那么紧张了。说紧张也不妥当，如果说单独跟石星见面，她也没什么好紧张，反而是其他诸如愤怒、怨恨等负面情绪占了上风。可眼下很明显是公事上打交道。她一时间还摸不准黎邵晨的用意，两人现在这样主动上前，似乎还有点做戏的成分在里面，也难怪钟情觉得不安。

走到近前，黎邵晨主动跟石星打招呼："这不是石大小姐嘛？没想到这到了临安市，还能遇上熟人！"

石星转过脸，她大概许多天都没休息好，一双眼眸描绘精致，却遮不住眼睛下方浓重的乌青；唇上涂着橘红色的唇彩，搭配暖色系的眼影，使得整个人看起来勉强有了些精神。

她的目光先在黎邵晨面上停了片刻，而后看向钟情，唇边随即漾起一缕笑："确实是巧。不知道的还以为是谁在我身上装了窃听器。怎么我走到哪儿，卓晨的人就跟到哪儿。"

"呵呵。"黎邵晨只笑，不说话。

即便不喜欢石星，钟情也觉得黎邵晨这声"呵呵"笑得太尴尬了。不过她趁机瞟了一眼石星的表情，冷冷的，却没动怒，看样子很可能不知道黎邵晨这声"呵呵"是骂人的意思。

刘靖宇主动打圆场："两位是今天才到这边吧？"

钟情先是一愣，随即注意到石星手上提着的购物袋。这才明白过来，这两位估计在这边住了有几天了。也难怪黎邵晨能收到消息，知道到这边来堵人。

黎邵晨微微点头："才到。"他又将目光看向石星，"石小姐，相请不如偶遇，不如一起吃顿中饭？"

石星嘴角轻轻翘起，目光如同两枚小小的钩子，在黎邵晨身上打了个转："吃饭也不是不行，不过还是等我们办完正事吧。"

黎邵晨似有所悟，点点头："既然这样，就不耽误石小姐办正事了。"

石星点点头，朝着刘靖宇做了个手势："我的名片呢？拿一张给黎总。"

大老刘估计也有点蒙，愣了一下，连忙从随身的挎包里摸出名片盒，抽出一张双手递过去。

黎邵晨接过来，似乎很认真地研读过上面的内容，这才朝着石星微笑，目光深邃："那就在这儿，先恭祝石小姐马到功成。"

石星原本就是个美人，尽管面有疲色，嫣然一笑的时候依旧动人："好。等事情告一段落，我请黎总吃饭。"

黎邵晨状似恋恋不舍地忘了一眼，这才转身离开。

直到两人一块走出酒店旋转门，钟情才长舒一口气。

黎邵晨此时的神情已经恢复正常。两个人并肩走着，黎邵晨看着她笑："怎么，这么怕那个石星？"

钟情瞥他一眼："跟她相比，还是黎总你更令人生畏。"

黎邵晨瞪大眼睛，一脸无辜："我长得很吓人吗？"

钟情对于他这样的瞬间变脸颇为无奈："你长得很帅，但朝着人放电的时候确实有点吓人。"

黎邵晨挺了挺胸，做大义凛然状："我这可都是为了公司。"

钟情完全摸不着头脑："我不明白……"

走到停车场，黎邵晨示意她留在原地，自己走到一辆黑色路虎边上，敲了敲车窗。

车窗降下来，露出一张非常年轻的脸。看清楚来人，那人打开车门蹿下来，狠狠给了黎邵晨一个拥抱，一边大声说："我家小黑就拜托你了！三哥，千万仔细啊！别抢路，别超速，别玩飘移！"

黎邵晨给了他一记手拐："这车想飘也很难好吧！"

那人一脸委屈地捂住胸口："三哥，我这也算是千里送车吧！"一转脸，他看到站在不远处的钟情，立刻嗷嗷叫："这位美人，你好！"

钟情走上前："你好。"

黎邵晨笑着给两人做介绍："这是白肆，我们私底下都叫他四儿。四儿，这是钟情，我……新挖来的技术总监。"

白肆模样长得好，毛刺头，一双凤眸深邃含情，俊俏得如同从画上跑出来的美少年。见到钟情笑得格外灿烂，主动朝她伸出手："钟情你好！以后来临安玩就找我，号码跟三哥要！这片儿都我罩！"

钟情几乎要笑出来："你好。很高兴认识你。"

白肆又说："听你说话声音不像北方人。"

钟情报了个地名，说道："是吴郡下属的一个镇。"

白肆几乎跳起来："哦！那地方我知道！我前年去过！你们那镇上有种点心，特别好吃，叫情人笑！"

钟情愣了愣，歪头想了下才反应过来："你说的是玫瑰酥吧？"

白肆拿手那么比划："就比乒乓球还小，一口一个，酸酸甜甜的，还有一股玫瑰味。"

钟情笑了："就是玫瑰酥，那个配绿茶吃最好。"

黎邵晨见这两个人都说得两眼冒光，完全没有自己插话的余地了，咳嗽两声说："咱们……是不是正事要紧？"

钟情立刻噤声。

白肆撇了撇嘴："小气！"

黎邵晨一拍他的头："忙完这几天，我们正好会过去那边，等到时给你寄过来点儿不就得了！"

白肆立刻蹦起来："不成！我跟着你们一块儿去！那东西寄快递肯定都碎成渣了！"

黎邵晨把他往后一推："这事回来再议。我现在跟你钟情姐有正事，别添乱。"

白肆一脸委屈。

钟情笑着安慰："这大冬天的，也没几家卖那个。等我晚上往家里打个电话问问。"

白肆朝着她眨巴眨巴眼："好！"

黎邵晨打开车门示意钟情赶紧上去，一边说："今晚大家一块吃饭，到时有的聊。你们俩别在这儿恋恋不舍的了！"

白肆抱着手臂，吊儿郎当地吹了个口哨："三哥，你这是醋了吧！"

黎邵晨斜了他一眼，那个角度钟情看不到，白肆却看得清清楚楚，当即在嘴巴上做了个拉锁的动作，又朝两人招招手："一路顺风！晚上见！"

一路开出停车场，钟情才说："没想到他一个男生，居然喜欢吃小甜点。"

黎邵晨嗤笑一声说："你别看他长得嫩，你以为他多大？"

钟情惊讶地侧过身："看那样子，顶多也就刚上大学吧。"

"他今年大四，过完年就毕业了。"黎邵晨又补充了句，"他不喜欢吃甜点。"

钟情微微一怔，随即反应过来："是给他喜欢的人买？"

黎邵晨悠悠一笑："那小子有福气。"

钟情看到他浅笑着的侧脸，瞬间想到不久前，他在酒店对着石星两眼放电的刻意笑容，便问："黎总，你刚刚说请石星吃饭，不是真心的吧？"

刚好拐过一个弯，黎邵晨把着方向盘，转过脸朝她一笑："怎么，才发现我坚贞不屈的本质啊？"

钟情"囧囧有神"，简直不知道该怎么接口："我就是觉得……明知道她不可能会答应……"

黎邵晨反问："你为什么觉得她不会答应？"

钟情认真地分析："他们会在临安逗留，明显是为了找能长期合作的丝绸厂。这个当口上遇见同行，一般人都会担心被截和。石星虽然入行经验浅，但她知道星澜和卓晨一直是死对头，又有刘靖宇在一边提醒，对于你的邀请，肯定有一百二十个提防……"

黎邵晨接口道："而且我身边还跟着你。以石星那个大小姐脾气，肯定不会乐意跟情敌一起吃饭。"

钟情简直不知道该说什么，憋了好一会儿才开口："黎总，这么往人伤口上撒盐，真的好吗？"

黎邵晨龇牙一乐，望着她的眼睛熠熠闪光："有些事，别人不说，你自己心里也过不去。没准说得多了，听得麻木了，时间一长，你也就没感觉了。"

钟情想反驳都觉得没话说，干脆什么都不说了。

黎邵晨见她怔怔望着前方，一语不发的样子，脑海里又回想起两个人初次见面时，那个倔强蜷缩的背影，不知怎么的，就觉得心里有一个很隐蔽的地方，微微一软。

车子开出一段路，黎邵晨突然说："你看后视镜。"

钟情往后视镜的方向瞟了一眼，后面跟着一辆银色的大众轿车："怎么了？"

黎邵晨嘴角微撇："那辆车跟着咱们有二十分钟了。"

钟情下意识地就想转头，被黎邵晨摁住手臂制止："别往后看。"

钟情脑子转了几个弯，终于反应过来："后面是……石星派的人跟着？你刚刚在酒店故意跟她假装偶遇，就是为了引她上钩？"

从离开机场，黎邵晨的反应就不对劲儿，先是一个劲儿地捣鼓手机，看样子应该是收到了什么信息。紧接着两个人大老远赶到一个高档酒店，在大厅里等了半个多小时，直到看见刘靖宇走进来，黎邵晨才慢悠悠拉着她起身。和石星说话就更显得刻意了。

虽然黎邵晨出了名的招蜂引蝶，但平时围着他转的女孩子很多，也不见他吐个口，真主动约谁吃饭……尤其这个对象还是石大小姐！

黎邵晨耸了耸眉毛，嘴角挂着一缕得意的笑："老话说近朱者赤，近墨者黑，这跟着我混得时间长了，你也跟着变聪明了啊！"

钟情扶着额头小声嘟囔："这也太明显了吧！"

"你说什么？"

钟情坐直身体，忍不住提高声音："我是说，尽管我还没想明白黎总为什么要这样做。但这招太明显了，星澜的人不一定会上当。"

黎邵晨笑了一声："这不是已经派人跟上了嘛！"

钟情小声嘀咕："石星应该没那么笨。"

黎邵晨瞟了她一眼："你倒是客观评价。"不等钟情说什么，他又说道："石星脑子不笨，但脾气不小，又出了名的目中无人。骄傲的人，跌跟头总要比其他人狠一些。"

钟情若有所悟，过了一会儿才反应过来："咱们这是要去哪儿？"

黎邵晨大笑出声："钟总监，我看就这么把你拐走卖了，也是一笔不错的买卖。"

钟情横了他一眼，没好气地说："我可不值钱。要卖也是卖你。"

耍嘴皮子，全公司上下谁也比不过黎邵晨。听钟情这么一说，他更来劲了："你可别谦虚！钟总监才貌双全，吃苦耐劳，又是我花重金从敌对公司挖来的，你这要是跟人跑了，我可赔死了！"

钟情憋得脸发红，半天才挤出一句："放心，我这个月工资还没领呢，要跑路也是拿到钱才跑。"

黎邵晨哈哈大笑，虽然还分出一半心思开车，但整个人的眉眼都生动起来。他微微侧过脸，睨了钟情一眼，说道："放心，2月3号就是小年，到时工资奖金都少不了你的！"

小年……钟情一听这个词，顿时浑身一冷，猛地想起几个星期前，石路成在公司晚宴上说的那番话。小年夜，是石星和陆河结婚的日子。

黎邵晨向来擅长察言观色，见钟情听了自己刚刚那句话，整个人都委顿下来。车子里暖气开得很足，她却脸色苍白，仿佛连嘴唇都在微微发抖，不禁问："你怎么了？"

钟情摇摇头："没事。"

黎邵晨将自己讲的话翻过来倒过去想了几遍，终于记了起来，觑着钟情脸色道："我想起来了，石星跟那位陆先生的婚礼就在小年夜。"

钟情没有讲话，只是抓着手提包的指尖悄悄攥紧。

黎邵晨倒直接，收回视线看着前方路况："婚礼你要去参加吗？"

钟情脸色苍白，连说话都缺乏底气："石路成病重……婚礼不一定能如期举行。"

黎邵晨听了这话，不知怎么的就涌起一股薄怒："人家现在是订了婚的未婚夫妻，结婚是早晚的事。"

钟情眼眶一酸，微微点头："倒也是。"

等红绿灯的空当，黎邵晨松开握着方向盘的手，将手臂搭在钟情的椅背上，靠近看着她的侧脸问："你这算是对前男友旧情难忘吗？"

钟情垂着眼，半天才说出一句："他欠我一个解释。"

"解释？什么解释？"黎邵晨嘴角弯出一缕冷笑，"无论是什么原因，他抛弃你转娶富家千金是事实。"

钟情声音微微哽咽："黎总，我不想谈这件事。对不起，我知道你是好意……可我现在没法谈这件事。"

面对李茶的好言劝解，她语气尖酸反唇相讥；而面对黎邵晨的冷嘲热讽，她却软弱逃避不想面对。

科学家说，人在面对巨大的打击或困境时，会先后经历五个阶段：拒绝、愤怒、挣扎、沮丧和接受。钟情也自己判断过，她现在的这个阶段，应该已经经过了"愤怒"，正在向"挣扎"靠拢。可这些都是冷冰冰的数据分析，不知道科学家在做出这个总结时，有没有想过，每一个经历这些阶段的都是活生生的人。而无论已经走到哪个步骤，无论旁人如何看待，那个当事人都会觉得痛不欲生。

她现在压根儿没有办法直面这个问题，也不想听任何人再提起那个人的名字，或者跟两人过去相关的任何事。她只能自我催眠，努力淡忘，才能看似刀枪不入地认真工作、努力生活。

只有不去想，才能咬着牙撑过去。

后方响起车辆的鸣笛声，黎邵晨一个晃神，猛地一踩油门，车子如同离弦的箭一般冲了出去。

车子里的两个人仿佛都浑然无知。一个径自陷入沉思，另一个，则在偷偷观察对方的表情。

人生第一次，黎邵晨有点痛恨自己这张快嘴。

他自小就受长辈喜欢，得小姑娘欢心，哥们儿朋友一大堆，不仅因为他模样家世都出色，更因为他这张嘴能说会道。用从前跟他合伙开公司的萧卓然的话说，黎邵晨一张嘴，死人能让他给哄得笑出声来，活人也能让他给生生气死。

他一直觉得自己这样没什么不好。可是看到钟情眼眶通红，明显是强忍着眼泪跟自己说话，他就觉得自己那些话虽然说得都对，但就应该生生咽下去。

因为有时候越是实话，才越伤人。

而他不想身边这个女人再伤心。

Chapter 09

一 个 要 求

那笑意仿佛泛起的涟漪，
一圈圈浅浅地荡漾开去……

车子开到一家饭店门外。黎邵晨和钟情先后下了车，刚走到门口，就见一个身穿灰色棉服的中年男人快步迎出来："黎少！大驾光临啊！快进来快进来，这边请！"

黎邵晨也不客气，握住对方的手摇了摇，笑着说："阮叔还是这么客气。挺久不见，家里都挺好的吧？"

"家里都很好。"被叫作阮叔的男人说话有些南方口音，面皮白净，身材敦实，笑起来见牙不见眼，整个人胖乎乎的如同个刚出锅的白面馒头，看着就觉得讨喜。一转脸看到钟情，又笑着主动伸出手，一面用眼睛瞄着黎邵晨的脸色："不知道这位小姐怎么称呼……"

钟情微微含笑："阮先生你好，我是钟情，是黎总——"

"这是我朋友。阮叔你不用客气，叫她名字就行。"黎邵晨嘴皮子溜，讲话也快，截断钟情的话说道。

阮大叔眼睛笑眯眯的，眼色却一点都不差："黎少的朋友，就是我阮国栋的朋友。钟小姐，千万不要客气，到了这边，就像到了自己家里哦！"

钟情收到黎邵晨的眼神指示，不敢乱说话，只能点点头应下来："谢谢阮叔叔。"

说话间，就见之前一直跟着他们的那辆银色大众也停在不远处，从车上下来一个年轻人。

钟情瞟一眼觉得面生，也不敢多看，就见那人朝着他们三人看了一眼，径自从门口走了进去。

黎邵晨微笑："咱们别在这儿站着了，免得挡到阮叔的客人。"

阮大叔也连忙道："看我，这是太高兴了，都忘记邀请你们进去！外面冷，咱们里面讲话！"

三个人说话间，便到了饭店里面。店面不大，摆着十来张桌子，倒是都坐满了。阮大叔也不着急，指了指楼上说："早就给你留好位子啦，咱们楼上聊。"

楼上的布置有点古风，每一桌都用屏风隔开，此时才坐了两桌，比楼下要安静许多。阮大叔招呼两人坐下，很快就有服务员端了茶水和小点心上来。

茶是味道清淡的白茶，小点心味道也偏淡，口感却是酥脆。钟情早上起来时怕晕机，吃得并不多，跟着黎邵晨折腾半天，刚刚在车上还险些哭了一鼻子，这会儿也是饿了。就着茶水一连吃了三块点心，才觉得胃里舒服了些。

阮大叔看着就笑："点心和茶味道都淡，你们随便吃吃垫肚子。好酒好菜很快就上来。"

钟情听着这位阮大叔讲话，一口绵软的江浙口音，却颇有几分北方大汉的豪气，不禁觉得可爱，忍不住就笑着说道："这点心还挺好吃的。"

阮大叔呵呵地笑："这都是点心师傅每天早起烤的。味道淡，主要是怕夺了正餐的口味。"

钟情点点头，没想到还有这番讲究。偏头一看黎邵晨面上神情淡淡，点心只吃了一块就放下，茶水也只尝了一口，心想眼前这点排场，估计在这位大少爷眼里算不得什么。也就自己这样没见过什么世面的才觉得新鲜。

不多时，饭菜陆续端上来。糟烩鞭笋，清炒菜心，八宝豆腐，红泥砂锅鸡，西湖醋鱼，外加一钵鸡火莼菜汤。一桌都是地道的杭帮菜，钟情虽然此前没有来过临安，但她本来就是南方人，对于口味清淡的饭菜非常倾心。几样菜都夹了一点尝，只觉菜心清甜，豆腐滑嫩，砂锅鸡又嫩又香，越发来了食欲，就着一碗白饭吃得格外香甜。

黎邵晨见她吃得欢，面上露出一抹极淡的笑，慢慢跟着也吃了不少。

都是自家烧的菜，阮大叔自然是没什么新鲜的。不过都说心宽体胖，像他这样生得白白胖胖的主儿，吃起饭来胃口自然是相当好的。

一餐饭毕，阮大叔又让服务员端了几碟餐后甜点并一壶茶来，笑呵呵地摸出一盒苏烟，朝黎邵晨递了过去："黎少今天真是给我面子。几年不见，想不到你的口味也有改变了啊。"

钟情拿纸巾擦了擦嘴，听了这话突然反应过来，后知后觉地看向黎邵晨。自己吃着味道合适，估计黎邵晨这个正统的北方人会觉得偏淡，回想起刚刚饭桌上他吃得比自己只多不少，钟情突然对于自家这位老总有了新评价：也不是看起来那么难讨好啊！

黎邵晨被钟情一个眼神看得脸皮微微发烫，嘴上却回答得挺顺溜："这些天有点上火，吃点清淡的蛮好。"说着又将那只金属小盒退了回去："早戒了。"

阮大叔瞪大眼睛，脸上的表情堪称震惊："戒了？"

钟情再度把目光投向坐在自己身边的男人，似乎从认识他以来，就没见这人手里出现过香烟。原本以为他是没有抽烟这习惯，可看阮大叔那表情，显然身边这位从前烟瘾可不小……

黎邵晨笑得别提多真诚了："早些年在部队上，抽烟是为了提神，也不是多喜欢。现在工作这么轻松，真用不上。"

阮大叔原本捏着烟的手指一僵，点点头，又把烟卷放在桌上，笑了笑说："也是，对身体也不好。今天又有女士在场，咱们就不抽了，不抽了。"

钟情原本想说不用介意她在场，可看自家老板正襟危坐，垂眸喝茶，看样子是默许了"不抽烟"这个条款，她也就不好再说什么了。

阮大叔端着水壶添了些水，一边说："这茶是前些日子朋友送的，正统的洞庭碧螺春，我喝着味道挺正。黎少你也尝尝。"

黎邵晨说："阮叔，四儿应该在电话里跟你说了吧。我们这次过来，是想做一笔生意。"

阮大叔笑呵呵的："说了，说了。黎少，你这话说得就太客气了。咱们之间，说什么生意啊。就是你一句话的事！"

黎邵晨也笑："话不是这么说。我听说……阮叔的老婆家里，原本是开丝绸厂的？"

"对，对。"阮大叔眨巴眨巴眼，"黎少，你想要丝绸？"

黎邵晨点头："确切地说，我想找一家固定合作的丝绸厂。"

阮大叔一听这个，顿时来了精神，连忙又为两人添水，一边还招呼服务员："把我屋里那几罐蜜饯都盛一点来。让老张停停手，烤两盘点心出来。"

钟情连忙说："阮先生，不用忙了。咱们谈正事要紧。"

阮国栋笑得眼睛眯成一条缝，连连摆手："我就动动嘴的事，让他们去忙，不耽误咱们聊天。"说着他又看向黎邵晨："黎少，你接着讲，接着讲。"

黎邵晨说："是这样，我们有意跟一家外国公司合作，固定给他们提供丝绸制品。原料我想固定从一家厂子走，制作我再另找工作室做。所以这次想找的厂子，没别的要求，就是料子正，别给我掺其他东西。另外就是，效率要有保证。"

阮大叔越听眼睛越亮，听到最后几乎拍起桌子来："黎少，这是好生意，好生意啊！别的我不敢说，但我老婆娘家的那个丝绸厂，你应该也知道的，之前生意不景气，就是因为产出的料子纯，价格高，现在市面上那些店铺你也知道的……都图颜色鲜亮，价格还要低，像他们家那样正经做丝绸的，反而不好混的。"

黎邵晨微微一笑，脸上的表情格外诚恳："所以才想到阮叔。"

阮大叔连连点头，兴奋得脸膛微微泛红："我知道黎少是厚道人，你放心，这件事我回去就跟我老婆还有小舅子好好商量。明天一早就给你答复，价钱方面你放心，肯定要比其他厂子低的！"说到这儿，他压低了嗓音，伸出两手指比了个"二"的手势："至少低这个数。"

这就是两成！钟情听得心脏怦怦直跳，连忙又把眼光投向黎邵晨。

岂料黎邵晨也在看着她："钟情，你怎么说？"

钟情现在已经隐隐约约猜到黎邵晨的用意，仔细思量一番，便说："既然是黎总的老朋友，肯定是信得过的。我觉得如果价格方面没有问题，那就让阮叔家里按照我们的要求，做个样品出来看看。"

黎邵晨朝她露出一抹赞许的笑容，又看向阮国栋："我也是这个意思。那就说好，明天带上厂子的负责人，咱们详谈。"

"好。好。"阮大叔连连搓手，正在这时服务员端了几碟蜜饯上来，他忙将碟子往两人面前推，笑着道，"钟小姐，你尝尝这个。都是自家做的，每年只做几罐，比外面卖的干净，味道也正。"

钟情一看，都是一些蜜饯果子、杨梅干、杏脯、桃干，看起来颜色并不像市面上卖的那么颜色鲜亮。但拿起一颗尝尝，味道确实醇正，酸甜之中还带着水果的芬芳，吃完正餐，就着茶水吃几颗这个，滋味正好。

黎邵晨见她吃着很香甜的样子，也拿起一颗放进嘴里，瞬间脸色就变了。

阮大叔连忙问："黎少，怎么了？"

钟情见他脸色古怪，蜜饯送入口中就不肯嚼，愣了愣很快反应过来："是太酸了吧。"她递过去一张纸巾，示意他把东西吐出来。

哪知道黎邵晨一声不吭，纸巾接过去，什么都没吐，反而直接喝了口茶水，看样子是生生把那块东西咽了下去。

钟情大惊失色，立刻拍他的背："你怎么咽下去了！那里面有核的！"

阮大叔听了也吓了一跳，立刻说："黎少，别硬往下咽，卡坏喉咙可不得了！"

黎邵晨又喝了口水，这时面色已经平淡下来，眼眸微微弯起，如同两枚弯弯月牙。他笑着指着中间那碟杏肉脯说："我有那么傻吗？这个没有核，就是太酸了。"

钟情瞬间松了一口气，看着他眼眸弯弯的样子，又觉得好气又觉得好笑："那么一大块，你嚼也不嚼就咽下去，也不怕噎着。"

阮大叔忙为两人添了些水："黎少多喝些水。"

黎邵晨笑着站起身："不喝了。今天多谢阮叔款待，我们还有其他事，就先走了。明天晚上七点，咱们'望江南'见。"

阮大叔也跟着起身，朝着黎邵晨拱了拱手："不敢耽误黎少的行程。黎少放心，这件事包在我身上，明晚我们一定准时到达。"

一路送到饭店门口，黎邵晨朝他摆摆手："阮叔不用送了，回去吧。"

两个人坐到车上，眼见着门帘子落下，阮国栋不见人影。又等了一会儿，依旧不见之前那开着银色大众车的年轻男人出来。钟情心里有些七上八下，转过脸问："这算是……成了？"

黎邵晨微微眯起眼睛："他不下来，就代表石星已经上了钩。咱们走。"

黑色路虎驶出很远，钟情坐在副驾，看着黎邵晨胸有成竹的模样，不禁有些担忧："这个阮国栋……可靠吗？如果他不小心说漏了嘴……"

"说漏了，怎么可能？"黎邵晨嗤笑，"他那个人看着实在，其实猴精一个。石星和刘靖宇不去也就罢了，真去肯定跑不掉。"

钟情有些迟疑："我不明白。"

黎邵晨笑着道："阮国栋有个老婆，他老婆家有个老辈传下来的丝绸厂，这是真的。那厂子一直不景气，他们两口子一直盼望能接个大单子，这也是真的。"说到这儿，他瞥了钟情一眼，嘴角的笑容泄露出些许讽刺的味道："但那个厂子出产的丝绸，质量好不好、价格真不真，我可就说不准了。"

钟情恍然大悟，怪不得一顿饭下来，她始终觉得黎邵晨对待这个阮国栋的态度有些不冷不热，原来两人压根儿就不是朋友，黎邵晨假意抛出根橄榄枝，说想要找丝绸厂洽谈合作，其实从头至尾都是做戏给石星派来的人看。如果真如黎邵晨所说，阮国栋是个心思狡诈、唯利是图的商人，那么很有可能在接触到石星派去的人后，也起了别的心思。

"看样子明天的晚饭吃不吃得成，还两说了。"钟情蹙着眉说道，"可如果他们两边都没有上钩……那又该怎么办？"

黎邵晨慢悠悠地笑："不如来打个赌。如果他们两边一拍即合，又怎么说？"

钟情依旧皱着眉头，神情很认真："我觉得这个可能性很低。"她抬起眼睛，看着黎邵晨："石星或许没什么经验，可刘靖宇不是吃素的。而且如果石总身体好些了，知道这件事，肯定也不会轻易松口的。"

黎邵晨依旧是那副似笑非笑的神情，车子拐过一个弯，他瞟了钟情一眼，眼睛里的亮光一闪而逝："那就说好了。如果我说准了，你得答应我一个要求。"

钟情没想到这人对打赌的事这么执着，一时间也来了脾气："好。只要在我能力范围内的，我就答应你。"

"保准不为难你。"黎邵晨的嘴角轻轻翘起，如同一颗石子投进原本深邃无波的湖泊，那笑意仿佛泛起的涟漪，一圈圈浅浅地荡漾开去，而湖面之下的水花激荡，只有他自己才最清楚。

Chapter 10

呼 吸 的 痛

浴室里水汽氤氲，
钟情用手抹掉镜子上的雾气，
望着眼睛红肿的自己。

傍晚时分，天已经黑透了，路灯投下的光束白亮而淡薄，道路两边的梧桐落下稀疏的影子。冬季的临安游人稀少，漫步在街上，偶尔经过身边的车轮摩擦声都显得很清晰。

　　黎邵晨见钟情一直低头走着，也不讲话，便主动找话题："听说你大学是在北外读的，你学的什么专业？"

　　钟情一愣，后知后觉地想起，自己过来卓晨上班，相当于是黎邵晨直接介绍来的，人事部并没有存放她的个人简历，所以黎邵晨这么问很是应当。

　　"我读的小语种。"

　　"小语种？"黎邵晨仿佛很有兴趣，"法语，德语，还是意大利语？"

　　"法语，上大三时开了选修，也学了一点意大利语。"钟情似乎有点腼腆。

　　"挺好的啊。"黎邵晨眼睛一亮，"那这次如果我们能成功跟丽芙卡对接，你能直接用人家母语跟对方交流了。"

　　钟情认真思索了一下才说："那我得提前好好准备下。服装和贸易这块儿，我有一些专业术语都不会说。"

　　黎邵晨乐了："你还真说风就是雨啊！咱们这八字没一撇，合作的丝绸厂都没着落呢。我就这么一说，你也信！"

　　钟情一脸认真地看向他："为什么不信？凭黎总的人脉，再加上我们两个的努力，我不相信会拿不下这个项目。"

　　"那你中午那会儿还跟我打赌。"黎邵晨微微眯眼，嘴角却噙着笑意。

　　钟情沉默了一会儿，才说："我相信卓晨有这个实力，但我不喜欢在商业竞争中玩这种骗人的把戏。"

黎邵晨嘴角的笑微微冷凝："什么叫骗人的把戏?"

钟情索性抬起眼睛看他："就是今天中午在饭店,你两边骗,给阮国栋和石星下套,这不是骗人的把戏是什么?"

黎邵晨见她下颌微抬,一双眸子亮晶晶地看住自己,那双眼睛里有质疑,有薄怒,却没有嘲笑和鄙夷,心里突然有点不是滋味:"我那叫两边骗?我对石星说什么了,除了邀请她吃饭我一句多余的都没说吧?我骗阮国栋什么了,我跟他说考虑找家靠谱的丝绸厂合作,但如果石星找上他,给他开出更好的条件,答应给他更高的佣金,你以为他是那种信守承诺的本分人吗?"

钟情的声音也跟着拔高了:"你拉着我在酒店等了半个多小时,不就为了让石星看见咱们,跟着咱们走吗?你跟阮国栋说有好生意,如果这时候有人横插一脚,一模一样的生意有人肯给更高的价码,他有犹豫也是正常的啊!你明明就是每一步都算计好的!"

黎邵晨见她眼睛微微泛红,嗓音也有些抖,知道她这是真动怒了。可越是这样,他越是露出笑意来,连声音也跟着沉下来:"对,我就是算计好的。因为我知道他们两个是什么样的人。如果石星没想着横插进来抢卓晨的东西,如果阮国栋是个诚实可靠的合伙人,那他们就都不会上当,也不会有任何损失。"

"可他们的这些想法也都是正常的,好奇竞争对手拿到什么样的筹码,想赚更多钱,这都是人的本性——"

"别跟我扯人的本性!"黎邵晨冷笑地打断她,"你觉得自己光明磊落,觉得我是小人行径,但你也不睁开眼瞧瞧,自己脚站的是什么地方!"

"哎我说,这大冷天的,你们俩走到门口也不进去,在这儿大眼瞪小眼地嚷嚷什么呢?"白肆穿一件黑色短羽绒衣,缩着脖子站在饭店门口的暗影里,"赶紧的,我这菜都点完了,等你们等得快饿死了!"

黎邵晨面色微冷,转身走了进去。钟情走在后面,拧着眉心,神情看起来有点木木的。

白肆跟在钟情身边,打量着黎邵晨走得远了,才小声说:"钟情,你跟三哥说什么了，把他气成这样？我三哥脾气多好一个人啊，多少年我都没见过他生这么大气……"

钟情听他这么一说，心里也有点难受，又想起黎邵晨说的最后一句话，似乎是指责自己没有站好立场，已经是卓晨的人了却替星澜说话，顿时又气恼又委屈，眼泪在眼眶里打了几个转，愣是强忍着没有掉下来。

白肆见她眼睛憋得红通通的，挠了挠后脑勺，又说："我不是埋怨你的意思，我是好奇。真的，三哥那人脾气挺好的，而且特别护短，我看他那样子，应该是挺喜欢你的。"

钟情一听，连忙摇头："我们不是……你误会了，我跟他是下属和上司的关系，我们不是男女朋友。"

白肆眼珠一转，心里顿时有几分明白了，笑呵呵地说："我懂。我说那喜欢，也不是指那个意思。我就是觉得，三哥应该挺欣赏你的。所以啊，你别总跟他拧着来。"

钟情想了想，觉得两人吵架的内容怎么也算是公司机密了，纵然黎邵晨和白肆关系再铁，这种事也轮不到他一个外人来说。所以她只能摇摇头，说："不是的，我跟他是因为工作上的事情意见有分歧。我对他……我对黎总的为人还是很欣赏的。我能有现在这份工作，就是多亏他，我很感激他。"

白肆一听，顿时觉得自己心里的猜测八九不离十，特别高兴地一拍钟情的肩膀："你能这么想就对啦！"说话间，两个人已经走到雅间门口，白肆把人拉住，小声叮嘱："待会儿也没外人，吃饭的时候，你就主动给三哥敬个酒，说两句软话，就都过去了！"

钟情犹豫的工夫，白肆已经一手推开门，又推着她的肩膀把人送了进去，朝着里面说了句："你们先坐着，我去厨房催催菜。"

钟情一步迈进去才发现，房间里除了黎邵晨，还坐着两男一女。房间很大，说是雅间，更像个套房。琉璃屏风，实木沙发，老榆木茶几，种种家具一应俱全，还有一把藤制的千秋椅。房间里熏着淡淡的檀木香，隐隐还有一股茉莉香片的味道，茶几上摆着红酒瓶和几只玻璃杯，椅子上摆着厚实的靠垫，上面还放着一本书，看样子屋里的几个人应该在这儿消磨了一段时间。

　　站在千秋椅旁边的女孩子原本正在喝水，见有人进来，忙放下杯子，转身走到门口迎接。她穿得非常朴素，黑色高领毛衫，铅灰色麻料长裤，脚踩一双厚底短靴，一头乌黑的长发梳成高高的马尾辫，看起来整齐又干练。她走到门口，主动朝钟情伸出手："你好，我姓沈，我叫沈千秋。"

　　钟情见她脸孔白皙，明眸善睐，姿态落落大方，顿时对这个初次见面的年轻女孩生出一份好感来，也伸出手握了握："你好，我是钟情。"

　　"外面冷，快进来吧。"沈千秋拉了她一把，又转身去为她倒水。

　　钟情见房间里还有两个陌生人，便朝着两人微微点头，算是打过招呼。

　　坐在沙发上的男人容貌英挺，气势也不凡："你好，我是欧骋。"

　　另一个男人斜倚在桌边，也微微点了下头："宋泽。"

　　沈千秋倒了两杯水，一杯放在桌上，另一杯则直接端给钟情："听说你们今天才从平城过来。怎么样，到了这边是不是觉得这湿冷的滋味挺不好受的。"

　　钟情有点不好意思地笑了："还好。我老家是这边的，所以还蛮习惯的。"

　　沈千秋也笑了："难怪。我当初从平城过来的时候，好几年都不习惯。好怀念北方的暖气啊！"

　　钟情四下里打量了下："不过这间酒楼还挺暖和的。"

　　"那是，中央空调开起来暖气肯定足啊。"白肆不知道什么时候从外面走进来了，带上门，又搓了搓手："千秋，快给我倒杯水，外面冷死了。"

　　沈千秋头一偏："饮水机在那儿，自己倒。"

　　白肆看到桌上还放着一杯水，立刻扑过去要拿，结果被黎邵晨抢先一步，端起来喝了。

　　白肆气结："那是千秋给我倒的水！"

　　房间里这几个，一个赛一个的懒，一个比一个脾气大，从来都是自己倒水自己喝，除了沈千秋，没人会给旁人倒水喝。白肆对此心知肚明，因此耍起横来特别理直气壮。

黎邵晨翻了个白眼："来者是客知不知道。有本事让千秋再给你倒一杯去。"

沈千秋已经恰到好处地扭过脸，继续轻声跟钟情讲话。

白肆可怜巴巴地自己去倒水。

人都来齐，不多时，饭菜陆续摆上来。

酒和热茶都满上，饭桌上的气氛也渐渐热烈起来。欧骋和宋泽各自举杯，单独跟黎邵晨碰杯。两个人话都少，但又有明显的区别。欧骋明显是城府很深的那种人，话不多，但有点到即止的味道："老三，去年忙，没顾上跟你好好聚。这次你来了，事情办完了，也缓缓再走。"

宋泽话更少，但务实："有事说话，别自己一个人扛着。"说完也不管黎邵晨，自己一个人先把酒干了。

黎邵晨也站起身，主动敬了两人一杯酒，但什么都没说。

最后上场的是白肆。他站起身，先把每个人的酒给满上，然后端着自己的酒杯站在那儿："说起来，这两年常驻临安的也就只有我和千秋了。这次说起来也赶巧，你们几位都是有事来临安，二哥最近又搬回老宅子，今天大家能凑一个桌上吃饭，我觉得特别不容易。别的不多说，走一个！"

钟情这时也看出来了，这哥儿几个讲话都按顺序的，欧骋排老大，然后依次是宋泽，黎邵晨和白肆。也不知道这几个不同姓的家伙是怎么凑在一块，感情还这么好。而且听口音，黎邵晨和白肆都是平城的，而欧骋则有点南方口音，最奇怪的应该是宋泽。这人话少，不招眼，但一举一动四平八稳，讲话听不出任何口音，钟情观察了半天，也没看出这人是做什么的，只是无端觉得这样看似平凡的家伙应该是个有故事的人。

几个男人说完，紧接着沈千秋就举起杯子。她端的是一杯红茶，热气腾腾的红茶盛在阔口玻璃杯里，看起来如同一泊瑰丽的红酒。沈千秋端着茶坐在那儿，腰杆儿挺得笔直，笑眯眯的，却自有一份沉淀的气势："说起来除了黎邵晨，我跟几位都是初次见面。但我听说过去这些年，各位对白肆都有不少照顾。我在这儿先谢谢各位。"

黎邵晨眼眸里显出浓浓的笑意，看样子跟沈千秋确实是很熟悉的老朋友。欧骋和宋泽各自微微颔首，算是接受了沈千秋的致谢。

就听沈千秋又说："我喝的是茶，各位喝的是酒，我也就不矫情了。很高兴认识各位，还是那句话，以后各位遇到什么事，就说话。能帮上的我绝不推辞。"

白肆在一边，眼睛亮晶晶的。

钟情这才发现，无论沈千秋说什么做什么，白肆都眼睛不眨地盯着看着，可听沈千秋讲话，又仿佛是白肆的长辈……虽然对这两个人的关系有点糊涂，但钟情听到沈千秋讲的最后一句话，还是忍不住笑了。不管沈千秋和白肆两人是什么关系，但说话的口吻真的很像，真像是一家子人。

几人听到她的笑声，不约而同朝她看过来。钟情这才意识到，似乎轮到自己敬酒说话了。她慌忙站起身，手里举的是白肆刚刚为她满上的一杯五粮液。

不难看出桌上几个男人都是好酒量，喝白酒用的并不是普通的二钱杯，而是外国人喝洋酒时用的那种利口酒杯。钟情站起来后，只觉得手里的酒杯沉甸甸的，下意识地垂眸一看，才发现白肆倒了满满一杯，少说也有三四两酒。

钟情知道白肆是故意的，他和黎邵晨多少年的铁哥们儿，这么做估计是为了让自己好好给黎邵晨赔罪。这么一想，钟情心里那点踌躇也淡了，把心一横，举着杯子说："很高兴认识大家。还有黎总，今天的事是我不好，惹你不高兴了。"

说完，也不看一桌人是什么表情，仰起脖子就把一杯白酒咕咚咕咚全灌了下去。

桌边各位也都是能压住场面的主儿，各自面上没有显露出什么来，但心里有什么想法就说不准了，看向黎邵晨的眼神也都各自带着深意。

沈千秋正好坐在钟情的另一边，见状连忙拽着钟情手臂坐下来，一边越过钟情瞪白肆："你怎么给她一个女孩子倒那么些酒！"

白肆一缩脖子，指着钟情撂下的空杯子："可她都喝了啊。"

沈千秋又瞪了他一眼，一边轻轻抚着钟情的后背，低声问："钟情，没事吧？我让服务员给你上一壶热茶散散酒。"

钟情坐下之后，别的感觉没有，只觉得那股辛辣一路从口腔烧下去，胃里仿佛燃了一团火，热腾腾又有点酸辛，几乎让人坐不住椅子。

沈千秋一连跟她说了两遍，她才听清楚："没事……我喝点凉水就好了。"

胃里已经烧起来了，再喝热茶，她怕自己会忍不住吐出来。今天这场合她也看出来了，人家哥儿几个好不容易凑在一起聚会，她要是在这个节骨眼儿上吐出来，明摆着是给黎邵晨落面子。

沈千秋自己酒精过敏，喝不得酒，一看她脸颊酡红，额头和后脖颈都沁出细密的汗珠来，猜想这一杯酒下去，滋味肯定不好受，便起身出去喊服务员，要了一壶热茶和一杯冰水。

黎邵晨坐在桌子对面，见她垂脸扶着额头，也看不到具体表情如何，面上没有露出什么，心里却如同打翻了五味瓶，酸甜苦辣各种滋味一齐涌上心头。

这顿饭一直吃到晚上十一点多。其间钟情一直微微垂着头，手边的冰水被她喝得一干二净，面前的饭菜却没吃几口。

直到沈千秋主动提出先送她回酒店，这才算解了燃眉之急。白肆不放心两个女孩子走夜路，便说先开车送她们回去，然后再折回来跟三人聚。

直到三个人出了房间，欧骋才开口："看着不忍心，就自己去送。坐立不安像什么样子。"

黎邵晨嗤了一声，拿起宋泽面前的烟盒，抽出一根烟点燃，狠狠吸了两口，才问："哥，你说，我是不是变了？"

欧骋和宋泽同时抬起眼睛看他。欧骋看着他紧锁的眉头，点点头说："是变了，才一年多没见，一转眼我们老三都到了为姑娘愁眉不展的年纪了。"

宋泽更简洁："谁都会变。你想说什么？"

黎邵晨让这俩人一噎，索性也憋不住了，掐掉刚燃了一半的烟，颇有点愤愤不平地说道："不是老大你说的那回事。我和钟情……她是我从对手公司请来的，今天我让白肆出面，摆了阮国栋那老小子一道，钟情说我做事不地道。"

饭桌上的残羹冷菜都撤下去，三个人挪到茶几，泡上热茶，倒上醇酒，关起房门开始夜聊。

欧骋弹了弹烟灰，说道："我一直觉得女人不适合谈生意。女人心都软，关键时刻容易犯犹豫。阮国栋这些年做的那些事，你不给他挖坑，他还自己刨呢。"

宋泽对于这其中的事不甚清楚，就问："怎么回事？"

欧骋简洁明了地概括："那个阮国栋，为了多赚钱故意给人提供质量不过关的原材料，邵晨公司刚起步的时候也被他坑过。听说这几年被他逼得生意关张跳楼的都大有人在。"

宋泽骨子里还是很老派的："警察局不管？"

"合同在那儿，样品在那儿。他一口咬定是运输途中被人调包了。警方没有确实证据能怎么办？"欧骋吸了一口烟，说道，"做生意就是这样，一环扣一环，自己不够仔细着了道，就只能硬吃下这个亏。顶多下次在别的事上找补回来。"

宋泽沉默片刻，说："我赞同钟情的看法。"另外两个人都偏头看他，宋泽放下酒杯，沉声道："他不好是他的事。老三，别为了不值得的人，脏了自己的手。"

欧骋也沉默，过了一会儿又问："那个石家是怎么回事？你给阮国栋下了个套，石家……应该也没那么无辜吧。"

黎邵晨扶着额头说："星澜如今是石星当家，早先他爸爸管事的时候，也坑过卓晨一回。当时弄得公司差点破产，我家里你也知道，老爷子一辈子清廉，家里也没多少存款，我和萧卓然当初求爷爷告奶奶，最后还是池然给解了围。所以这公司能有今天，是我们三个一起扛过来的。"

欧骋皱了皱眉："都没听你提起过。"

黎邵晨苦笑："实在不想什么事都找你们帮忙。离开部队，好长一段时间我都不知道自己想干什么、能干什么，后来想到开公司……是卓少出的主意，我那时就想，就这一回，不靠任何人，就凭自己真本事，把这摊事做起来。"

欧骋说："你成功了。"他端着酒杯，示意两人碰杯："现在卓晨发展这么好，以后再有合作，也不能说是做哥哥的关照你，应该说是……老三照顾我这个做大哥的。"

黎邵晨被他给逗笑了，端起酒杯一饮而尽："行。那我就在这儿先答应下来。"

黎邵晨的心结解开，三个人转眼又聊起别的，毕竟许久不见，推杯换盏，雅间里的氛围越来越好。反观另一个三人组，情势可就不那么乐观了。

钟情在沈千秋的搀扶下走出酒楼，冷风一吹，觉得舒服了些。可刚一坐上白肆的车，就忍不住地犯恶心。车子没开出多远，沈千秋就在后座叫停，白肆本来开得也不快，说停就停，可还是晚了一步。

车子的暖气开得足，钟情一直抱着自己大衣坐着，感觉到要忍不住的时候，拿大衣挡着就开始干呕。

推开车门，钟情踉跄着脚步，几乎是连滚带爬冲到路边的一棵树下，"哇"地一口就吐了出来。

沈千秋和白肆一前一后下了车。沈千秋扶着钟情，帮她支撑住身体，一看她怀里大衣都蹭脏了，便把自己的外套披在她身上，一边还轻轻抚着后背："没事，没事，吐出来就舒服了。"

白肆跟在后边一看可不干了，赶紧把自己的羽绒服给沈千秋披上，一边还忍不住埋怨："钟情，你要吐就吐吧，这大冷天的，你别拿自己衣服挡着啊。"

钟情本来晚上也没吃什么，吐到最后只剩水了，还觉得止不住的恶心。听到这话，她有点不好意思，哑着嗓子小声说："你那车贵，弄脏了也挺麻烦的。"

中午黎邵晨借他的车开的时候，钟情就听出来，白肆特别心疼自己的车。刚刚坐在后座上晕晕沉沉的，脑子里没别的念头，就一直想着，千万不能吐在车上。自己一件衣服干洗才多少钱，人家换个座套脚垫得多少钱……最重要的是，白肆是黎邵晨的铁哥们儿，当着哥们儿的面，她不能给黎邵晨丢脸。

白肆一听这话，瞬间没词了。过了半天才憋出一句："其实也没事。弄脏了就去洗洗呗。"说着，他瞅了站在一边的沈千秋一眼。

沈千秋投给他一个"这还差不多"的眼神，又说："车上没水了，你去街对面给钟情买瓶矿泉水吧。"

"嗯。"跑腿什么的白肆也做习惯了。不多一会儿就买了两瓶矿泉水回来。

钟情用矿泉水漱了漱口，又喝了两口。胃里不再翻腾得难受了，但嗓子有点卡坏了，咽口水都觉得生疼。

不过确实如沈千秋说的，都吐出来，这酒也差不多就醒了。

回去的路上，白肆难得没说什么，显得特别老实。

这里面有听到钟情说的那句话觉得过意不去的成分，自然也有沈千秋对他的眼神暗示的原因。车子里暖烘烘的，又没有人说话，折腾了一整天，又喝了几两白酒，钟情只觉得脑子混成了豆腐渣，不多时就睡着了。

直到车子开到酒店停车场，沈千秋想要把她弄到白肆后背上背着，钟情才醒过来。

沈千秋一拍白肆肩膀："愣着干什么啊，赶紧把人背上去。这又喝又吐的，大冬天最容易感冒了。"

白肆脸上显出一丝微妙的不甘愿，半晌才嘟囔出一句："那么大方就让我背别的女人……"

钟情睡眼惺忪地醒来，车门开着，冷风一吹，脑子瞬间就清醒了："不用，我自己走上去就行。"

沈千秋身上披着白肆的羽绒服，钟情身上穿着的是沈千秋的大衣，可怜的白肆跟在两个人后头，一手拎着矿泉水，另一手提着钟情沾着秽物的那件大衣。他本来就有洁癖，可一想如果不拿着衣服，这衣服就得放在自己的爱车里，顿时觉得脑门一紧，咬着牙拎上衣服加快脚步跟上去。

到了房间，沈千秋烧了壶热水，扶着钟情找了张椅子坐下，又摸摸她的脖颈："体温有点低，喝点热水吧。"

钟情点点头："我没事。今天真是麻烦你们了。"看到白肆脸皮僵硬地推门进来，又看到自己那件大衣被他以一种奇怪的姿势拎在手里，钟情瞬间脸皮发烫："我来吧。真不好意思。"说着，她意识到自己身上还穿着沈千秋的衣服，连忙脱下来递了回去："谢谢你的衣服。"

沈千秋没有接："你穿着吧，明天去商场买件新的换上再还给我。反正我们离家近，比你方便。"

钟情极少遇上这么尴尬的事情，又一向脸皮薄，只能不停地说谢谢。见到白肆一言不发地进了卫生间，不一会儿里面就传来冲水的声音，顿时脸更红了。

沈千秋倒很镇静，一摆手说："他洁癖。你别往心里去。"

钟情连忙摇头："没有。"

沈千秋见她这副不自在的样子，便笑："你现在这么不好意思，当时喝酒可挺冲啊。我都看呆了。"

沈千秋说话做事都一副平城当地的大妞做派，大方潇洒，还带那么一点玩世不恭，钟情被她这么一调侃也笑了："我当时就是……赶鸭子上架，白肆酒都倒了，我不都喝光也显得太上不道了。"

卫生间里不停洗手的人一直竖着耳朵听外面的动静，听到这儿哼了一声走出来："你这意思是怪我给你倒酒倒多了？"

钟情摇摇头："没，我知道你是好意，想让我好好给黎总赔不是。"

白肆的脸色这才缓和了些，他沉默了一下，才说："其实今天你们两个吵嘴的时候，我也听着两耳朵。我三哥是个直脾气，好多事都不屑解释，但阮国栋的事你是真误会他了。"

钟情抬起头，就听白肆一口气说道："那个阮国栋不是好东西，他坑了不知道多少人，三哥也被他间接害过，只是阮国栋自己不知道，还一直嚷嚷着让三哥多提携提携他。还有石路成……我听说你过去是在他手底下做事的，但我听你今天说话那语气，就知道他过去做的那些事，你肯定都没掺和过。钟情，卓晨刚起步的时候，就被石路成用不正当的手段打压过，你根本不知道那时三哥他们多惨……"

钟情心里一震："不正当的手段？什么意思？"

白肆摇摇头："具体的我不能说，你如果想知道详细的，就去问三哥吧。"他望着钟情的目光别有深意，语气也不似往常跳脱："但我可以保证，我说的都是真的。这件事三哥自己从来不说，但我听人说，那段时间，他跟萧大哥两个人每天都睡在办公室的地板上，最难的时候连吃盒饭的钱都没有，最后要不是有人临时出资，公司估计当时就关门了，哪还有今天这么风光的卓晨！"

钟情整个人都愣住了。卓晨刚起步的时候，也是她刚刚进入星澜工作的时候，那时她还是个每天帮忙打印文件、各种跑腿的实习生，哪有资格参与公司高层的会议？所以白肆说的这些，她不仅在当时全不知情，即便是现在也无从求证。

白肆见她眼神愣愣的，也不讲话，就说："我知道的都告诉你了。

之所以能跟你说这些，是因为我听到你跟三哥说那些话，你心眼儿好，人也正直，和三哥是一个路数的。如果你能一心一意留在卓晨帮三哥打理公司，那就最好。"

后面的半句话他没说完，但钟情听懂了。如果她敢对卓晨有二心，白肆他们这些做兄弟的不会袖手旁观。

可越是想得明白，钟情越觉得心里乱糟糟的，如果真如白肆说的，石路成才是那个老谋深算的人，那么黎邵晨今日的行为顶多称得上"以牙还牙"，而星澜和卓晨也不是单纯的竞争对手，而是真真正正的生死对头！

那么，对于她这个在死对头的公司兢兢业业工作三年的人，黎邵晨又是以什么样的心情对待的呢？

白肆话说了一车，末了直接被沈千秋往门外一推，让他在外面待着去。见钟情神情有些恍惚，沈千秋的脸上显出几分歉意，她拍了拍钟情的肩膀："白肆年纪轻，有些话说得欠妥当，你听个意思就行，没必要字字句句都去抠。"

钟情站起身，朝她露出一抹感激的笑："我知道。今天真的谢谢你们。"她望了眼搭在椅背上的大衣："我明天去商场买件外套，就把大衣给你送过去。"

沈千秋又安抚了她好几句，这才拉着白肆远去。

送走了这对相处关系有些微妙的年轻男女，钟情只觉得脑子仿佛炸了锅，乱哄哄的全是这些天来和黎邵晨相处时的情景。从浴缸里站起身，脑海里的最后一幅画面定格在那天自己从商场走出来，给黎邵晨打电话的情形。她想自己无论如何都忘不了，那天一个人剪了新发型、换了新衣服，却连拿电话的手指都轻轻哆嗦的样子。她也忘不了手机那端黎邵晨笃定却温和的嗓音："我才听说这件事。钟小姐，如果你能来，卓晨无任欢迎！"

浴室里水汽氤氲，钟情用手抹掉镜子上的雾气，望着眼睛红肿的自己。如果时光倒流一个月，她肯定不会相信，自己会跟陆河分道扬镳；而石路成和黎邵晨两个人，会在天平的两端轻重颠倒，给她的生活带来这么多的跌宕和改变。

Chapter 11

没 有 如 果

打心眼儿里为了他好的女人……
人生到了29岁，
也就遇到这么一个。

第二天一早，钟情从床上起来，就觉得头重脚轻，还有点鼻塞。好在随身的行李箱里有一些备用感冒药，这下派上用场了。钟情吃了两颗，披着沈千秋的大衣到楼下吃早餐。

沈千秋个子比她高，肩膀也比她宽，藏蓝色的羊绒大衣穿在身上，显得有些松松垮垮，撑不起来。酒店餐厅提供的是自助式早餐，煎蛋、油条、豆腐脑、各色小糕点……西式中式，一应俱全。钟情出示了房卡，在服务员的引领下走到一处靠窗的位子坐下。

或许是头一天醉酒的缘故，钟情此时觉得腹中空空，却吃什么都没味道。最后还是要了一碗白粥，配着酸甜爽脆的酱菜，渐渐吃得身体暖了起来。

酒店入住的人并不多，钟情在餐厅坐了好一会儿，只有零星几个客人进来用餐。临起身时，远远看见刘靖宇拎着公文包，匆匆走过大厅。钟情站在原地看了好一会儿，也没见石星跟出去，心里正觉得纳闷，突然又意识到自己这样偷偷观望的行为实在有点可笑。

走出酒店，钟情在工作人员的帮助下上了一辆出租车，却突然发现自己人生地不熟，压根儿不知道该往哪儿去。司机见她报不上来地名，也不催促，直接把车子开到主路上，看样子对于这样的状况已然司空见惯了。

钟情可舍不得浪费车钱，虽然觉得有点尴尬，还是开口说道："师傅，临安这边有可以逛街买衣服的商业街吗？"

司机师傅说起话来慢悠悠的："有啊。看你想去什么层次的了。"

钟情一听这话，再看车开得也不快，知道碰上个不实在的，这是看出来自己是外地人，有意带着人绕路走。索性自己低下头用手机查，然后直接跟司机说："直接把我送到湖滨路银泰百货吧，我要去那儿见个朋友。"

"好的。"司机说话依旧是那副慢慢的腔调，车子倒是开得快起来。

到了地方，钟情裹紧大衣，径直走进商场。

她本来也没什么心思逛街，再加上吃了感冒药，这会儿药劲也上来了，整个人都是晕晕沉沉的，进商场没二十分钟，就穿着新买的大衣走了出来。

和沈千秋约了家咖啡馆见面，钟情在宽大的皮质沙发上坐下来，难得地点了杯黑咖啡。有个老方法，说是吃了感冒药再喝点黑咖啡，脑子容易清醒些，钟情也是从前在星澜上班时听一个公司前辈提起的。

不多时，沈千秋就到了咖啡馆。见钟情脸色苍白，眼睛下面两圈乌青，便问："怎么了，一晚上没等着黎邵晨，所以睡得不踏实？"

钟情一听这话，吓得险些没把咖啡喝到气管里，咳嗽得半天说不上来话。

沈千秋见她这样，就笑："昨天白肆非说你和黎邵晨是一对儿，让我这一句话就试出来了啊！"

钟情咳了半天，脸色微微有了些红润，听到她这话，知道沈千秋是有意调侃自己，便看了她一眼："沈小姐看着是个精明人，怎么这回也被白肆那家伙给糊弄过去了。"

沈千秋浅浅一笑，偏着头说道："我看着精？那我就当你这句话是夸奖，收下来了。"

钟情说："说起来，还不知道沈小姐是做什么的？"

沈千秋说："我啊，过去是个警察，目前赋闲在家。未来……还不知道自己能干点啥。"

过去，现在，未来，全都概括在这一句话里，钟情听得怔忪，过了片刻又笑着低下头，用小勺轻轻搅着咖啡："听起来，你的生活过得很精彩，真让人羡慕。"

沈千秋眯着眼睛看她："有得有失，我还羡慕你过得滋润呢。"

钟情微微一愣："我？"

沈千秋笑着打量她："对啊，你很会打扮，衣服都是深色系，但看起来很有品位，一股……那话怎么说来着，名媛范儿。不像我，衣服都是随便穿穿，跟个男人似的。”

钟情顺着她的眼光低头看了眼自己身上的衣服，随即就笑了："我过去也是很节省的，这不是换了新工作，跟着黎总出差，总要穿得体面些。现在这身打扮都是照着时尚杂志上的照片搭出来的。”

沈千秋见她说得这么实在，也跟着乐了："但做你们这行应该挺有意思的吧，每天见见客户、谈谈生意，要不然就是坐写字楼，对着电脑工作。”

"见客户的滋味不好受，有时候求爷爷告奶奶地也就见着人家一面，话还没说完呢就被关门外面了。每天对着电脑做报表写策划案，眼睛都快瞎了。”难得有这样放肆吐槽的时候，钟情索性一股脑地把长久以来憋闷在心里的话都说了出来，"所以啊，都是看着光鲜，鞋好不好穿，只有脚知道。”

沈千秋赞赏地点了点头："这话说得不错。”

钟情不言不语地一笑，低头小口啜着咖啡。

沈千秋又问："你跟黎邵晨……从昨天吵完架到现在，一点儿联系都没有？”

"没有。”钟情摇摇头，突然反应过来，连忙解释，"我跟他，不是你们想的那种关系。就是单纯的上司和下属。”

沈千秋心里有谱，却不点破，从善如流地说："嗯。”

她什么都不说，钟情反倒有点坐立不安了："那个……我今天从酒店出来的时候，昏头昏脑的，也没顾上看。黎总他昨天……真的没回酒店？”

"醉外边了。”沈千秋语气轻快，似乎对这种状况很熟悉，"昨天白肆把我送回家，就直接打车折回那间酒楼，他们四个似乎折腾到挺晚。白肆今天早上才回来。”

钟情咋舌，过一会儿又突然说："黎总昨天和人约好，今晚要在望江楼吃饭。”

"你放心。”沈千秋看了看手表，笑着说，"这个点，他怎么也酒醒了。你还是想想等待会儿见面了，你都跟他说什么吧。”

"说什么？”

"白肆在黎邵晨面前瞒不住话，估计昨晚回去，就把你的状况都对他说了。"沈千秋有点儿不怀好意地看着她，"你昨天那酒喝得太猛。你心是诚，但黎邵晨买不买你的账，可就另说了。"

钟情懊恼地扶住额头："那该怎么办？"

吃了早餐，喝了咖啡，又跟沈千秋说了半天的话，钟情这会儿脑子也渐渐清楚了。回想起昨晚跟黎邵晨锱铢必较的争吵，以及后来在酒桌上被白肆推搡着脑子一热就把一杯白酒都喝了的情形，她越发觉得自己是傻到家了。

黎邵晨平时是个随和幽默的性格，对她也一直像朋友一样，她就真把人家当朋友对待，有什么说什么了。可现在把整件事抽出来客观地想，黎邵晨在她前途一片灰暗的时候收留了她，是她事业上的恩人；这次带着她出来一起进行公司最高机密的丽芙卡策划案，两个人不仅是普通的上下级关系，更是工作上的好拍档了。可她是怎么对待黎邵晨的？质疑他的行为动机，指责他小人行径，最后还因为喝醉了提前从酒桌退席。

尤其从白肆那儿知道了卓晨成立三年来的种种不易，以及阮国栋平时的所作所为，钟情现在觉得自己的所作所为实在有点儿不知深浅。

沈千秋看出了她的自责，便说："这件事也没你想的那么严重。昨天白肆不也说了嘛，大家都知道，你说那些是为了黎邵晨好。但问题是你得让黎邵晨本人也明白这一点。"说着，她忍不住扶着额头笑着道，"怕就怕他想多了，误以为你是看不起他的为人，这会儿指不定怎么郁闷地找不着台阶下呢！"

钟情心里闷了一口气，过了好一会儿才点点头："我知道了。其实这件事也是我想多了，黎总人很好，我早就该想到他不是平白无故陷害人的那种人。"

沈千秋舒了一口气："行了。你能说出这句话，我这任务也算达成了。你心里不怨他就成。"

"肯定不会。"

沈千秋眼睛里闪过一抹狡黠，随即又笑："那待会儿见了面，你就主动点。黎邵晨这个人，平时看着挺没溜儿的，但他也挺好面子。你主动搭话，给他个台阶下，这件事就算揭过去了。"

在沈千秋的劝解下，钟情打定主意主动跟黎邵晨缓和关系，却没想到一直到了傍晚，都没见到黎邵晨的人影。

无奈之下她只能拨通黎邵晨的手机，电话刚通，就被人掐断了。钟情没有办法，只能自己一个人坐在望江楼的雅间苦等。

一直到了七点半，门被人从外面推开，就见黎邵晨灰头土脸走了进来。钟情见他裤脚和鞋子上都沾着泥水，大衣也蹭脏了两块，阴沉着脸一屁股坐在桌边，便主动走上前，倒了杯热水给他。

黎邵晨接过水，却没讲话，过了好一会儿，他把水杯狠狠往桌上一蹾，骂道："阮国栋这个孙子，真是吃人不吐骨头。"

"怎么了？"钟情吃惊。她从五点半就到了望江楼，足足等了两个小时，其间别说人了，连只经过的猫都没有。阮国栋如果来了，她不可能错过。

黎邵晨抬起眼睛看着她，脸上闪过一丝狼狈："我今天起来就去找石星了，她昨晚连夜退房走了，刘靖宇是今天早晨走的，打他电话是关机，估计我打那会儿他正在飞机上。"

钟情愣住了，过了好一会儿才问："你去找石星，是想——"

"我是想告诉她别跟阮国栋合作。"黎邵晨垂下眼，撇着嘴角一笑，"当初坑我的人是石路成，现在我这么地给石星一个小姑娘下套，也有点儿说不出去。"

紧接着他又说："然后我就去找阮国栋，可那孙子直接躲起来不见人。我跟白肆一路开着车到了他家乡下那个丝绸厂，哪还有厂子啊！根本就是一片荒地！"

钟情瞪圆了眼："这不可能吧！"

"怎么不可能！"黎邵晨苦笑，"我跟白肆两个人四只眼，一起瞧见的。我们还跟附近的人打听半天，人家说丝绸厂过去是有，但生意一直不景气，去年秋天厂子就拆了，那块地也卖人了。"

钟情半天才缓过神："那现在怎么办？"

黎邵晨面色凝重，说道："回来路上，我试着联系过石星和刘靖宇，但他们两个都不接电话，应该是故意不理人，想避免麻烦。最后我发了封邮件到石路成的邮箱。那个邮箱是他的工作邮箱，石星和刘靖宇既然接管了公司，邮箱肯定每天都会固定登录的。"

"嗯。那个邮箱我也知道，最迟明天早上，他们只要打开邮箱，就能看见。"说到这儿，钟情突然柔软了口吻，说道："黎总，对不起，昨天是我误解你了。"

黎邵晨好像看个怪物似的盯着她，说："钟情，你可别啊。昨天你说我做得不对，今天一整天我险些把腿跑断了。你现在如果反过来说支持我之前的做法，那我可真是没法洗心革面，好好做人了。"

钟情"噗嗤"一声笑了出来。

黎邵晨见她笑得眉毛弯弯，唇色嫣然，抬起手就想揉揉她的发顶，手抬到一半，突然意识到这举动不太合适，便改成拍了拍她的肩膀。

"先说好，我这么做，也不全是为了你。昨天你走之后，宋泽说了一句，不应该为了不值得的人，脏了自己的手。"黎邵晨又恢复了那副吊儿郎当的样子，似笑非笑地说道，"如今我们卓晨要财有财、要人有人，正是蒸蒸日上的时候，石星和阮国栋算个毛啊，小爷我懒得跟他们斤斤计较。"

钟情听得忍不住笑："对，黎总说得都对。"

黎邵晨突然拿手指她："哎，你可别来这套。"黎邵晨跷着二郎腿，一脸严肃。"从小到大身边顺着我夸奖我的人太多了，真正的朋友没几个。"他看着钟情的眼睛说道，"我还就需要像你这样肯给我提中肯意见的朋友，帮助我改正错误，敦促我进步。"

钟情无奈地举起两只手："好，我知道了。问题是，黎总，你刚刚确实每一句话都说得非常正确。"

黎邵晨弯唇一笑："这不用你说，我都知道。"说着他看了眼空空如也的餐桌："哎，菜怎么都没上。"

"人都没来，上菜谁吃啊，都浪费了。"

黎邵晨一摆手："让他们赶紧的，都端上来，我打电话喊人，把沈千秋白肆他们都叫来。"

黎邵晨的号召力果然不同凡响。一通电话过去，不出半小时，陆陆续续来了五六个人，其中沈千秋、白肆和宋泽，都是昨天就见过的。

不同于前一天饭桌的沉闷，这天晚上每个人都放得很开，包括数日来几乎愁眉不展的钟情。有了黎邵晨和白肆这两个话痨，吃饭的时候一点都不愁话题，大家吃吃笑笑，一餐饭的时间很快就过去了。

酒后放风，黎邵晨非要走着回去，其他人各自回家，唯独钟情还要跟他一起回酒店，两个人便一起沿着路边往回走。

时间有点晚了，沿途路灯昏黄，树影疏稀，抬起头就能望见一轮又大又圆满的月亮。钟情深深吸了口气，说："这边的空气可比平城好多了。"

黎邵晨酒量向来好，此时也只是觉得酒意微醺，唯独一双眼睛比平时晶亮许多。听到钟情发出这样的感慨，他笑着问："怎么，是不是想家了？"

钟情没想到他这么敏锐，下意识地就点点头，随后又有点不好意思，低下头说："也没什么，马上就要过年了。"

黎邵晨看着她低下头去的小动作，耳边的发丝顺着她的动作悄悄滑落，遮住小半张脸，徒留那个有点尖的下巴颏，如同一块细细打磨的玉，温润细腻，在昏黑的夜色里特别显眼。

黑夜笼罩了整座城池，也蒙眬了白日里精明冷静的眼，黎邵晨微微眯起眼，打量着她的神色，低声说道："说起来，我一直挺奇怪的。你家在吴郡那么好的地方，一般年轻人即便想去大城市闯荡，也都会选择申城吧。怎么你偏偏跑到平城那么远的地方？"

钟情低着头，微微地笑："首都嘛。无论离得多远，在许多人心里都是很向往的。"

在平城念完大学又工作两年，钟情平时说话的口音已经趋近平城本地人，唯独在非常闲暇的时刻，或者像此时此刻这样，气氛静谧的夜晚，讲话的时候才会泄露原本的吴侬软语。

黎邵晨听得微微入神，过了片刻才接上之前的话题："那你在平城生活，觉得好吗？"

觉得好吗？这个问题，不止黎邵晨一个人问过她，就连她自己也时时在问自己。背井离乡，孤身一人，生活在偌大的平城，真的过得好吗？

以前无论多么难的时候，心里都有一个笃定的答案，能掩盖过现实的种种不堪。那个答案特别简单，只有两个字，是她曾经深爱的人的名字。

可如今，再次被人问及这个问题，钟情突然也有点迷茫了。是啊，曾经心心念念描摹的生活画卷已经毁于一旦，她和陆河之间的种种美好悉数成为过往，继续留在平城，是为了谁辛苦付出，又为了什么忙忙碌碌？

黎邵晨看到她眼角眉梢都流露出茫然来，心里突然咯噔一下，轻咳一声说道："反正我自小在平城长大，生活习惯了，觉得平城挺好的。"

钟情转过脸看他。

就见黎邵晨一脸严肃地分析道："虽说平城冬天有雾霾春天有沙尘，夏天干晒秋天还刮大风……但毕竟是首都啊，精英会集，能让人放开手脚做一番事业。"

钟情忍不住笑了："连你这个土生土长的平城人都吐槽了，看来平城的空气质量还真不是一般的差。"

黎邵晨倏然一笑："空气是挺差的，但怎么也比住在高原上强。高原阳光足，空气新鲜，河水又清又亮，但住久了真不是个事儿。"

"高原？"钟情眼睛一亮，"你还去过西藏？"

"去过啊，执行任务，在那边待了半年多快一年。"黎邵晨眯着眼望着远处，"那边什么都是纯天然的，空气新鲜还不要钱，大块吃肉特别豪爽。"

钟情听得心向往之，语气也不由得轻快起来："听起来真美好。那除了西藏，你还去过什么地方？"

黎邵晨见她一脸憧憬，不禁莞尔，便说："去过挺多地方的。最北到过漠河，最南到过腾冲，往西去过青藏高原，往东……"他顿了顿，眼睛里有点亮晶晶的："临安我倒是来过几次，吴郡我还没正经去过呢。这次也算沾你的光了。"

钟情听得认真，感觉到他语气渐渐缓下来，抬起眼帘的时候，正对上黎邵晨的眼。他的瞳仁偏棕色，平日里看着还不觉得，在这样昏黄的灯光里映着就格外明显，尤其像这样目光炯炯地专注看人，有一种……钟情不知怎么的，就想起了某种大型猫科动物，平时总懒洋洋的，撒起娇来萌萌的，但吼一嗓子却能令百兽臣服。

这么一想，钟情"噗嗤"一下就笑了，换来黎邵晨不解中隐隐含着失望的眼神："你笑什么？"

"没有。"钟情怎么可能说觉得自家老板像只大狮子，只能顺着他的话接着说道，"明天不是就要去盛泽了，等到了地方你可以好好感受一番。"

黎邵晨眼色沉沉："我倒是对你们家挺感兴趣的，之前你总说就是个小城镇，可连四儿和沈千秋都去过，还对你们那儿的小吃念念不忘……我觉得不会是个名不见经传的小地方。"

钟情笑得有些腼腆："真是个小地方，你去了就该觉得没意思了。"

黎邵晨之前的话没说完，又接着道："还有那天你送我的茶，后来我爸拿去尝了，说挺有乡味。"

钟情一听，立刻抬起眼看他，眼睛里是难以掩饰的惊讶，还有点慌乱："啊？"

"啊什么！"黎邵晨笑她，"看把你给吓的。"

"不是……"钟情小声说道，"那茶也就普通人随便喝喝，不是什么好茶……"

黎邵晨喷了一声："我爸就不是普通人了？他现在成天下下棋、钓钓鱼，就是一普通老头儿。真让你说的。"

钟情被他说得越发不好意思，想到这两天两人吵架闹矛盾的事，突然间福至心灵，清了清嗓子说："那个……要不然这次办完公司的事，我回趟家……"

"本来就说要回啊！"黎邵晨语气里满满的理所当然，"到时我跟你一起回，怎么了？"

钟情听着这话有点儿别扭，一时又说不上来是哪儿别扭："没，我的意思是，到时我从家乡买一点好的茶给黎……黎老先生。"也算是变相地给黎邵晨赔个罪吧。

黎邵晨没想到自家那臭脾气老头这么有人缘，但钟情的这个提议，倒是与自己离家之前对老头的承诺一致，便笑着答应下来："行吧。你们家那边的茶还挺香的，多买点儿，我也留一份自己喝。"

第二天一早，白肆开出自家心爱的小黑，捎上黎邵晨和钟情，就兴致勃勃地出发了。

路上黎邵晨连着接了两个电话，钟情才知道，他们人还没到，盛泽那边已经有两个丝绸厂的负责人主动联系了。

白肆开着车，摇头晃脑地嘚瑟："大哥出马，一个顶仨。咱们到了那儿就等着丝绸厂的人主动上门推销了，这还怕找不到靠谱的合作商？"

黎邵晨坐在副驾，倒还很冷静："大哥找的人，按说都不会错。不过东西好不好，还要靠咱们自己看。"说到这儿，还扭过头看了钟情一眼。

钟情本来感冒还没好利索，昨晚散步的时候又吹了些风，这时吃了点药，正瞌睡着。但是感觉到黎邵晨的目光，还是瞬间抬起眼皮，强打精神："黎总说得是。既然都是正规的丝绸厂，到了那边，我们先听听厂子过来的负责人各自怎么说。稍后再分别去两个厂子实地考察，最好能按照我们的要求做一些样品出来。"

黎邵晨见她一双眼睛圆圆睁着，眼白靠近眼角的地方布满血丝，说话的时候鼻音也重，便说："你刚吃了药，趁着在路上多睡会儿吧。没人要求你说这么多话。"

钟情听他说话语气虽然硬，但意思是好的，摇摇头说："我没事，就是药劲儿上来了，有点瞌睡。"

黎邵晨把脱下来的大衣递过去："披着吧。待会儿睡着了肯定冷。"

车子里的暖气开得很足，正常没感冒的话，不穿外套是正合适的。钟情确实觉得身上有点发冷，也就道了声谢，接过来盖在身上。

车子开出去一段路，白肆从后视镜看了一眼，见钟情身上盖着黎邵晨的黑色大衣，脸色微微有些苍白，闭着眼睡得已经很沉，就低声说："哥，你是不是对这位钟总监，有点儿……那个意思？"

黎邵晨听到这话的第一反应，就是看后视镜，见钟情眼皮都没动一下，知道她这是真睡熟了，便也低下嗓音说："你觉着呢？"

"嘿！"白肆单手握着方向盘，另一手挠了挠后脑勺，"我说三哥，咱们兄弟里，我可一直觉得你是弯弯肠子最少的一个啊。怎么现在也学会用反问句式回答问题了？"

黎邵晨微微垂着眼，手指有一搭没一搭地叩着大腿："不是反问句，是真的问你，你觉得我对她是什么样？"

白肆奇怪地瞟了他一眼，见他神情是少有的认真，便沉下心来琢磨了会儿，而后说："你对她，就一句话，挺用心的。我听人说她其实是被星澜辞退的，但三哥你对外、包括对我们这些人，都说她是你费尽心思挖来的。我知道你这是尊重她，也就没戳破。"

黎邵晨听到这，嘴角勾了勾，露出一个似笑非笑的表情。

白肆正在专注看路，也就没看见他的那个表情，接着说道："这才到公司也没俩月吧，你又手把手带着让她跟你一块出差。那天晚上你们俩吵架的事儿……要我说，我不觉得三哥你有什么错，有恩报恩，有仇咱得报仇，但我也看出来了，她当时说的那些话，是说进你心里去了。"

黎邵晨低声说："我就是觉得，除了老头儿，还有你们几个……这世界上还没人这么跟我说过话。"

白肆笑嘻嘻的："三哥，你这话掐头去尾，怎么听怎么觉得有点儿欠呢。"

黎邵晨笑着横了他一眼："滚你的。"

后半句话没说完，他望着后视镜里钟情的沉沉睡颜，在心里默默想：不顾他的好恶，也不怕被他开除，一心一意说实话，还打心眼儿里为了他好的女人……人生到了29岁，也就遇到这么一个。

所以他想好好珍惜。

Chapter 12

怦 然 心 动

真遇上让自己怦然心动的那个，
才会明白，
之前所有的经验技巧，
都是不值一提的垃圾。

白肆车开得稳当，但临安到盛泽本来就近，两个小时后，三人就抵达了此行的目的地。前后行程都有欧骋安排，三个人也没住宾馆，直接住到了一处民居，青砖黛瓦，毗邻湖畔，光看着就觉得很宜居。

钟情对于这样的建筑相当熟悉，再加上在车里休息了一上午，这时难得来了精神，跟在白肆后面就进了小院。

黎邵晨走在最后面，笑着说："喂，你们两个怎么搞得跟进了自己家一样。"

进了主屋的客厅，地板、沙发、窗帘，收拾得一尘不染，电视机停在某个频道，放得很小声，茶几上摆放着水果和蜜饯，几个大大的苹果上甚至还带着水珠，房间里却空无一人。

白肆拿了个苹果就啃了起来，整个人陷在沙发里站不起来："大哥说了，来了这儿就当到自己家。这里有人打扫有人做饭，你们尽管安心出去谈生意，忙完了给我打电话，我开车过去接你们。"

钟情也在沙发坐下来，伸手触了触桌上的茶壶，惊奇道："茶还是热的。"

黎邵晨见她那副稀罕样，笑着道："倒出来尝尝应该正好喝。"

想来欧骋应该是让人算着他们抵达的时间准备这一切，等他们到了地方，东西一应俱全，人也都撤了，给三人留下完整的休息时间。钟情忍不住叹气："欧先生真是厉害。"

黎邵晨一挑眉毛："这有什么！等下次他去平城了，让你瞧瞧我怎么招待他的。"

钟情笑着摇摇头，没有讲话。拿起茶壶给三人各倒了一杯茶。在他们这样的人眼里稀松平常的事，放在她这样的普通人身上，就成了受宠若惊。这就是人跟人之间的差距吧。

好在黎邵晨和白肆都一副司空见惯的样子，她如果一直紧张兮兮，倒显得太没见过世面。过了初时的不适，钟情也渐渐放松下来，听着电视机放出的背景音，一边喝茶一边休息。

黎邵晨看了眼手机，说："跟A厂约定的时间在半小时后，大哥给在隔壁街订了个雅座。"

钟情立刻坐直身体，放下茶杯："那咱们走吧。"

黎邵晨失笑："那地方走过去用不了十分钟。你这么着急干吗？"

钟情表情有点讪讪的："我也是怕耽误正事。"

更重要的是，欧骋和白肆这样的做派，有点把她吓到了。住着人家的度假小屋，喝着几千块一斤的茶叶，虽说是尽量让自己放松，可整颗心怎么都有点静不下来。

黎邵晨看出她的不自在，便说："这附近我也没来过，要不咱们四处走走。"

钟情求之不得，连连点头。

两个人穿上外套出门，白肆刚好啃完一只苹果。手机铃响起，他一边用纸巾擦手一边把电话接了起来："大哥，嗯，都到了。他们刚走，把我一个人扔家里了。"

电话那端欧骋笑了一声，低声嘱咐："等他们生意谈完了，你随便折腾。"

白肆一撇嘴，突然又想起什么，说："大哥，你这次非让我跟着，是为了什么啊？"

他原本也想跟，但是为了跟着钟情去她的家乡逛逛，原本他还想带上沈千秋一起，但欧骋事先有过叮嘱，不能多带人，而且一定要好好盯着黎邵晨和钟情。

欧骋沉吟片刻，才说："让你看着你三哥，是让他别犯傻。那个钟情……毕竟是石路成一手栽培出来的，又跟石路成的未来女婿有些扯不清，这样的人一路跟在邵晨身边，我不放心。"

白肆听得一愣："可是哥……我看钟情那女人心眼儿挺实在的，不像坏人啊。"

欧骋沉沉一笑："坏人俩字写谁脸上吗？"

白肆一噎，又解释："我不是那意思。关键是我看我三哥这次……好像有点动真格的。"

"所以才让你跟着。"欧骋吐字清晰，语调里含着一种决断的意味："正好不是要去她家里吗？一路跟着看仔细了，有什么事自己拿不定主意的，就给我打电话。"

白肆唯唯应下来，挂断电话，看着桌上整整齐齐摆着的三杯茶，心里无端有些憋闷。

转眼一个下午过去，从茶楼走出来，天色已经擦黑。钟情和黎邵晨并肩走在弯弯曲曲的小道上，只觉得夜色无边静谧，不由深深呼出一口气。

黎邵晨见状便说："折腾一下午，也是够累的。四儿那边已经让厨师做了好菜，咱们回去好好吃一顿，你今晚好好休息。"

钟情摆了摆头，说："这不算什么。又是茶又是点心的，还有空调暖风吹，条件已经够好了。"

黎邵晨端详着她的侧脸："看你不太精神的样子……"

钟情吸了吸鼻子，侧过脸朝他笑了笑："可能是那房间太暖了，坐的时间久，人有点缺氧。"

黎邵晨点点头："也是。"他看着钟情的眼，问："这两家厂子，你更偏向哪家？"

钟情心里一早有了判断，听到黎邵晨这样问，便如实说道："两家给出的条件，明显是A厂要更好一些，他家派来的那位李经理也会讲话……"

"但是呢？"

钟情看了他一眼，知道自家这位大老板不好糊弄，便笑着说道："但是我觉得，表面上的条件好，不一定是真的好。A厂的优势主要在价格和速度，B厂虽然价格高，给出的制作周期也长，但他们拿来的料子确实更讲究。"

"哪家老板不喜欢东西做得又快又好？"黎邵晨眯着眼睛笑道，"况且他们今天拿来的只是自家生产的一部分样品，到时真正做起来，两家也不一定差到哪儿去。"

钟情观察着黎邵晨的表情，却发现这个人狡猾得很，无论说什么，都那副笑眯眯的样子，根本看不出他说话到底是出自真心，还是假意。这么想着，她的语气也有了迟疑："可是一般样品，都是拿自家最好的……"

黎邵晨似笑非笑地瞥了她一眼："你这么看好B厂，我看他们那位经理很年轻，话也少，怎么就得了你的喜欢？"

"他们的厂子兴建没几年，规模不如A厂大，但我看他们以往的策划书和册子，走的一直是精品路线，我觉得这点与咱们更契合。"

说话间，两人已经走到院门口，黎邵晨停下脚步，点点头说："那好，明天上午，你联系他们那位姓郑的负责人，让他们按照咱们的要求做几份样品看看。"

钟情似乎是想到了什么，微微蹙起眉心，但还是很快点点头："好。"

一进院子，就见白肆站在院子中央，似乎在和什么人通着电话，见到两人进来，忙压低声音："那什么……三哥他们回来了，就不多说了。你晚上早点休息，记得吃药。"

黎邵晨对此似乎见怪不怪，绕过他径直往屋子里走。

钟情落后一些，正迎上白肆看过来的目光，不禁微微一愣。

白肆却已经扯开一个笑容，说："也不知道你们具体谈到几点，我让厨子弄的火锅，这边天湿冷，冬天吃火锅最舒服了。"

钟情点点头，难怪大老远就闻到香味了。说起来她到底跟白肆不算熟悉，也不知道该说点什么才好，只能客气地说了句："你今天开了半天车，又忙着张罗晚饭，辛苦了。"

白肆跟在她后面往屋里走，正好跟房间里黎邵晨的目光对上，弯着嘴角笑道："不辛苦不辛苦，这才哪儿到哪儿啊！为了三哥跑腿我心甘情愿！"

黎邵晨已经脱掉外套，见他那副乖觉的样子，不禁笑道："房间里暖和偏不待，非要跑到外面冻着打电话，毛病！"

白肆道："唉，就这么大个屋，我一个人待着也挺无聊的，就到院子里溜达溜达。"

黎邵晨见钟情还裹着大衣，鼻尖和眼睛都红红的，便说："汤都烧开了，先过来吃吧。"

白肆一屁股坐在椅子上，搓了搓手，拿起筷子："唉，没人招呼我，我也厚脸皮地先吃了。"

黎邵晨睨了他一眼，唇角含笑："东西都是你准备的，还用我张罗你？"

白肆夹了一筷子羊肉放进辣锅里，撅着嘴没搭茬儿，过了一会儿又说："哎，钟情，我记得你感冒呢，所以让他们弄了个鸳鸯锅。我和三哥都能吃辣的，你随意。"

钟情连忙点头道谢，见黎邵晨的筷子也是朝着那半边辣锅去的，便说："谢谢，那我就吃白汤。"

黎邵晨闻言，看了她一眼，夹了两朵香菇放到白汤里，也没说话。

汤水烧得滚开，两边的菜和肉很快就漂了起来。黎邵晨拿了双公筷，分别给钟情和白肆各夹了一筷子，最后又往自己碗里添了些菜。

白肆见状就笑："哎，什么时候三哥也兴用公筷了？"

黎邵晨白了他一眼："吃着肉都堵不住你这张嘴。"

钟情忙说："不用这么麻烦。你们喜欢吃辣的，我喜欢吃白汤，也省得传染你们感冒。"

黎邵晨看都不看她，夹了一筷子辣白菜到自己碗里，说："你不想吃辣的，我还想偶尔吃点清汤锅的换换口味呢。"

这一句话，倒把钟情噎得没话说。

白肆见状，挑了挑眉毛，倒了杯啤酒，一口喝下去龇牙咧嘴。

黎邵晨看了一眼冒白霜的酒瓶说道："大冬天又是火锅又是冰啤酒，你不要命了。"

白肆一龇牙："不是，这啤酒原本就在后面厨房放着，那边温度低，就这样了。"

黎邵晨夹了一筷子送进嘴里，什么都没说站起身，拎着酒瓶去了后头。

黎邵晨一走，白肆这话匣子可打开了，一迭声地问："钟情，你们今天下午谈得怎么样，顺利不顺利？"

钟情微微犹豫，开口道："两个厂子都是欧总介绍的，自然都好。具体决定用哪家……或者再另择其他的门路，还要看黎总的意思。"

白肆眼神深远地瞥她："你这是跟我打官腔啊！"

钟情有点尴尬："黎总的心思，我确实琢磨不透……"

听她这么一说，白肆倒是信了几分，放下筷子，又有些得意："那是，我三哥这几年越来越厉害了。连大哥都说，三哥现在怎么也是能独当一面的人物！"

钟情微笑，小口地吃着碗里的食物。她现在感冒还没好，闻着火锅的味道香浓，可东西吃到嘴里，都成了一个味儿，不免有些没胃口。正有些发呆，就听手机铃响了起来，她拿出手机，有些不好意思地看了白肆一眼："抱歉，我接个电话。"接着便披上衣服走到院子里。

白肆看着她的背影，微微眯起眼睛，心里不禁多了几分思量。

小院里，钟情匆忙系上扣子，一面接通电话，就听另一端传来李茶雀跃的声音："钟情姐！"

一听到她的声音，钟情顿时想起上一次两人在家中吃饭，李茶喝醉酒央求自己换工作的事，不由得有些内疚："李茶……对不起，最近事情很多，我一直没能跟黎总提你的事……"

李茶的声音听起来毫不在意："啊？噢那个事儿啊……那天我也是一时兴起，你要不说我都忘了。"

钟情一听这话，不禁有些呆住了："那……你不想来卓晨了？"

"嗯嗯，我觉得先在星澜干着也挺好的……而且我妈前些天也说，即便要换工作，也等拿了年终奖，过完年再说。而且现在我觉得在星澜干着也没什么不好。"

听李茶的语气，应该这段时间做得还算顺利，钟情也为她感到高兴，不禁笑着说："看样子，我们小茶也要迎来事业新高峰了！"

李茶在电话那端咯咯地笑，又说："没有的事。我就是一个胸无大志的，只是最近做得还挺顺的，石星这些天一直没在公司，全公司上下都松了一口气呢！"

按照头一天黎邵晨的说法，石星应该已经回到平城才对，钟情不禁觉得有点奇怪。可转念一想，石路成如今还躺在医院，石星又是那样的大小姐脾气，回去平城却不进公司，也不是什么奇怪的事，更何况还有大老刘这个坚实拥趸，想来也不需要她一个娇娇女事事亲力亲为。想到这儿，钟情问："石总怎么样了，还在住院吗？"

"好像已经挪回家有几天了。"电话那端的李茶有些神秘兮兮的，"我听说石总清醒之后，在医院发了好大一通脾气，把病房里的人都赶了出去。紧接着又说住不惯医院，想回家，石家人就紧急办了出院手续，让石总搬回家静养呢。"李茶顿了顿，又说："那天我爸爸还带着营养品去看他了，听我爸的意思，石总现在情况不大好。"

钟情不由得揪紧了大衣领口："怎么说？"

李茶压低声音说："这话我爸不让我跟外人说，我告诉你，钟情姐你可就别跟其他人说了。"

钟情连忙保证："我不会的。"

"我爸说，石总这次心肌梗的后遗症挺严重的，半边身子不听使唤，脸歪了一半，话也说不利索，而且总是朝人发脾气……"

钟情捂住心脏的位置，半晌说不出一句话来。虽说因为石星和陆河的事，以及最近得知黎邵晨和石路成之间的昔日恩怨，让她对于这位昔日一心辅佐的老总生出些嫌隙来，但石路成到底称得上她事业道路上的一位伯乐。如果没有从前石路成一路的点拨和提携，也就没有今天能够得到黎邵晨真心赏识的钟情。再联想到她被石星任性地从星澜开除之后，石总到底还是念着旧情，让人把她应得的那份工资和提成打了过来……钟情沉沉呼出一口气，叹了一声："怎么会这样……"

另一端的李茶也有些沉默，过了一会儿又说："钟情姐……你现在，心里还有陆河吗？"

钟情微微拧起眉："怎么突然提这个？"

李茶声音细细，嗫嚅道："陆河他……钟情姐，我……"

钟情吸了一口气，之前吃着火锅时不觉得，这时倒觉得胃里暖和起来，口气也不由得冲了起来："有关他的任何事，我都不想听。他以后愿意跟谁好，或者结婚或者发生什么事，都跟我无关。"

李茶在那边轻轻"哦"了一声，说："是我没有考虑到你的心情。钟情姐，我以后不提他了。"

钟情苦笑道："我今天说话也有点急，我知道你很关心我，所以才总是提过去的事。"她勉强提起精神，让自己的声音听起来一如往常："好啦，我这边还在跟朋友吃饭，就不多说了。"

"钟情姐，其实……"

身后吹拂过来一阵暖风，钟情转过身，就见黎邵晨端着一只碗站在门口，一双褐色的眼瞳眸色沉沉，尽是让人琢磨不透的光彩："外面冷，你还感着冒，进来喝点热姜汤。"

"等回去我再找你，拜拜。"钟情匆忙挂断电话，走向黎邵晨。

黎邵晨一手撑着门，让她先经过，而后才跟了进去。

饭桌边，白肆吃得脸颊微红，鼻尖冒汗，旁边摆着一只冒热气的大碗。钟情坐下来就闻见一股酒味，偏头一看，果然那大碗里盛着黄澄澄的液体："这是……啤酒？"

白肆有些玩味地一笑，朝着黎邵晨一努嘴："三哥亲自下厨煮的。不光我有，你也有。"

黎邵晨也坐下来，将手里的碗一撂。钟情转头一看，就见面前的碗里黑乎乎的液体，里面浮浮沉沉着一些切得细细的姜丝："这是……"

黎邵晨脸色淡淡："姜丝可乐，专治感冒。"

白肆"噗嗤"一声笑了出来，朝着钟情挤眉弄眼："三哥盛情难却，钟情，你可得赏面子，把这一碗都喝了。"

钟情看了看自己面前的小碗，又扫了眼白肆面前的大海碗，嘴角抿出一丝笑。黎邵晨正巧瞥见，也跟着笑了起来，敲了敲碗边道："三哥可是很公平的，这么着，你们俩谁也别说谁，一人一碗，各自解决。"

白肆望着自己面前的碗，又后知后觉地摸了摸吃得圆滚滚的肚子，眼神有点发直："三哥……"

黎邵晨也不搭理他，径自低下头吃着碗里的东西。

钟情捧起碗来，尝了尝温度，微微有些烫。但她也知道，这种东西还是趁热喝最有效，便索性咕咚咕咚一口喝得见底。

黎邵晨用眼睛余光瞟到她的动作，唇边的笑更深了些，一边从旁边的纸巾盒抽了两张纸巾递过去。

钟情接过纸巾擦了擦嘴角，只觉得整个人从后背心到脚底心都热了过来，额头也跟着冒出滴滴细汗。她这次本来也不是流行性感冒，完全是前两天喝醉酒后被夜风吹的，这么发了一身汗出来，只觉得身体已经松快了大半，张嘴一说话，连鼻音都淡了许多："谢谢黎总。"

黎邵晨笑了笑，破天荒地没有多说话，眼底写着满满的成就感。

这次不光钟情，连白肆都看直了眼，要说他这位三哥，可是向来不肯在嘴上吃亏的，只有他嘴巴厉害得把人气死气活的份儿，什么时候见过别人一句话把他说没声的。可这么看着，黎邵晨虽然不讲话，脸上的神情却是满足的，他也就不好多说什么。

再看看钟情，一碗姜丝可乐下了肚，脸色红润，唇色嫣然，一双眼亮晶晶的，看着也确实让人生不起来气。这么看着，又想起下午时欧骋的叮嘱，白肆咬咬牙，开口道："钟情，你刚刚在外面跟谁打电话，打那么长时间。要不是三哥叫你，这姜汤可就凉了。"

钟情倒不觉得这有什么可隐瞒的，便照直说："是以前公司的一个同事。"

"星澜的人？"

"嗯。"钟情想了想，又说，"原本她还想让我问问黎总，看卓晨这边缺不缺人手的。但刚刚我问她，又说暂时不想挪窝了，所以才多聊了会儿。"

黎邵晨的目光转向她："你说的是那个李茶？"

钟情有点意外他还记着李茶这么个人，点点头说："对，就是她。"

黎邵晨点点头："李玉明的女儿。他家就这么一个独生女，倒是放心放在星澜那样的地方。"

钟情微微沉吟，过了一会儿才说："她虽然家境好，人却不娇气，还曾经请我去家里吃饭。"

黎邵晨有些意外地瞟了他一眼，又想起月前两拨人在平城的高速路上偶遇，钟情坐着的也是李茶家里的车，便说："这么说来，你们两个交情还不错？"

钟情想了想说："她是个很单纯的女孩，胆子也有点小，刚去公司那阵子，似乎很不适应。"回想起以前的事情，钟情不由得垂下眼笑了笑："一转眼，她也能在公司独当一面了，时间过得真快。"

黎邵晨弯着唇笑道："单纯、胆小、不善交往，这就是你对她的评价？"

钟情被他问得一愣，凝神想了下才回答："是啊。而且她是个心地很善良的女孩子。"

黎邵晨端起手边的水杯，没说什么，只是笑了笑。

白肆对黎邵晨的了解要比钟情深得多，见他这副样子，就知道钟情肯定又说了蠢话，便在一旁敲了敲碗，问："哎，那你觉得我是什么样的人？"

这个问题问得有些刁钻了。两个人相识才两三天，钟情对他能有什么了解："白肆是个讲义气的人……"钟情说出这句话，见白肆眼眸弯弯，似乎对这个回答很是满意，便又接着说道："而且还很重情。"

钟情这句话一说出来，白肆便是一愣，黎邵晨倒是噗的一声笑出来。

白肆越发尴尬，可钟情说的也不是什么不好的话，他也不好反驳，只能朝着黎邵晨嚷嚷："三哥你笑什么！"

黎邵晨连连摆手，看那样子，似乎被水呛得不轻。

白肆眼珠一转，伸手指向黎邵晨："那依你看，我这三哥是个什么样的人？"

钟情这次沉默的时间略微久了些："黎总……睿智，胸襟宽广，为人厚道，是成大事的人。"

每一句都是好话，白肆自然挑不出什么毛病，黎邵晨听了却没显出多高兴来。

饭桌上的氛围一时间有些尴尬。电磁炉熄了，火锅的汤水也安静下来，只余几缕轻烟飘过。

钟情率先站起身："时候不早了，那个……明天还要早起，我先去睡了。"

房间里只余黎邵晨和白肆两人。白肆见黎邵晨的脸色静静的，可越是这样，越说明他这位三哥心里不痛快了。白肆咳了声，从兜里掏出烟和打火机："三哥，来一根不？"

黎邵晨垂着眼皮，从烟盒里抽出一支，没有讲话。

白肆帮两人点着了烟，也没忙着抽，壮着胆子问了句："三哥，在你心里，觉得这位钟总监是个怎么样的人？"

黎邵晨哼了一声，冷笑着说："她？傻子一个。"

说完这句话，黎邵晨径直把烟投进火锅剩着的汤底里，起身也出了屋。

白肆一个人坐在房间里，半天才纳过闷来，狠狠吐出一口烟道："一个比一个心眼儿多，说了等于没说！"

他折腾一晚上，也没套出一句有价值的话。一想到稍后给欧骋打电话汇报，对方那向来不阴不阳的态度，白肆打了个哆嗦，低喃了句："当双面间谍这差事，真不适合我这么纯洁的人。"

另一个房间里，和衣躺在床上的黎邵晨，一只手枕在脑后，另一只手挂在床边，拇指轻轻地、反反复复捻过中指的第一个指节。没外人在的时候，这算是他的一个习惯性动作了。过去总是抽烟，时间久了，那里会留下淡淡的黄印。到如今戒烟也有两三年，那个印记渐渐淡却无踪，旁人已经看不出了，唯独他自己一直记着，总觉得那块印记还在。心里有想不通的事情时，就会不自觉地摩挲着那块皮肤。

说起来也有很长一段时间不抽了，这几天接连破戒，别人或许不觉得有什么，但他自己最清楚，从前那个吊儿郎当无所畏惧的黎家三少，心里不知道在什么时候搁进了个人，身上的担子也在不知不觉间就重了。闲来无事时，连耍嘴逗贫的心情都淡了许多。

从前他亲眼见证过挚友与昔日恋人生死纠缠，也不止一次地想象过有朝一日，自己有了真心喜欢的女孩，会是怎样一番心态。可他没想到，原来惦记上一个人的滋味儿，并不是一味的雀跃和快乐，心里固然有着不为人知的小小甜蜜，可更多的是无法预知未来的恐慌和沉重。

这世上有那么多痴男怨女，大概每个都曾经发自内心地爱上一个人，却没有多少人能跟心爱之人白头到老。究其根本，大概内因外因各自有之。有的人是抵不住外来的艰辛，也有的人，最终败给了自己内心的软弱。

黎邵晨微微眯着眼，望着窗外那轮有些模糊的毛月亮，他记得前一晚和钟情一起在临安散步时，那轮月亮又大又圆，月色那么好，身边相伴走着的那个人也那么好，可终究有着一臂之遥，想伸手把人纳入怀中，两个人之间却仿佛隔了半幅山河那么远。

他亲眼见证过她的举步维艰，也在她人生最难的时候伸出手去拉了她一把，或许在外人眼中，他已经有了充分的理由一步步走进她的人生。可有时男人和女人之间最遥远的不是素不相识，恰恰是这样介于上司和朋友之间的微妙不可言。更何况，大概在她那样的老实人心里，他比其他男人还多了一个冠冕堂皇的身份：恩人。

越是这样冠冕堂皇，越是那么无法逾越。

在酒桌上钟情给他敬酒那一刻，他在她的眼底清清楚楚看到了胆怯和畏惧。她胆怯什么，又畏惧什么？黎邵晨无比透彻地明白，她虽然有胆量在第一时间说出忠言逆耳的话，也会在旁人的提醒中萌生出不敢惹他生气的恐惧来。也正是在那一瞬间，黎邵晨才发现，他要的不是她的欣赏和感激，因为欣赏的背面是厌恶，而感激过头了就成了压力。

而他不想要这样的距离和压力，他想要的，是她发自内心的话语，哪怕是对他痛快淋漓的咒骂；他想要她一个真心以对的笑容，哪怕那个笑容不比在外人面前那般恰到好处；可说到底，他想要的这些，她以下属和朋友的身份给不了，唯一的路径，就是两个人水到渠成地走到那一步，以普通的男人和女人的身份自然相处。

可他已经有些按捺不住了。

看到她为了别的男人红了眼圈，听到她为了不值得的人辩解，甚至在不知情的情况下发现她离开自己的视线，这些都让他觉得难以忍受。向来自诩在对待女人的问题上精明老到的黎邵晨，突然觉得自己这么多年白活了。纵横花丛多年又怎么样，真遇上让自己怦然心动的那个，才会明白，之前所有的经验技巧，都是不值一提的垃圾。

想让这块璞玉在自己掌上绽放光彩，甘心被他收纳入怀，他需要走的路，还长得很哪！

这一晚，有人在客厅转圈发愁，有人在姜丝可乐的作用下酣然入梦，也有人，头枕着手臂，眼睛望着窗外的月，整夜未眠。

Chapter 13

也 许 明 天

他是一柄开了刃的宝刀,
只是多数时候,
那方利刃被他轻巧掩藏。

第二天一早，钟情按照黎邵晨的指示，分别让两家厂子各自照着策划书上的要求制作几件样品，稍后直接将样品邮寄到黎邵晨在平城的住宅即可。写总结书的时候，钟情脑子里灵光一闪，又给B厂的那位销售代表打了个电话。半小时后，她望着记事本上标注的新内容，嘴角弯出一抹满意的笑，等回到平城，黎邵晨看到这个"惊喜"，指不定会露出什么样的神情呢！

如此，三人又在盛泽逗留多半日，各自买了一些当地的特色物品，便踏上了前往清河镇的旅程。

路上，钟情往家里打了个电话，一直等到电话忙音也没有人来接。母亲去年已经退休，父亲从事的也是朝九晚五的工作，一般这个时间两个人都应该在家才对。钟情只能又拨通了母亲的手机，却依旧没有人接。

温暖的车厢里，钟情无端出了一身冷汗，黎邵晨从后视镜看着她脸色不对，便问："怎么了？"

钟情摇摇头："没事……我妈妈电话不通。"她微笑了下，又很快低下头："我妈耳朵不太好，有时在厨房做饭，不太听得到电话声。"

这样解释着，钟情又拨通了钟父的电话，手指却微微有些颤抖了。一时间，太多的可能浮现在她的脑海，她突然想到，从几年前开始，父亲的心脏就不大好，母亲别的毛病没有，耳朵却是越来越不好使……大概人总是这样，遇到突发状况，都要往不好的地方去想，那些思绪想控制也控制不住。

电话响了几声，终于被人接起。钟情一口气悬在心头，屏住气息听到电话那端响起父亲熟悉的声音："喂，朵朵，怎么突然这个时候打电话？"

朵朵是钟情的小名，自打钟情北上到平城读大学，父亲已经许久不叫她这个名字了。头脑里思绪纷乱，乍然听到父亲这声亲切的称呼，钟情只觉得眼睛酸涩，心头的一口气却是松了下来："爸爸，我在回家的路上呢。"

电话那端的声音突然紧绷起来："怎么了，朵朵？是……工作出了什么问题吗？"

自从换了新工作，或许是职位和薪水都比从前高出不少，父亲似乎一直悬着心，生怕她什么时候又出了状况，几次三番在电话里叮嘱她一切小心，不要冲动。

钟情忙笑了笑，安抚道："不是，是正好到这边出差，办完了正事，正好离家近，我们公司老总就批了两天假。"

钟父在那端沉默片刻，才开口："还有多久到镇上？"

钟情望着车窗外熟悉的风景，笑着回答："大概再有十分钟，就能开到咱们家了。爸爸，你在家吗，我这边还有两……"

"我不在家……"钟父语气缓慢，细听还有些沉重，"朵朵，你妈妈住院了，你也没有家里钥匙，先到医院来吧。"

钟情只觉得大脑轰然炸开："我妈怎么了？"

钟父似乎不愿意多说："你妈妈现在没什么事了，就是还在医院输吊瓶。你先过来吧。"

"好。"钟情深吸一口气，稳住语气说道，"爸你先别太着急，我马上就到。"

挂断电话，钟情脸色煞白，狠狠咬了下嘴唇，让自己的大脑多少冷静下来一些，才抬起头看向车前的两个人："黎总，白肆，我妈妈住院了，待会儿你们就把我放在镇口，医院很近，我走过去很方便。酒店我已经帮你们订好了，你们照着导航的地址很容易就能找到。"

黎邵晨端详着她的面容，神情罕见地严肃："伯母住院了，我们肯定也要跟着你一起去。你就别瞎指挥了。"

白肆一边看着路标，一边也说了句："是啊。你这话说得好像我和三哥多没良心似的。你妈病了，我俩还能没心没肺地照常吃喝？"

钟情此时心急如焚，自然没有心情像往常那样跟两人争辩，双手紧紧攥着背包的带子，直捏得指节发白，自己都没有知觉。

黎邵晨见她这样，也没有多说什么，压低嗓音跟白肆耳语了几句。

不多时，就进了镇口，白肆把车子就近停在路边重新导航，一边朝着后面望了一眼，见钟情紧咬着下唇坐在那里，垂着眼睫，脸色发白，看着也是怪可怜的，便安慰了句："还没见到人呢，你也别往严重了想。"

黎邵晨已经打开车门，走到后面敲了敲车窗。

白肆反应极快，见状伸指打开中控锁，不等钟情反应过来，黎邵晨已经拉开车门坐了进去。

钟情连忙往里面挪，黎邵晨坐进去后，伸手将钟情双手包握在自己的掌心，轻声说了句："这么凉。"

白肆从后视镜见到两人坐好，重新启动车子，嘴角勾起一个并不明显的笑容。

不等钟情有所反应，黎邵晨已经靠得更近，两人四目相对，钟情一抬头正好望进他的眼眸里。

黎邵晨的眼眸偏棕色，此时暮色沉沉，车子里的光线也有些暗沉，反倒衬得他一双眼睛比平常沉淀许多，那里面的神色浓烈而平静，从前似乎也有几次类似的神情在他眼中一闪而逝，钟情从未仔细去捕捉。此时此刻，恰是心绪纷扰一团乱麻的时刻，被他用这样的眼神看着，钟情在一瞬间醍醐灌顶，终于明白他这样的眼色是为着什么。

黎邵晨此人，聪颖有之，桀骜有之，但给人更多的印象是他待人的玩世不恭和行事的游刃有余，如同一把隐藏了光芒的兵刃，冰锋雪色让人惊艳，却让多数人觉着只是一柄摆在架上的名贵观赏品。

可陪着他一路从临安走来，钟情看到了这个人不为人知的另一面。就像平城多数人只知他与萧卓然是挚友，却不知道他还有欧骋、白肆这几个情谊甚笃的兄弟；看似玩世不恭的一个人，其实有着非常真性情的一面。他真诚、重情，也爱记仇，这样一个人并不是完美的，却显得格外真实。其实他是一柄开了刃的宝刀，只是多数时候，那方利刃被他轻巧掩藏。

就是这样的一个男人，此时此刻安静而执拗地盯着她的眼眸，那眼神有些暗沉，却怀着某种让人无法忽视的明亮，那里面写满了一种单纯热烈的情绪，名为"喜欢"。

看明白这一点，钟情猝不及防地撇开视线，再也不敢看他。

黎邵晨却旁若无人，眼睛里满是名正言顺的关怀："手这么凉，看样子吓得不轻。"

钟情不敢与他正视，却也不好一直撇着脸不看人，只能飞快扫了他一眼，一边匆忙把自己的手抽出来："没事。"

黎邵晨也不以为意，语气镇定地说："白肆平时说话没溜儿，刚刚那两句讲得还是挺在理的。情况还不清楚，多想无益。况且，到了伯父伯母这个年纪，难免身体会有些毛病，住院输液也是常事。"

钟情眼眶微微湿润，一路心中忐忑，反倒哭不出来，但毕竟憋着一腔心事，说话时嗓音已经有些不对："我妈平时也没听说有什么不好，她就是耳朵有些背……最近这几天在外面出差，我一直没顾得上给家里打电话……"

黎邵晨说："这不正巧赶回来了。我想伯母即便有三分病，见到宝贝女儿回去了，也都好了大半。"

钟情听他语气轻松却透着笃定，无端就跟着安心了几分，也知道他是好意，借此说了几句吉祥话，看了他一眼，轻轻颔首。

黎邵晨见她眼眶微红，看向自己的眼神不安中透着感激，如同一头受惊的小鹿，不禁心间微微一软。要说钟情并不是长相婉约的女孩子，她眼眸狭长，眼尾略向上挑，看起来并不是好相处的面相；眼仁比常人要大一些，也黑一些，认真看人的时候，总让人觉得她多占了三分道理，不自觉地就想认真听听她的看法。

在黎邵晨心里，一直觉得她是坚韧的、强悍的，即便那天被石星直接从公司赶了出来，也要买身新衣换个发型再来见人，光这份好强就是许多男人也及不上。那天他匆匆赶到咖啡馆，一路上想了许多温软安慰的词句，可见到她剪了短发，穿着一件亮丽的橘色短大衣，整个人神清气爽坐在那里，便从心底生出一份敬意来，索性条条款款列出所有，那些原本准备好要安慰的话，无声无息咽回肚里。

而此时，从前湮没在时光细尘中的那份不忍和怜惜，连同前一晚的觉悟和决心，此时此刻的心疼，一同化作一腔温软的水，让他整颗心脏都跟着柔软起来。第一次，他忍不住伸出手，如同一位兄长那样，拍了拍她的头顶："不会有事的，放心吧。"

如同钟情在来时路上讲的，清河镇确实不大，不多时，白肆已将车子开到镇上最大的那家医院。钟情一路疾走，有两次险些跟迎面走来的病人家属撞个满怀，最后还是黎邵晨上前两步，抓住她一只胳膊将她架住，低声安慰："走慢点。别怕，有我在呢。"

钟情抬起头来看了他一眼，少了平日里的那份玩世不恭，一脸严正的黎邵晨看着似乎分外可靠，令人心安。

大约是深冬季节的缘故，一路走来，医院大厅和走廊里的老人格外多，钟情原本有些松弛下来的情绪也因为看到那些人的病容跟着紧张起来，越走越觉得膝盖发软，最后几乎是黎邵晨一路把她拎进电梯里。

走到钟父在电话里告知的房间，钟情看着门上的号码牌，无端觉得心里发慌，还是黎邵晨一马当先，果断推开门，扶着钟情走了进去。

病房里并不只有一张床，钟情挨个看过去，最终在靠窗的那张病床边看到父亲的背影。

"爸爸……"

钟父正在倒开水，听到声音，放下暖壶转过身，见到钟情身边还有一个陌生男人搀扶着，心里不禁有些吃惊。但他向来涵养好，心里有些情绪也不会平白露出来，端着水杯看了钟情一眼："看把你吓得，早知道就不告诉你了。本来你妈妈没什么病，被你这副样子也要吓得心里不安。"

钟情的母亲此时仍清醒着，靠着枕头坐在床头，见到女儿归来，脸上几乎笑成一朵花，张开手就呼唤钟情："朵朵别理你爸，快过来坐。"

钟情见她手臂上还吊着针，生怕她动作太大弄得回血，连忙走过去，坐在床沿，扶住钟母的手："妈……"

钟母平时爱笑，也爱说，一见女儿回来，精神也好了许多，话匣子就打开了："刚刚我听你爸接了电话，说你要回来，还不信呢。怎么事先也不说一声，倒赶在这么个时候？"

钟情有点不好意思地小声说："本来也不是正经假期，还不知道能不能成行呢，怕说早了让你和爸爸空欢喜一场……"

钟母忍不住抬起手摩挲着她的脸颊："你这孩子啊，就是心事太重了。"

钟情见母亲脸色如常，只是看着有点苍白，一时间也看不出是什么地方出了毛病，上下打量了一番就问："妈，你这是怎么了，怎么就住院了……"

钟母笑着拉住她的手，不让她再乱动："就你爸爸说得夸张，不是什么大毛病，吃过午饭有些头疼，觉得不舒服，那时你爸爸刚好也在家里，他就说上医院里来看看。"

钟情听着这话就觉得不可信："头疼？拍片子了吗？大夫怎么说？总不能无缘无故就觉得头疼啊！"

钟母白了她一眼说："怎么，你还非要让你妈生个大病啊？"

"我不是这个意思。"钟情突然觉得一年没见，钟母胡搅蛮缠扰乱视听的本事又上了一层楼，只能缓和了语气说，"我的意思是说，即便只是有点头疼，既然来了医院，也是仔细检查一下比较好，防患于未然。"

钟母笑着道："检查过了，医生说了，没别的事。"说着，钟母也叹了口气："这不是也更年期了嘛，没什么大事，人家医生说了，我这头疼状况还是轻的，有那严重的，每天在家难受得把头直往墙上撞呢。"

钟情哭笑不得："哪有这样的事。即便是真的，那么难受也早来医院看医生了。"

母女俩在这边说得热闹，另一边钟父和黎邵晨两个大眼瞪小眼，过了片刻还是黎邵晨先打破沉默，微一躬身，朝着钟父伸出了手："伯父，您好，我是黎邵晨。"

钟父刚好右手端着水杯，见到黎邵晨伸出手来，也没急着倒手。他盯着黎邵晨看了一会儿，才低声说了句："病房里需要安静，我们到外面去。"

黎邵晨点点头，跟在钟父后面走出病房。

两个人走到走廊拐角，刚好白肆从电梯里走出来，黎邵晨朝他努了努嘴，示意他先一边待着。白肆向来是个有眼色的，眼见着黎邵晨跟在一个半大老头儿身后，猜想着肯定是钟情的父亲。这个节骨眼儿上，他可不好给黎邵晨添乱，索性做了个吸烟的手势，自己往走廊另一头去了。

钟父最后走到一扇窗子旁，转过身来，拧开杯子盖，看了黎邵晨一眼："黎先生……年少有为，我听钟情说，年纪轻轻就已经拥有一家公司，实在很了不起。"

黎邵晨连忙说："家里管得严苛，公司是我与两位朋友合伙开办的，并不是属我一个人拥有。"

钟父点点头："黎先生很谦虚。"

黎邵晨摇了摇头，随即又有些窘迫地笑了："伯父这么夸我，倒弄得我挺紧张的。对外说起来我算是公司的总经理，钟情的领导；其实平时我们就是朋友一样相处，现在开公司的人很多，我这点本事在平城实在算不得什么。"

钟父听他这样说，看着他的眼神更深沉了几分："我听钟情说，她这趟能回家，原本是为着办公事，领导又多给她批了两天假。倒没想到黎先生也跟着一起来了。我们小地方的人，见识不多，她母亲又病着，如有招待不周的地方，请多见谅。"

黎邵晨见自己说了那一席话，气氛不仅没有轻松，反而越发沉重起来，不禁心里也有些发沉，但面上还是显出如常的神色："伯父实在太客气了。其实是我从没来过清河镇，同行的一位朋友说这里风景好，食物也别致，正巧又有钟情这样一个当地向导，就跟着一起过来看看。有打扰到伯父伯母的地方，先在这儿给您赔个不是。"

钟父端着水杯喝了一口水，再开口时，语气已经缓和不少："也没有什么打扰的，你是钟情的领导，也是钟情的朋友，这两天让她多陪你和那位朋友转转——"

"还是伯母的身体更要紧。"黎邵晨连忙表态。

要说黎邵晨这个人，往哪里一站，都像个发光体，称得上样貌英挺仪表堂堂。钟父多年来一直在政府任职，虽然官职不高，大小也是见过些世面的。见黎邵晨衣着不凡，说话也得体，心里原本那股不舒服的感觉已经消除大半，但这几天接连发生的事实在让人心焦，即便已经看出眼前这个年轻人对于自己女儿很有好感，对待自己的态度也是极尽恭敬，钟父的心情依旧有些沉重。

他沉默了下，朝着黎邵晨点点头，说道："她母亲待会儿就可以回家了。我先送她回家，你们一路辛苦，让钟情陪你们找个有特色的馆子，把晚饭吃好。"

说完这话，他也没有管黎邵晨的回答，径自走回了病房。

黎邵晨跟在后面，对于钟父几乎称得上严苛的态度多少有些困惑。按说自己长得不差，条件也不赖，也没有什么把柄落在别人手里，钟父作为一位父亲，即便再爱护自己的女儿，也不至于对待自己是刚刚那副态度，除非……黎邵晨蹙了蹙眉，拿出手机发了条短信。

看来有些事情，他有必要详细了解一下了。

Chapter 14

那时的事

两个人在一起合不合适，
不是光靠时间打磨出来的。

半小时后，钟母在几人的陪同下出了院。好在白肆的路虎足够宽敞，钟情一家三口坐在后座，也并不觉得太过拥挤。只是一路上，钟母总显得有些心神不宁。钟情知道母亲是个心里藏不住事的，见她这样就小声问："妈，怎么了？"

钟母瞅了钟父一眼，见他半合着眼靠在椅背上闭目养神，知道这一顿折腾把老伴儿也累得不轻，便摇摇头说："没事……下午走得挺匆忙的，妈就是有点想不起来，到底锁了门没。"

钟情看着母亲有些闪烁的目光，知道不记得锁门只是个借口，便凑近母亲耳朵低声问："妈，到底怎么了？"

钟母这次倒是意志坚定，死咬着不说，反倒埋怨起钟情来："你一个女孩家，年纪轻轻的，这才刚到家，就好好休息，别瞎操心了。"说完，也学起钟父的模样，闭上眼不吭声了。

从医院到钟家的路程并不远，车子开到小区门口，也不过才十来分钟的光景。钟父睁开眼看了眼车窗外面，开口说："就送到这儿吧。你们两位远道而来，又陪着我们辛苦这么久，也该饿了。让钟情带你们去个有特色的馆子，代我们夫妇两个好好招待一番，也算表示歉意。"

白肆听了这话，车速也慢了下来，好在小区门口有一片空地，方便停车。黎邵晨连忙说："钟叔，这话太客气了。您和阿姨在医院待了半天，肯定也还没顾得上吃饭呢，咱们一起吃个晚饭吧。"

钟父摆摆手，又朝白肆说："这位先生，麻烦帮忙开下车门。"

白肆很是为难。如果按照黎邵晨的意愿，这个节骨眼儿上肯定不能放人走；可他要是装听不见不给开车门，又显得没把钟情父亲放在眼里，也太没礼貌了。好在白肆出了名的会来事，手指一动打开中控锁，推开车门先走了下去："叔叔，您慢点。"

黎邵晨和钟情也先后下了车。钟情扶着钟母，白肆和黎邵晨则忙着围住钟父。

钟父见到黎邵晨和白肆殷勤的样子，心里明白两个年轻人不是好打发的，而且自家女儿还在黎邵晨手底下工作，怎么也不好让对方下不来台，便开口道："我们在医院已经吃过了，钟情妈妈今天身上不舒服，就不在家招待你们了。明天晚上，如果你们喜欢吃家常菜，就来家里，让钟情妈妈给你们露一手。"

这个邀请并不在黎邵晨的预想之中，但他向来懂得珍惜机会，钟父这么一说，他立刻微笑着道："这怎么好意思。有我们几个年轻人在，哪里还用得着阿姨动手啊。"

白肆一听这话，眼睛瞪得溜圆，一句话堵在嗓子眼，咽不下去吐不出来。

钟母也听到了，笑着走过来说："哪里有让客人动手的道理。钟情啊，时间不早了，你先带这两位先生去吃晚饭吧。宾馆找好了没呀？"

钟情点头："都安排好了。"

钟母说："那就好。待会儿吃过饭，早点回来。"

说话间，钟父扶着钟母，打算往小区里面走去。而钟情和黎邵晨都有些不放心，跟在后面又走了几步。正在这时，迎面走来两个裹得仿佛圆球的老太太，一见到钟母，立刻冲上来，拉住她的手说："哎，小秦啊，可算从医院回来啦？我们都惦记着你呢。"

另一个跟钟母年纪相仿的也说道："要说这陆家可真不是东西，人都走了还来你们家闹，真是脑子坏掉了！"

"就是，我看他那个叔叔，那么大岁数，跟个痞子似的，这种人惹上可怎么得了！下午时你们就该报警的！"

钟情一听，顿时觉得脑子都炸开了，话都不知道怎么从嘴里溜出去的："陆家，哪个陆家？"

钟母早在这两个人围上来说话时就急得直跺脚，拦了这个又挡不住那个，怎么使眼色都不管用，急得脸都白了。

钟父的脸色也越来越冷，索性低声说："她身体还没好呢，我们得先回家了。"

那两个老太太看到钟情，立刻又都围上来："是钟情回来啦？"

钟情觉得心脏跳得几乎要从嗓子眼里蹦出来，声音从嘴里吐出来，尖而细，还带着无法控制的颤抖，连自己听了都吓一跳："哪个姓陆的？去我们家做什么？"

其中一个老太太已经发现好像说错了话，另一个却怎么拉都拉不住，张口就说："就是陆河啊！他们家从前不是住在9号楼，他还跟你处朋友的？"

钟情一口气憋得喉咙生疼，牙根发酸，她将视线投向自己的父母，目不转睛地望住他们："这到底是怎么一回事？"

一家三口回到家中，钟情见到摔碎在地上的茶杯，散了一地的干巴巴的茶叶，还有打开一半扔在桌上的木匣子，只觉得整个脑袋嗡嗡作响。

钟母深知自己女儿的脾气，一把拉住她的手，轻轻摇晃："朵朵，你听妈给你说……"

钟父走在最后面，仔细地锁好门，把水杯放在桌上，脱了外套挂在衣架上，换上拖鞋，一言不发地走去厨房拿扫帚。

钟情看着父亲沉默地走回客厅，弓腰扫着地上的碎瓷片和茶叶，突然发现不知道从什么时候开始，父亲两鬓的白发已经那么多，一路延伸到发顶的位置；而这样躬身扫地的样子，怎么看都是一个老人的姿态了。

钟情深吸一口气，走上前从父亲手里夺过扫帚，想要帮忙收拾，却被钟父拽住手腕，又把东西都收了回去。钟父说话向来都不急不缓的，哪怕到了这一刻，也不例外："你性子急，做不了这个活儿，还是我来吧。"

钟情眼泪当即就掉了下来："都是我惹的祸，怎么能让你们为我……"她不知道该怎么说下去，狠狠咬了下嘴唇，才把整句话说完："我惹的事，我自己来负责。爸爸，妈，你们两个告诉我，陆河的叔叔到咱们家来，到底是干什么来了？"

钟情的母亲站在原地，先是为难和无措，接着便一言不发地抹起了眼泪。

倒是钟父，一声不吭地收拾完客厅，把脏物都倒进垃圾桶，又烧上一壶热水，为一家三口各沏了一杯热茶。

这是钟父的习惯。家里有什么大事要说，就给每个家庭成员泡一杯茶，一家人坐下来，心平气和地慢慢谈。

钟母一边小声地啜泣，一边还是习惯性地在沙发上坐了下来。

钟父走到桌前，拿了那打开一半的盒子，放在茶几上，抬起手朝钟情招了招："钟情，过来坐。"

钟情依言坐在父亲和母亲中央。

钟父把盒子递了过去，开口道："这件事，错不在你，在我和你母亲。今年夏天的时候，有一次陆河从平城回来，拿了一些东西和一万块钱，到咱们家来看我们。"

这件事，在钟情向父母坦白和陆河分手的当天，母亲已经在电话里告诉过她，可是如今看两位老人的神色，事情显然还有另外的隐情。

就听钟情父亲又接着说道："那天，他提的东西都是些水果、补品，拢共值不得几个钱，我和你妈觉得，平时两家礼尚往来，收了那些东西，也算不得咱们占他家什么便宜。那一万块钱，陆河说是你托他带回来的，我们想着他一个在校学生，还没工作赚钱，他家又是那么个情况，也不太可能是他自己赚的钱，说钱是你托他捎回来的，也很合理。"

钟情点了点头，她知道父母都不是爱贪便宜的人，虽说她和陆河已经谈了几年恋爱，两家因为住得近，走动也算频繁，但总的说来，陆家这些年并未给他们家花过什么钱。

钟父叹了口气，又指了指钟情托在手里的盒子："这个东西，也是陆河那天送过来的。"

盒子里嵌着黑色绒布，看里面凹陷的形状，应该是一只手镯的形状。钟情摸了摸盒子里面："是只镯子？"

钟父补充道："是他们陆家传了好几代的东西，说是只有陆家的儿媳妇儿才能戴。陆河那天送了这个过来，说是他母亲的意思，他那天借着这个东西，是来向咱们家提亲。"

钟情愕然："他……他从来没对我提起过！"

钟母这时忍不住插嘴道："傻朵朵，提亲是双方父母坐在一起谈，他代表他母亲，向我和你爸爸提这个事，本来也没什么奇怪的。你们俩都好了四五年了，这个时候谈婚论嫁，我和你爸原本觉得很合适。"

钟情听得晕头转向："代表？为什么他要代表李阿姨？"

陆河的母亲姓李，陆河几乎是他母亲独自一人抚养长大的，陆河的父亲早在多年前就去世了，这些早在钟情和陆河还是好朋友关系相处时就已经知道了。但谁家男方提亲，不是父母或者长辈上门，哪里有男方小辈单独一个人上门提亲的道理？

钟父这下也惊讶了："他妈妈今年春天因为心脏病住院了，陆河没有告诉你吗？"

"没有……"钟情突然意识到，自己不知道的事有点太多了。

钟父皱起眉毛："钟情，你老实回答我，你和陆河到底什么时候分手的？"

钟情整个人沉浸在思绪中，回过神的时候，就见钟父正在用一种异常严肃的神情望着她："你是不是早就跟陆河分手了，你跟公司的那个黎总，是不是在谈恋爱？"

"爸，你想哪儿去了！"钟情几乎跳起来，"我和黎总真的没什么，而且我在去他公司之前，跟他几乎是死对头，是他在我最难的时候不计前嫌帮了我，邀请我去他公司当技术总监，我们现在的关系缓和了，但也仅限于好朋友。"

钟父沉吟着，手指关节有节奏地在大腿上敲了两敲："那你说说，你跟陆河什么时候、又是因为什么事分手的。"他眼睛望着钟情，目光如炬："你那什么'和平分手'，骗骗外人还可以，我和你妈都不信。你的性格倔，陆河……也不是个性子平和的人，你们这样的一对，要么好好地在一起，要么就分得彻底，老死不相往来，不存在和平分手。"

钟母在另一边，动了动嘴唇，本来想说点什么，但被钟父用一个眼神制止住了。

钟情嘴唇微微哆嗦，眼睛里也渐渐蓄满了泪水，她为了这件事憋屈了太久，直到这一刻，面对着至亲至爱的父母，才敢让自己放心肆意地流下眼泪来："他到我之前工作的那家公司实习，喜欢上了我们老板的女儿……我们，我们就分了。"

钟父蹙起眉头："他跟你提的分手？原话是怎么说的？"

钟情摇摇头，眼睛有些发红："我们没就这个事情谈过。我发现他出轨当天，他已经跟那个女孩宣布婚事，那之后我们只因为别的事在其他场合见了一面，之后再没有联系。"

"糊涂！"钟父气得脸色微微涨红，手指狠狠敲着茶几，"钟情啊，你太糊涂了！"

钟情张着泪水蒙眬的眼睛看向钟父，就见钟父眼神严厉，盯着她的眼睛一句接一句地说道："他自己上门提亲，你不知道；他把他母亲接到平城去住院，现在看来这件事你也不知道；他跟其他女人搅在一起，你还是被蒙在鼓里不知情；现在他要结婚了，让他家里一个八竿子打不着的表叔来咱们家取回提亲的信物，如果不是你这趟回家凑巧赶上了，这些事还不知道要瞒咱们一家三口到什么时候啊！"

钟情听得整个人愣住，钟母也急了，越过钟情拉住钟父的袖子："他爸，你说得我都听迷糊了，这陆河也算是咱们见过多少次的，他妈妈那个人也很善良，你说他这……他这是什么意思啊？"

钟父冷笑一声，手掌拍得玻璃茶几砰砰作响："他打得好算盘啊！瞒着钟情跟咱们提亲，又瞒着咱们跟钟情分手，派人来取镯子还找了那么个老混混，我看他是存心脚踩两只船，不定什么时候还想着再回头来找钟情复合的！"

钟情睁大眼睛，两颗大大的泪珠顺着脸颊淌下来，无声地滴在颈窝，只觉得那两滴泪彻骨地凉："不可能！他做出了那样的事，我是不可能回头的。"

钟父冷笑连连，句句锥心："如果他找到你，跟你说他并没有与你正式提过分手，你俩现在还是男女朋友，你要怎么办？他说是为了他母亲的病情，才假意与那个有钱人家的女孩子在一起，心里真爱的还是你，你又要怎么回答他？"

钟母几乎听不下去了："他不会这么无耻……"

"知人知面不知心哪！"钟父深吸一口气，转过眼看着钟情，"你被人牵着鼻子走，还不自知，孩子，你太痴了。"

看着泪水直淌的母亲，再看着头发斑白苦口婆心的父亲，钟情紧紧攥着拳头，一字一句地说："爸，妈，你们放心，这件事等我回了平城，会跟他当面讲清楚，无论他有什么曲折苦衷，我跟他都不可能在一块了。"

出轨和背叛固然令人难过，但并不一定会让所有女人对自己昔日的恋人心死；能让一个沉浸在爱情中的女孩子幡然醒悟，发誓再不回头，大抵都是因为这个男人的所作所为，触碰到了她为人的尊严和底线。陆河无故抛弃她在前，如今又令她的父母陷入这样进退两难的处境，钟情即便心里对他还残存着几分不舍和奢望，如今也都被父亲的一席话打得烟消云散了。

钟父见钟情眼睛泛红，言之凿凿，知道自己这番话，已经实实在在凿进女儿心里去了，多少松了一口气，软和了语气说道："和他当面把事情讲清楚，对你们两个都好。咱们不耽误他寻找大好的前程，也别让他对你还存什么不该有的念想。钟情，记得爸爸一句话，不懂得尊重你的男人，再优秀也要不得。"

钟母听了这话，不由得又哭了起来："我的朵朵这么好，怎么会遇上这种事……陆河那孩子，从前看着觉得哪哪都好，真不知道他心思这么深。"

钟父目光深幽，说出的话意有所指："齐大非偶。钟情啊，像咱们这样的人家，找个门当户对、也懂得尊重你的男孩子最合适。"

钟情抬起眼看向父亲的眼睛，尚且还未来得及消化钟父话语里的深意，就已经在他有些严厉的目光中点了点头。

这一晚，钟家的灯久久未熄，而楼下车里坐着的两人，也在潦草吃完饭后，静静坐了许久。白肆看着黎邵晨接完一个电话，眉头越蹙越紧，嘴唇也紧紧抿起来，不由出声问道："三哥，出什么事了？"

黎邵晨沉默了好一阵，才说："平城那边传来的消息，石星单方面取消了和陆河的婚礼。"

"陆河……就是钟情的那个前男友？"

"嗯。"黎邵晨的表情有些不豫，"陆河这个人，不简单。"

白肆咬了咬嘴唇，犹豫片刻问："哥，你是不是……真打算追钟情啊？"

自打兄弟几个在临安重聚，白肆又跟黎邵晨走得格外近，这个问题他问了不是一遍两遍，每一次黎邵晨都没有正面回答。唯独这一次，黎邵晨在沉默了足有一分钟之后，中气十足地回答："嗯，想追来做老婆。"

他说出这句话，面上一扫先前的沉郁之色，眼角眉梢都生动起来，看着白肆瞠目结舌的模样，不由自主地笑了出来："怎么，觉得不靠谱？"

白肆噎了一噎，一梗脖子："早看出你对她有意思，就是没想到……"

黎邵晨眉峰一挑："没想到什么？"

白肆龇着牙花子，一脸沉痛："没想到，我三哥年纪轻轻仪表堂堂，也上赶着往坑里跳。"

黎邵晨嗤笑一声，伸手拍了下白肆后脑勺："会不会好好说话，什么坑不坑的！"

白肆挺起胸膛强辩："不是都说，婚姻是坟墓吗！坟墓，那不仅是坑，还是一掉进去就爬不上来的深坑！"

黎邵晨深沉一笑，扫了他一眼："那如果沈千秋掉坑里了，你往不往下跳？"

"肯定得跳啊！"白肆毫不犹豫地回答，很快又琢磨过不对来，"不是啊，三哥，我和千秋，跟你和钟情不一样。我们俩认识十几年了，知根知底，共患难同富贵，堪比革命情谊！你和钟情……才认识几天啊！"

黎邵晨斜睨了他一眼："两个人在一起合不合适，不是光靠时间打磨出来的。"他抬起头，望着不远处高楼上亮着的那盏灯，沉声说："钟情跟那个陆河倒是在一起好几年，可到底她也没看清那小子的为人。"

白肆凑近端详黎邵晨的表情："哥，那什么陆、陆河，你见过？"

"见过两面。"一次是外出谈生意时，见到石路成带着陆河一起；第二次就是在星澜的那次庆功宴上，见到他从始至终都和石星站在一起，眼睛却似有若无地瞟向不知名的方向。

"什么样一个人？"

"有头脑，也有能力，但有点不择手段，不达目的誓不罢休。"

白肆晃着脑袋点评："这么说来，是不太适合钟情，跟石路成倒是一路人。"

黎邵晨无声地弯唇一笑："嗯。"

白肆看他笑得有点发毛："我什么地方说错了吗？"

黎邵晨摇摇头："我只是觉得，他处心积虑赢得石路成的信任，可不仅仅是为了当上门女婿那么简单。"他顿了顿，后半句话到底没说出来：传言石星单方面和陆河取消婚礼，内里怕也没这么简单。

Chapter 15

也许可以

或许人就是这样，
越是触手可及的，
往往也不懂得珍惜。

第二天一早，钟情刚刚洗漱完毕，就接到黎邵晨的电话，他的声音听起来很有精神："早，起床了吗？"

　　冬日清晨，六点来钟的光景，天色正黑浓，钟情自认因为前一天的事，一夜难以安眠，所以才这么早就醒来，却没想到还有人起得跟她一样早，而且光听声音就知道对方心情正好。

　　连带的钟情也跟着有了两分好心情。她在床边坐下来，拉开窗帘望着外面无边深邃的天空："早安。你起得好早。"

　　黎邵晨站在楼下，望着某人掀开的那一角窗帘，以及由内透露出来的暖橘色灯光："你不也是？"

　　钟情一愣，就听黎邵晨在那边语带笑意接着道："听声音就知道你起来有一阵了。都说早起的鸟儿有虫吃，怎么样，要不要在哥的带领下，出来溜达一圈吃点好吃的？"

　　钟情噗嗤一下就笑了："你知道哪儿有好吃的吗？"紧接着，又反应过来："你已经出来了？"

　　黎邵晨仰头望着头顶那扇小小的窗，只觉得心头被那团暖色一点点浸染，面上的笑容一点点绽出来都不自觉："才出来，嗯……走到你家楼下，大概还得一分钟吧。"

　　回想起昨天晚上把他和白肆两个人丢在外面，钟情心里生出一份内疚，连忙说："那你慢点儿走，我这就下去。"

　　"嗯。不急。"静静的清晨，黎邵晨的声线听起来仿佛也多了一份静谧的温柔："待会儿见。"

　　钟情挂断电话，刚走出房门，就见钟母端着一杯热水走过来："别急，喝点热水再下去。"

钟情一见钟母一副了然的模样，就知道自己刚刚和黎邵晨打电话的内容都被母亲听去了，一时间有点儿不好意思，小声说："妈，我们公司老总这就过来了，昨天因为家里的事，我也没怎么顾得上……"

"妈都知道。"钟母也配合地压低声音，笑着说，"咱们小区附近那个馄饨铺子这会儿肯定开了。你们早点儿去，省得排队。白天在外面，好好招待人家，晚上你把你们老总和他的那位朋友都请咱们家来，妈下厨给他们露一手！"

钟情接过水喝了两口，套上大衣和围巾，走到门口猫腰穿鞋，一边小声答应："我知道了。妈，晚上你不用太早准备，等我回来帮忙。你身体还没好全呢，需要好好休息。"

钟母见她一脸急色，忍不住笑道："你着什么急，人家就在楼下等着呢。"

钟情刚把两只鞋子都穿上，听到这话立刻站直身体："啊？"

钟母见自己女儿一脸懵懂，便抚了抚钟情脸畔的发丝："傻丫头，刚刚你打电话那会儿，妈去厨房……看见你的那位黎先生，就站在楼下，一边眼巴巴望着你房间的窗子，一边打电话呢。"

钟情莫名脸热："妈，你瞎说什么呢。我们俩不是那种关系……"什么你的我的，这种话从自己母亲嘴里说出来，总觉得暧昧得厉害。

钟母笑了笑，也不多说："行，行。不是那种关系，你也把人家招待好了，毕竟是公司的领导，又远道而来，怎么说都是贵客。"

"我晓得啦。"钟情一着急，连家乡话都溜了出来，朝钟母摆了摆手，拉开门就跑了出去。

这个时间段，楼梯间里静悄悄的，一路走下去，也没遇见人，只能听见自己的脚步声，踢踏踢踏，每一下仿佛都敲击在自己的心间。回想起临出门前母亲道出的那一幕，又想到去医院的路上，黎邵晨在车子里对自己的安慰和鼓励，钟情突然就觉得心里面热乎乎的。这种感觉跟在下着雨的公园里第一次见到陆河时有点儿像，但又不完全一样……

初见陆河便心动，她还记得那时自己跟他讲话，心脏都怦怦地跳着，整个人如同一只随时能蹦起来的小兔，胆怯着，雀跃着，也欣喜着。而对黎邵晨……对于这个人的感情，就复杂得多了，她厌恶过他，也抵触过他，但经历了这段时间的高低起伏，她对黎邵晨有感激、有欣赏，也有一种……很朦胧的好感。而这种好感，被她暂定义为"温暖"。

怀揣着这份温暖，钟情一路走到楼门口，就见黎邵晨真的站在楼前的一片空地上，穿着黑色大衣，一只手随意地插着口袋，眼含笑意看着她，又看了看腕上的手表："五分钟还不到，速度很快嘛！"

钟情也微微笑起来，没有戳破他的谎言："是啊，知道你走路快。"

黎邵晨摸了摸鼻子，随后又笑："我只认识从酒店到你家的路，接下来去哪儿，可全听你的了。"

钟情也笑，两个人一齐走出几步，钟情突然"噫"了一声，问："白肆呢？"

黎邵晨露出一个无可奈何的神情："他睡得跟猪一样……大不了，待会儿吃完了给他捎一份回去。"

"那快走吧。"钟情加快了步伐，"我们这边，有好几家早餐铺子，你想吃什么？"

黎邵晨的回答简单又合理："肯定什么有特色吃什么，重点是好吃。"

不多时，两个人便到了一家早餐铺，走进去才发现，里面已经坐了好几桌人。钟情驾轻就熟地点了几样，然后就安心地从一旁的竹筒里拿出两双筷子，递了一双过去："这家早餐铺子开了好多年，我还在上小学的时候就有了。"

"是吗？"铺子里的灯光很亮，越发衬得钟情面色如玉，眼底却有两个大大的黑眼圈，细一看，眼皮还有些浮肿。黎邵晨知道她前一晚肯定哭了许久，或许整夜难眠，越是这样想着，越觉得心头有些躁动，便移开视线，看向放在一边的餐单："你刚刚点的是什么？"

"是蟹壳黄。"钟情没有留意到他神色的不自然，微笑着解释道："有甜咸两种，一共八种口味。这家蟹壳黄做得最地道，许多外地的会开半小时车专门来我们这边买。"

说话间，两个人点的东西陆续端上来，黎邵晨神色认真地看了看盘子里金黄色的酥饼："其实就是……小烧饼？"

钟情一下子笑出来，拿起筷子夹了一枚到他面前的碟子里："不太一样。蟹壳黄都是有馅儿的，不知道你喜欢吃哪种，我就每样都来了两块。"

黎邵晨夹起一块来咬了一口，皱了皱眉："甜的……"

钟情望了一眼，笑着道："是玫瑰馅儿的。你要是不喜欢吃，就放在一边，这个馅儿一般女孩子都爱吃。"

黎邵晨见她说话间眼睛亮晶晶的，不禁笑着反问了句："你也喜欢?"

钟情指了指自己面前的豆腐花："我最喜欢吃这个，配着葱油蟹壳黄。"

黎邵晨的面前也放了一碗，细一看，豆腐细白，卤棕黄，其间点缀着细细的肉丝、翠绿的芫荽、色泽鲜嫩的金针菜……黎邵晨看得食指大动，望了眼桌上的瓶瓶罐罐，自己又加了一勺辣椒进去，送了一勺进口中。

钟情见他吃了一勺，紧跟着又是一勺，就知道对了他的口味。也不多说，低下头静静吃着自己那份。

豆腐花其实跟平城闻名的豆腐脑一样，但可能是南北方的水质不同，这边的豆腐明显更细嫩一些，尝在口中嫩滑咸香，很快就一碗见了底。黎邵晨吃东西的速度很快，吃相却不难看，一碗豆腐花见底，他笑着说了句："我还以为南方豆腐花都是甜的，没想到你们这也吃咸的。"

钟情见他明显还想再要，便说："就先吃一碗吧，我还给你点了一份鸡汤馄饨。"

话音刚落，热腾腾的馄饨就端了上来。紧跟着是两盘滋味飘香的生煎馒头，黎邵晨似笑非笑地望了坐在自己对面的人一眼："你这是打算一顿早餐就把我打发了啊? 早餐吃这么好，中午晚上我可吃不动了。"

钟情嗔怪地看了他一眼："我们这儿最贵的馆子，也没多少钱。大少爷你就尽管敞开了吃吧。"

黎邵晨哈哈大笑，他容貌生得英挺不凡，在哪儿都是发光体，坐在小餐馆的老式木椅子上，丝毫不顾形象地大笑出声，也不让人觉得讨厌。周遭投来许多目光，有新奇的，有艳羡的，黎邵晨自己不觉有什么，钟情却觉得有些不好意思，小地方都是熟面孔，像黎邵晨这般样貌长相的，实在引人注目，估计用不了多时闲话就会传到自己父母耳朵里，说她大清早带着陌生男子到附近的馄饨店吃早餐。想到这儿，连忙低下头安静吃饭，不敢再多招惹这位一言一行都惹人注意的大少爷。

黎邵晨本来还想再逗她两句，尝了一口传说中的鸡汤馄饨，舌头鲜得几乎整个吞下去。每个馄饨都是一口一个，皮薄馅小，滋味却鲜得要命，黎邵晨喝完一整碗汤，坐在那儿长舒出一口气："我要是你，就为了这早餐我都舍不得走！"

钟情不敢再大声说话，引人注意，听了这话却忍不住笑着道："那我这次就不走了。"

黎邵晨眼睛一眯，毫不慌张："行啊，那你们家多添双筷子，今年春节我就在清河镇过了。"

钟情吃完一碗豆腐花，也是额头微微发汗，抬起头看见黎邵晨笑得见牙不见眼，整个人看起来既英气又无赖，直看得人牙根痒痒，索性不与他多做口舌之争，抬起手喊老板结账。

两个人拎着足够两个人吃的早餐往酒店方向走，黎邵晨意犹未尽地咂了咂嘴："感觉还有点没吃饱哪！"

钟情瞥了他一眼："黎总，刚刚是谁说为了午饭不吃亏，早餐应该少吃点儿。"

黎邵晨又是大笑出声："我早就发现你特别记仇。"

钟情几乎不敢正视来往行人投来的异样目光："黎总，咱们能低调点儿吗？"

黎邵晨完全没有意识："嗯？"

钟情忍不住翻了个白眼："从刚刚吃早餐到现在，你都笑了三回了。"不过是她请客吃了回早餐，有什么天大的喜事值得这么高兴吗？

黎邵晨读懂了她的潜台词，眼眸弯弯地说："吃得饱，心情好。"

钟情一听他说得这么直白，忍不住也被逗笑了："说得好像过去都没让你吃饱饭似的。"

黎邵晨的目光在她的脸上停留了一瞬，虽然只是短短一瞬，那眼睛里炽热的情绪却让人难以忽视。钟情呆了一呆，还来不及多做反应，就听黎邵晨说："早餐我让前台给他送上去，咱们得抓紧时间了！"

"什么？"钟情有些茫然，却在茫然间被他拉住了手。不等她多做反应，黎邵晨已经拉着她大步向前跑去。

两个人在早餐铺里坐了有段时间，此时天色已经蒙然发亮，隐隐可以看到天边的白光。就着道路两旁又细又高的路灯，黎邵晨的身上笼罩了一层浅薄的光晕，钟情跟在他身畔抬头望去，只觉得这个人不仅样貌好看得过分，最近自己跟他……似乎也近得有点过分了。

　　一路跑进酒店，黎邵晨一阵风似的将早餐交给前台，让服务员给白肆带上去，接着便不由分说，拉着钟情往镇中的那条河跑去。

　　晚唐诗人杜荀鹤有一首诗："君到姑苏见，人家尽枕河。古宫闲地少，水港小桥多。"可见到了吴郡一带，城内处处都是少不了水的。清河镇也不例外。

　　钟情自小在镇上长大，自然知道内城的这条河蜿蜒环绕了整座小镇，且能一路通到隔壁几个镇子去。但见黎邵晨这样急忙忙沿着河岸跑，就有点不理解了："你这是干吗？这边冬天没什么好看的。"

　　黎邵晨脚步渐渐慢下来，神色间颇有两分孩童般的神秘和自得："你在冬天游过河吗？"

　　钟情摇摇头，又禁不住打了个寒战。早晨温度低，更何况一路沿河迎着风跑，刚开始跑得有点冒汗，这会儿脚步慢下来，脑门和脖子就觉得有些凉了。

　　黎邵晨见她这副样子便笑："哎，看样子到这边旅游是指不上你这位当地土著了，还是看我的本事吧。"

　　钟情见他神神秘秘的样子，问又问不出个所以然，只能傻乎乎继续跟着他沿着河岸走。走了约莫十来分钟，就见一个穿棉服戴毡帽的中年人站在不远处，朝他们两个招手。走得近了，那个人几步迎上来，笑呵呵朝着黎邵晨点点头："黎先生，掐着钟点来的，真准时。"

　　黎邵晨也笑笑，指了指钟情："是啊。人齐了，就我们俩，师傅就按照昨天说的，带我们好好逛一天。"

　　那个人眯缝着眼打量了钟情一会儿，说："这位小姐看着有点眼熟，你家里是不是姓钟的？"

　　清河镇本来也不是多大的地方，彼此看着面熟是很正常的事。钟情点点头："对。你怎么称呼？"

　　那个人搓搓手，先是笑，紧接着就朝着停靠在岸边的船指了指："快先上船，里面我放了两个盐包，靠着很暖和。我说看着你眼熟，过去你祖父在镇里教书，我和我弟弟都听过老先生的课！"

钟情的爷爷过世得早，但确实也是清河镇响当当的一位人物，早年间自己开堂授课，后来岁数大了，赶上好时候，还被当地教育局返聘回学校接着教中文，也算是街坊邻里无人不知的一位老先生了。

船有点晃，黎邵晨和那位开船的一前一后扶着，钟情终于稳当地落脚上去，一边跟船夫微微颔首："真没想到还有人记得。"

黎邵晨跟在她身后也上了船。那船夫咧开嘴笑，一边摇起了桨："记得的。上过钟老先生的课，一辈子忘不掉。"说着，看到黎邵晨和钟情挨着坐在一起，还把暖手的盐包都挪到钟情跟前，又说："昨天这位先生找来，说要坐我的船。我说这个季节，我们不做生意的，他说过去没来过这边，想带着女朋友一起坐船游城，新鲜新鲜。没想到居然和老先生的孙女是一对，真是郎才女貌，好登对！"

钟情瞥了黎邵晨一眼，这个人还真敢说！

黎邵晨不怕她瞪人，就怕她冷冰冰的没反应，那才叫人觉得没戏呢！他清清嗓子，说："那今天黄师傅可得好好带我们逛逛。我确实从前没来过，听说咱们这边好东西可不少。"

黄师傅双手戴着手套，听到这话便笑："那是的，我们这里山好、水好，人更好，小伙子你有眼光！钟小姐又是熟人，我也不照常价收你们的，咱们今天好好玩一天。"

黎邵晨觉得这位实在会说话，不禁心花怒放，脸上却还得绷住了："那太好了。"一边还低下头，小声挤对钟情："哎，说起来你也是这儿土生土长的，这船你过去坐过几回？"

钟情没好气地瞪他："这有什么新鲜的，我小时候几乎天天坐。"她瞟了黄师傅一眼，趁着人家不注意的时候，压低声音说："黎总，你干吗说我是你女朋友，我们这地方小，今天一趟走下来，明天我们整个小区都知道我有男朋友了。"

黎邵晨笑着说："那有什么不好吗？正好堵住那些三姑六婆的嘴，让他们知道，像我们钟总监这样的人才，旧的不去新的不来，走了一个始乱终弃的前男友，多的是青年才俊上赶着呢！"

他这样毫不避讳，倒让钟情不知该说什么好了。她微微低下头，下巴埋进脖上围着的那团白色里，眼睫轻眨，整个人看起来有一种荏弱的美。

黎邵晨眼睛都不舍得眨一下，就这么直直看着，一方面在心里隐隐有些懊悔，担心自己这剂药会不会下得太重了；一方面又觉得心里某个地方忍不住痒痒的，她这副模样过去从没在自己面前展露过，是不是意味着，从某种层面来讲，她心里其实已经没有那么排斥自己了？

正纠结间，就见钟情已经抬起眼睛，目光笔直朝着他看过来："陆河的事我已经看开了。人是会变的，我错在没有半点警惕，放任我们两个人的感情走到今天这个地步。但怎么的也要好好过日子，以后我再也不会为了不值得的人掉眼泪了。"

黎邵晨倒没想过，他会对自己说出这番掏心窝的话来，一时间又惊又喜，想去拉钟情的手，却突然意识到自己此前什么表示都没有，贸贸然的恐怕会吓坏了她。只能像两个人相处那般，再度端出好朋友的架势来，顺着她的话说："你能这么想就好。不过如果觉得心里实在难受，还是可以靠在我肩膀上悄悄哭一会儿的。"

钟情见他表情诚恳，心里蓦然一暖，脸上那点笑意却收不住了："好好的，你非招我哭干吗？"

黎邵晨见她眼圈微微有点涩意，应该是前一晚哭得太久的缘故，偏偏面上还挂着浅浅俏皮的笑，无端地更让人心疼，便说："不哭最好，省得晚上回到家，叔叔阿姨见了还以为是我欺负你了。"

两个人说了没几句话，外面传来黄师傅的声音："黎先生，咱们第一站到喽！"

黎邵晨探出头向外望："到哪里了？"

黄师傅笑呵呵地："钟小姐肯定知道，清河镇最有名的一条街，几乎所有老字号都在这条街上。"

钟情一听，立刻来了精神："说起来我也挺久没逛了。"

黎邵晨率先站到岸上，拉着她的手，另一手扶着她的腰肢，稳稳当当把人牵上来。老黄在一边忙着绕绳子，一边说："钟小姐是内行人，你们二位随便逛，待会儿想吃午饭了，就到这头的茶馆里头喊我一声。带你们去吃最地道的吴郡菜。"

钟情应了一声，转过身才发现什么地方别扭，原来黎邵晨扶着她上到岸边，却一直没松手。她看了黎邵晨两眼，对方却没什么反应，还落落大方地问："咱们先去哪儿？"

钟情垂下眼扫了一眼两个人的手，有点儿尴尬："黎总……"

黎邵晨却已经拉着她的手，沿着巷口往里钻，一边还慢条斯理地说："盐包让你抱着半天，手还这么凉，我给你焐焐。"

两个人出来得早，巷子里的商家陆续开张，有的人家还在撤木板，见他们两个年轻人大清早上手牵手走着，无不纷纷望过来。钟情想要把手撤出来，奈何黎邵晨攥得紧，一边还在她耳边低声说："这么多人看着呢，给我点儿面子啊，钟总监。"

这简直是块扔不掉甩不开的糖年糕啊！碰上真厉害的，钟情也不怕，遇见肯讲理的那就更好说了。可自从认识了黎邵晨，钟情发现，最没辙的就数他这种脸皮厚还坦荡荡的，想发火没理由，说软话人家比你还柔软，真让人甩不脱丢不掉！

黎邵晨见她脸上虽然别扭着，却也没硬要挣开，不禁心里暗喜。不拒绝就是好的开始，他现在怎么也算成功了一半，另一半，就看他今天接下来的表现了！

"你们这边有什么土特产吗？"黎邵晨边走边说，"临走前，答应家里人，说捎点吴郡的特产回去，之前忙着正事，也没顾上这个。"

有正事说，就少了尴尬，钟情认真想了想："有特色的东西还不少，但不知道你家人都喜欢些什么……"

"他们啊，其实也是分人。"黎邵晨转过脸来朝她笑了笑，"回头我就说你挑的，他们肯定满意。"

钟情压根儿不信这话，他父母能知道自己是谁啊？但这种话不能当着黎邵晨的面说，否则肯定又掉他挖的坑里了。

"这家店里卖的都是木头做的东西。"钟情拽了拽黎邵晨的手，也没注意到自己的这个小动作，其实显得两个人非常亲密，"进去看看吗？"

黎邵晨顺从地跟在她后面进了店。老板刚开门没多久，这会儿正趴在柜台上吃馄饨，见两个年轻人手牵手走进来，忙扯了块纸巾擦了擦嘴，站起身来招呼："哎，这么早。二位想买点什么？"

钟情见到一旁的柜台上摆着一台木制天平，整个不过巴掌大小，秤杆上涂着乳白色的漆皮，两枚白玉般的秤盘，细看是用某种石头子打磨光亮的，看起来精致极了。最巧的是，那天平两边的秤盘上，一边摆了一条小鱼，胖乎乎的噘着嘴，看起来憨态可掬。钟情忍不住拿起一条小鱼在手掌间把玩，轻飘飘的，显然是用木头雕刻而成，放在小小的天平两端刚刚好，完全不会压坏秤杆。

黎邵晨见她捏着那条小鱼，有些出神，便问："喜欢这个？"

钟情唇边露出浅浅的笑："我是天秤座的，刚好李茶是双鱼座，看到这个就想起她来了。"

黎邵晨便道："喜欢就买下来。"

钟情转过身问："老板，这个怎么卖？"

那老板见两个人一大早出来逛街，身上穿着也都妥帖精致，眼珠转了转，张口就报了个价："不贵，335元，就剩下这一个了，你要喜欢就拿走。"

钟情唇角噙笑，把手里的小鱼轻轻放回去："太贵了，都是本地人，老板你也别不实在。"最后两句话是用方言讲的，只要是当地人，一听就能明白。

果然，那老板盯着钟情看了一会儿，嘬着腮帮子一抬手："都是一个地方的，给你个便宜价，200块，不能再少了。"

钟情将四周围柜台里的东西细细致致打量一圈："老板你这里还真有点好东西。"

做生意的哪有不喜欢听人夸自己东西好的。那老板笑着连连点头："那是的。不信你出门打听打听，谁不知道我家正经好物件多！"

钟情走到近前，指着其中摆着木簪那一栏说："我也不跟你多要，300块钱，我要那个天平小摆件，还有这两根簪子。"

那老板盯着钟情，钟情也不避讳，说话的时候一直看着老板的眼睛。

最后还是那老板败下阵来，两手一拍，绕个弯走过来："看你个小姑娘是识货的。成，我就亏点卖给你，算你给我开张了。"

钟情笑眯眯的："大吉大利，一天好生意。"

那老板笑着点了点钟情："你这小姑娘，嘴巴真甜。等着，我去后头给你拿专门的盒子包起来。"

两个人拎着挑好的东西出门，黎邵晨一边走一边不住盯着钟情看："没想到啊。"

"没想到什么？"这回他手里拎着东西，钟情又避开得早，总算让他没理由再随便牵自己的手了。

"没想到钟总监这么会过日子，我站在那儿一句话都没说上呢。"

钟情忍不住笑了："那下次让你出马。"

"别价，买东西我成，砍价可不是我的特长。"

"也是，黎总不差钱嘛。"

黎邵晨一脸痛惜地看着她："胡说。谁的钱也不是大风刮来的。"

钟情笑不可抑："那行，接下来你练练手，实在拿不下来我在旁边再说话。"

"我看靠谱。"

两个人一路扫街一般，沿着整条老街慢悠悠走下去。古玩、奇石、油纸伞，最后几家是卖各式糕点的。黎邵晨在钟情的指点下，一路杀价，玩兴大起，看见糕点店的牌子就两眼冒光："这该不会就是白肆说的卖玫瑰酥那家吧？"

钟情看着他那个样子忍不住笑："是你也不能划价。这卖点心可跟别的不一样，人家明码标价，说多少钱就是多少钱。"

黎邵晨却朝她眨眨眼："看我的。"

进了店，黎邵晨先是四处张望，等到卖糕点的小姑娘走过来，他依旧满眼困惑，直到人家姑娘忍不住开口："先生，想买什么？"

黎邵晨有点腼腆地笑了笑："我听人说你们这里卖一种糕点，小小的，酸甜口，好像还有点玫瑰味……不过我不知道叫什么。"

"玫瑰酥嘛！"那女孩子走过来，手里拿着夹子，问黎邵晨，"要多少？"

黎邵晨犹豫："这个给我来一斤。还有其他跟这类似的吗？"

"有啊。"那女孩子来了精神，"还有绿茶味的，金橘味的，好几种口味，先生可以每样都来一点尝尝。"

黎邵晨站在跟前，似乎有点犯愁："我也不知道……"他又抬起头看那女孩："你们女孩子都喜欢吃什么口味的？"

那女孩听了这话，愣了愣，随即又笑了："是买给女朋友吃吧，那就看她喜欢吃什么味道的。"

黎邵晨这次却没怎么犹豫，顺溜地答道："她说喜欢吃玫瑰酥，喜欢吃葱油蟹壳黄，平时吃菜口味比较清淡，噢，她还很喜欢喝绿茶。"

女孩子点点头："这样，绿茶酥和红豆酥你都可以来一点尝尝。"

黎邵晨眨了眨眼，问："那就一斤玫瑰酥，另外两样各来半斤。我买这么多，你们不送点什么吗？"

黎邵晨本来长相是偏英气的，但跟女孩子说话时向来轻声细语，此时为了多赚两块糕点，还眨巴着眼睛卖起了萌，那女孩子"噗嗤"一下子就笑出来："那行，我再多给你添几块别的口味的。如果吃得好就常来买。"

钟情站在门外，隔着帘子听得一清二楚，不禁也轻轻笑出了声。

不多时，黎邵晨从里面走出来，提着一大包点心，昂首挺胸，一脸邀功的表情。

钟情觉得他这副模样，好像别人家养的那种大型犬，长得威风凛凛，一见到主人就吐着舌头摇尾巴，不禁憋着笑夸了句："嗯，是挺厉害的。"

黎邵晨见她笑得厉害，突然也觉得自己刚刚那样似乎有点儿幼稚，从小长到大就没跟人砍过价占过便宜，现在居然为了两块点心跟人家售货员磨叽半天，实在有点丢人。

钟情见他脸上有点儿挂不住，就低头从他拎的袋子里取出一只纸包："我们黎总好容易从人家那淘换来的点心，我得先尝一个。"

打开来，捏了一小块放进口中，熟悉的玫瑰味满溢口中，钟情禁不住微微笑起来，上一次这样无忧无虑跟人一起逛老街买点心，几乎记不起来是什么时候的事了，这么想着，连带看着黎邵晨的眼睛都多了两分感激。

黎邵晨正懊恼自己会不会在喜欢的女孩子面前跌了份，见到钟情这个眼神望着自己，不禁浑身一哆嗦："你那什么眼神？！"

钟情浅笑着把纸包重新系好："没，就是觉得你说得挺对的。这里虽然是我的家乡，但我确实很久没有在这里好好走一走、看一看了。"

黎邵晨也笑着说："那就当陪我，咱们今天好好玩个够本。"

接下来，果如黎邵晨所说，两个人走戏馆，逛茶楼，怕点心受了潮就先寄存在一家茶馆，接着坐上黄师傅的船跑去镇边上吃了一顿地道非常的吴郡菜。连钟情这样土生土长的本地人尝了一口之后，都忍不住对着桌上的脆鳝和酒酿鱼感慨，真真是小时候在爷爷奶奶家才能吃到的味儿！

下午半天过得更精彩了，因为黎邵晨说要买最好的茶，老黄便带着他们走了一趟两镇之间的小山沟，领着他们两个到农家买了几样当年新炒出来的茶。黎邵晨还撂下了订金，说等来年春天，让人家直接把炒好的茶快递到平城，也省得以后想尝这一口了还要一趟趟地跑。

走出农舍，在山间慢慢行走，就见不远处的山涧之中有深浅不一的大小水潭，周遭尽是些高大茂盛的香樟树，放眼望去，只见山上是深深浅浅的绿，眼前是清澈可人的水，黎邵晨多年来生活在北方，极少在这个季节还见到山清水秀的景致，不禁感慨了句："之前问你，你说南方的冬季没什么可看的，没想到山里的景色这么美，你真是太谦虚了。"

从上大学起，钟情几乎一年到头都生活在大都市里，偶尔回家，也大多在家里消磨时光。或许人就是这样，越是触手可及的，往往也不懂得珍惜。听到黎邵晨这样抱怨，她也有点不好意思："如果不是跟你来，我都快忘了家乡冬季是什么样。"

黎邵晨见她穿着深色大衣，脖子上围着一圈白茸茸的围巾，将一张脸衬得小小的，她平时总是严肃着一张脸，即便是两个人从前在临安散步时，也没有如此时这般宁静安好的神情。周围绿树环抱，清河在侧，只觉得这一刻看过去，身边人的一颦一笑，都是令人心折的美好。

黎邵晨忍了又忍，才按捺住走上前将她整个人拥在怀里的冲动。现在氛围这么好，却不是最适合的时候。心里再觉得难耐，也只能强自转过脸去，指着不远处的一处亭子说："咱们去那边看看。"

钟情正陶醉在家乡的美景里，听到这样的话欣然答应，与他一齐沿着山间小路慢慢走着。

"我小时候，经常跟我爸到这一带的山上玩。"

"玩什么？"黎邵晨问，"看你的样子，也好久没来了，跟我这个第一次来的外乡人也差不多。"

钟情仿佛想起了一些非常美好的事，头微微仰着望向远方，脸上闪耀着极灿烂的笑意。她指着远处的一座山道："看到那座山没有。那时候还允许打猎，每年秋天，我爸爸还有其他几个叔叔，就扛着从附近租来的老式猎枪，带着我还有另外两个小伙伴去那边玩。我们打过野兔，还有山鸡，山鸡的羽毛可好看了，我妈还拿那些羽毛编成毽子给我玩。"

"跟我小时候差不多啊。"黎邵晨笑，"不过我都不是我爸带着，我们几个半大小子偷了家里的枪自己去。夏天逮鱼，秋天打兔子，我还偷过人家果园的杏儿和苹果，被两只大猎狗追得满山跑。"

钟情眼睛亮晶晶的："我们还采过蘑菇。"

"我们那时采的都是松蘑，新鲜的，比现在市场上买的好吃多了。"两个人好像都回到了小时候，你一言我一语，攀比得格外起劲儿。

钟情连连点头："我妈妈都是拿蘑菇加鸡汤煲。小时候家里住平房，每次家里一煲鸡汤，隔着好几家都能闻到香味。"

两个人越说越起劲，黎邵晨突然伸展开了双臂，深吸一口气说："现在想想，现代生活虽然便利了点儿，也没那么好。咱们爸妈那个年代多好，空气清新，食物新鲜，人和人之间也特别简单。"

钟情听了他的话，不禁笑了："你有时说话跟白肆很像。"

"我像他？"黎邵晨仿佛听到了什么笑话一般，"那小子比我小七岁，好多东西都跟我学的！"

钟情摇摇头："我是说，你有的时候，像个小孩子。"

黎邵晨听了这话，先是微微笑着，过了片刻，才转过脸，凝视着她的眼道："或许那是因为，跟我说话的这个人，让我特别喜欢。"

好像是有这么个说法，男人无论在外多么成熟世故、不可一世，每每回到家里，面对着自己心爱的女人，总会像个孩子。

脑子里突然蹦出这句话，又正对上黎邵晨凝视着自己的那双眼，钟情猝不及防地转过脸，耳朵却悄悄红了。

两个人在山里走走停停，也不觉得冷，一晃大半个下午过去了。坐着黄师傅的船返回镇上的时候，钟情和黎邵晨两个人各自接到钟母和白肆的电话，内容居然出奇的一致，都是问他们什么时候回来吃饭。钟母的意思是让她早点回来，好把晚饭准备得充分一点，免得做了客人不喜欢吃的东西。白肆表达得就更简单了，直接对着话筒嚷："我的三哥啊，你太狠心了！就一碗馄饨几个烧饼打发我一整天！什么时候回来啊，我站在钟情他们家楼下都等了快两个小时了。"

钟情对待母亲的催促，自然唯唯应下；而黎邵晨面对白肆的哭诉，心肠就硬多了，撂下一句"老实等着"，就直接挂了电话。

返程的途中，两个人的兴致都很好，坐在靠外边的位置，一齐望着水面上的景色。临近傍晚的光景，太阳居然拨开云层露出半个金灿灿的脑袋，映着面前的这条河水波光粼粼，每个人的脸上也都染上了淡淡金色的光晕。远处传来飞鸟的咕咕声，为这幅宁静的画卷平添了几分活泼和诗意。

黎邵晨吹了个口哨，感慨道："真是偷得浮生半日闲，这小日子，太舒坦了。"

"是啊，都有点不想走了。"河面上水汽弥漫，钟情轻轻呼出一口气，又说，"我都有点想不起来上次这样趁天黑前坐船回家，是什么时候的事了。"

"这样好。"黎邵晨笑得狡黠，"这样以后想起现在的光景，你就不容易忘了。"

两个人在外面疯了一天，赶着天色擦黑之前急匆匆地回家，如同两个贪玩的孩子，心里既有不舍，又有喜悦，尤其是钟情，还有点做错事即将被人抓包的忐忑和羞涩。

黎邵晨见她这样，便安慰："没事，阿姨不是在电话里说，饭好还有一段时间。"

钟情斜了他一眼，那话是对他这个客人说的，她怎么也算半个主人家，跟着他一起疯跑疯玩，都没帮父母一起准备晚餐，说起来多少有点让人笑话的。

冬季天冷，河上又容易起雾，黄师傅也极少在这样的天气开船，因此也觉得这一天的经历蛮新鲜。刚刚临开船之前，黎邵晨多塞了两百块钱给他，此时心里也美滋滋的，听了这话连忙说："不妨事的。你们年轻人，在外面约会时间长一点，家里人不会生气的。"

钟情听了这话，不由得又瞪了坐在自己面前的人一眼，未想黎邵晨突然凑近，轻轻在她唇上啄了一下，又飞快坐了回去。

钟情先是呆住，接着便整张脸都涨红了，对着黎邵晨"你"了半天，硬是一句话都没说出来，索性别开脸不再理他。

黄师傅有眼色得很，全当没看到，还不忘按照之前的约定提醒两个人："黎先生，到地方了。你们两位不是说要去茶楼取点心嘛！"

这话说的时机刚刚好，黎邵晨立刻拉着她钻出船舱，踏上河岸。黄师傅把东西一样样递出来，一面朝钟情笑着说："钟小姐，你这位男朋友很不错，好好珍惜啊！"

钟情一句话接不上，老黄已经转过身准备将船开走了。黎邵晨眼看机会难得，连忙拽着她的手臂将人往怀里一拉，低下头盯着钟情细细地看："生气了？"

这话让人怎么回答？钟情脸上的红晕还未褪去，又对上他那双眸色浓烈的眼，只能撇开脸，低声说："我以为我们是朋友。"

黎邵晨扶着她的肩膀，嗓音低沉之中透着不甘和委屈："我们确实是朋友，但你难道就没觉出一点儿我对你的不同？"

见钟情迟迟不答，黎邵晨叹了一口气说道："我愿意做你的朋友，倾听你的困惑和委屈，帮你出主意甚至打抱不平。但是钟情，我不甘心这辈子只做你的朋友。看着你因为别的男人烦躁甚至掉眼泪，我心里像被人用刀剜一样疼；看着你担心阿姨的身体坐立不安，我那时就想直接把你抱进怀里。走路时我想拉你的手，看着你笑得开心，我忍不住想亲亲你，这些事都只能对恋人做。你呢，你难道对我就一点儿感觉都没有，只跟我做朋友就天下太平？如果哪天我有了女朋友娶了妻子，那我就得把全天下所有的好都给她一个人，到了那时你敢说你不吃醋？"

天色将暮，河岸边上的风渐渐冷了。钟情被他握着肩膀，一声声一句句地质问，脸色也渐渐由绯红转为苍白。她呆站了许久，也沉默了许久，最后实在被他看得没办法，只能低下头，把自己心里真实的所思所想说出来："我知道，你对我跟对普通朋友不同。但我，我很自私，享受着你对我的好，却一直逃避你的感情。黎邵晨，我知道这对你不公平。"

黎邵晨见她终于说了实话，心里不禁又酸又甜："也没你说的那么严重。对你好，我自己乐意。"

"但是我现在不能接受任何一段感情。昨天晚上我爸爸就这件事也跟我谈了，我觉得他说得对，跟陆河的事情，必须要有一个了断。"她一直没敢抬头正视黎邵晨的眼睛，说话的时候，眼睛便斜斜看着不远处泛着橘色波光的河面，"你如果是真心喜欢我，就等等我，给我把事情彻底解决的时间。等一切告一段落，我肯定不拖着你，我……"

黎邵晨突然抱住她，不让她把话说完："是我太心急了，我一直跟自己说，不要着急，再等等。可我怕等的时间久了，就错过了最好的时候。我犹豫了很久，也不知道什么是最好的时候。刚刚在山上的时候我就想亲你，在船上跟你一起看日落，我又想亲你，最后一次我没忍住，事情就成这样了。"他的神情里有懊恼，也有一份难以掩饰的甜蜜："钟情，话既然说了，我就不后悔。我愿意等，你别这么容易就放弃我。"

他低下头，轻轻扳着钟情的脸，让她看着自己："你说想要对我公平点儿，那就给我机会，留在我身边，好好观察我，看看我到底是怎么样一个人，到底值不值得你托付终身！"

Chapter 16

最重要的

最重要的，
是让那个他一见倾心的女孩，
也能渐渐爱上他。

两个人到家时，白肆正蹲在一进门的走廊里蔫头耷拉脑，见到他们两个，立刻"嗷"一声站起来，扑向黎邵晨："三哥你太没良心了！这大冷天的你把我一个人扔在那破酒店，饿死我了！"

黎邵晨一把推开他肩膀，从手提袋里拿出一包点心塞过去："你要的玫瑰酥。"

白肆立刻改口："我就知道三哥最想着我！"一边说着，还眼巴巴地望着两个人手里提的其他袋子。

黎邵晨弯了弯嘴角："明天你早点儿起来，带你去逛逛。这些东西都是钟情帮着挑的，你就别惦记了。"

白肆连连点头，从善如流："好啊好啊。不过三哥，我今天早晨起得也——"

三个人刚好前后走进电梯，黎邵晨侧过脸递了一道眼风过去："你不是饿了吗？"

白肆脑子激灵灵一闪，立刻改口道："我今天早晨起得也太晚了，多亏三哥给我准备了早点！"

钟情望着这两人不停斗嘴的情形，忍不住笑出了声。笑声落在另外两个人耳朵里，纷纷把目光调转向她看来。白肆挤眉弄眼，笑得一脸暧昧："钟情，今天跟三哥两个人单独相处，是不是玩得很开心啊？"

刚好电梯门打开，黎邵晨摁住白肆脑袋把他推了出去，一边低声安抚："别理他，没大没小惯了。"

钟母打开门的时候，看到的就是自家女儿脸颊微红，黎邵晨目光深远，而白肆捂着后脑勺直龇牙的情形。她愣了愣，才把过道让出来，一边唠叨钟情："让你早点回来，你可好，天都黑了才进家门。两位快请进！"

桌子边，钟父围着围裙，正一板一眼地摆放碗筷，见到三个人先后进来，目光在自家女儿和黎邵晨身上打了个转，语气平淡地道："不知道你们的口味，我和钟情她妈妈商量，最后给你们准备的火锅。冬天吃这个暖和，而且什么蔬菜都有，你们挑自己喜欢吃的拿。"

黎邵晨放眼一望，果然，圆桌中央摆着电磁炉，周围摆满了各式蔬菜、蘑菇、肉类，足够三五个大小伙子吃个饱。白肆在一旁早看得垂涎三尺，好歹还记着在别人家要讲文明懂礼貌，连忙躬身道："谢谢叔叔阿姨，真是辛苦了，忙活了这么多菜，早知道我就先上来给叔叔阿姨打下手了！"

钟母端着两瓶酒走过来："这有什么，都是些现成的东西，只要挑一挑洗一洗就好啦，不辛苦。"

黎邵晨见到钟父转过身，似乎是要去搬椅子，连忙抢先搬了两把椅子过来，一边道："叔叔，这些活儿我们来就可以了。"

钟情也去厨房洗了手，帮忙把桌上的碗盘重新摆放。

三个年轻人一起加入，很快饭桌就布置妥当。钟母最后入席，握着酒瓶有些羞涩地说："也不知你们两位喜欢喝什么，我和钟情她爸就都准备了些，红酒，白酒，噢，啤酒在那边的地上。"

黎邵晨连忙道："客随主便。我和白肆也不是很能喝，叔叔阿姨准备的晚餐这么丰盛，咱们就好好吃火锅吧！"

倒是一直不怎么多话的钟父突然开口："还是喝一点吧。冬天冷，我们男士喝点白的，钟情和你妈妈少喝一点红酒。"

钟父这样一说，其余人都不好多反驳。白肆眼明手快地帮着把两瓶酒都打开，又为几个人都满上。

钟父举起酒杯，倒没有众人想象中语重心长，只是很简单的祝语："欢迎二位的到来，也感谢你们长久以来对钟情的照顾。"说完，就深深抿了一口。

黎邵晨见此，连忙说道："其实是钟情一直帮助我很多，谢谢您和阿姨的款待。"说完一口干掉了杯子里的酒。

其余几人也跟着喝了一些，但都如同钟父那般，喝得并不多。

钟情见气氛一时有些僵住，连忙用筷子下了一些香菇，说道："黎总、白肆，尝尝我们这边的火锅。汤底是炖了好久的鸡汤，很滋补，也很香。这些肉丸可以直接吃的。"

白肆夹了一只牛肉丸，吹了两下就放进嘴里，一边咀嚼一边直在嘴巴边扇风："唔，好吃好吃！叔叔阿姨，你们也吃！"

被白肆这么一带动，饭桌上终于有了点热闹气。钟情和黎邵晨两个人在外面跑了大半天，此时面对着香喷喷的火锅，也是胃口大开。而钟父钟母看着三个年轻人埋头吃得畅快，彼此交换了一个视线，各自都露出淡淡的笑容。

这顿火锅与之前三人在盛泽吃的还有所不同。盛泽那边准备火锅的厨师，大概考虑到黎邵晨和白肆都是地道的平城人，准备的也就是传统的北方火锅，一边白汤，一边辣汤，调料也都是大老远从酒店后厨带过去的，为的就是让他们吃得过瘾。而钟情家的火锅可以称得上是吴郡本地的吃法，汤底鲜浓，蘸料简单实在，肉食蔬菜在里面煮上一会儿，放进口中都有一股朴实浓郁的香味，不一会儿就吃得整个人都暖和起来。

一餐饭毕，桌上的食物所剩不多，尤其三个年轻人吃了不少。黎邵晨和白肆在饭桌上也轮流敬了两次酒，可都没有钟父主动拿起酒杯的次数多。钟情隐隐看出父亲似乎有点不大高兴，却一时没想明白原因。饭后，钟情跟着钟母一起收拾碗筷，白肆也帮着在打下手，黎邵晨却被钟父叫到一边，泡了两杯茶谈起了天。

钟情的家并不算大，却有一间收拾得整整齐齐的书房。黎邵晨走进书房的时候，蓦然生起一种似曾相识的熟悉感，忍不住对着书架上摆放着的各色书籍瞧了起来。

钟父站在桌边，顺着他的目光看了眼，问："怎么，你也对历史书籍感兴趣？"

黎邵晨谦逊地笑了笑，眼睛环视一周，有些感慨地说道："也不是。看到那些书，就想起家父。他的那间书房跟您这里布置得很像，连常翻的书都一样。"

钟父问："你的父亲是做什么的？"

黎邵晨听到这个问题，不仅不觉得失礼，反而暗自生出一份欣喜，钟父会主动问他这个问题，大概也是看出他对钟情怀有好感，想进一步考量他各方面的条件。这样想着，他的态度越发诚恳，在钟父示意的手势下，在他一旁的椅子上坐下来，说道："他以前在部队上工作，不过早就退休了。前些天我跟钟情讨了一些咱们这边本地的茶叶回去，我父亲尝了，非常喜欢。说跟几十年前的味道一模一样，一点都没变。"

钟父闻言，脸上并没有露出半点欣喜的笑容来，反而越发沉静。他盯着黎邵晨的双眼看了好一阵，才开口道："黎先生对小女很关照……"

黎邵晨看出钟父眼睛里的不豫，连忙道："钟情很聪明，也很能干。我作为她的上级和同事，很欣赏她的才华。同时，作为一个普通的男人，我也很喜欢她。"他顿了顿，似乎在仔细斟酌措辞，缓慢又坚定地说："越了解她，就越是喜欢她。"

钟父瞥了他一眼，端起自己那杯茶，缓缓啜着："黎先生很坦白。"

黎邵晨的微笑里怀着一丝忐忑，他并没有努力去遮掩这份不安，而是明明白白地袒露出来："我想与您的女儿正式交往，甚至未来还要向她求婚，而您是钟情的父亲，对您我肯定要坦白。"

钟父沉吟半晌，才道："那我也坦白点。黎先生，我的女儿我明白，她头脑是有的，但也有女人的通病，重感情，心又太软，关键时刻总要有人推她一把才能做决定。老实说，她愿意北上去平城闯荡，我觉得是件好事，但我并不希望她以后孤身一人生活在那个大城市。"说到这儿，他看向黎邵晨："你是个很优秀的年轻人，但找丈夫，不一定要找那个最优秀最耀眼的，找最适合自己的，才会幸福。"

黎邵晨的神情也严肃起来："叔叔，您的意思我听明白了。哪家父母都不愿意女儿一个人在外吃苦，但是人总要靠自己独立成长、生活的。我想您肯定知道这一点，所以才愿意放手让钟情到离家那么远的地方学习、工作。"他望着钟父若有所思的双眼，说道："与其从眼皮子底下找一个与她相匹配的，不如再放放手，让钟情自己做选择，找个真心相爱的人。毕竟未来会陪伴她大半生的不是父母，而是未来的伴侣，不是吗？"

钟父皱了皱眉，手指在椅子扶手上敲了敲，语重心长地说道："我没有让她自己做选择吗？她当初一眼相中了陆河，我看出那个男孩子是有大出息的，但我还是那句话，他不适合我家朵朵。事业上再有野心再成功又怎么样，他不会真心疼她。"

黎邵晨微微地笑:"那钟叔叔现在也看到我了,您觉得我是怎么样一个人?"

钟父瞥了他一眼,过了片刻说道:"你也是个有本事的。"

黎邵晨一鼓作气地说道:"叔叔,男人有本事不是坏事,一个没有真本领的男人,怎么能够为自己的家人、爱人撑起一片天呢?我觉得看人更重要的是看他的品质,以及他每一步脚踏实地都做了些什么。从这两点看来,我认为自己比陆河更适合钟情,也会一心一意对她好。"

钟父闷声不语地喝了半杯茶,才放下杯子,语气里依旧透着几分不情愿:"你喜欢她,你的家人也能接纳她吗?钟情那个脾气,吃软不吃硬,并不适合你们那样的家庭。"

"如果我没有自己出来开公司,没有完全靠自己的能力打下这片天,或许我会认同您说的,因为我即便闯出再大的成绩,也是依靠了父亲和家里,光凭这一点,我的腰杆就立不直。"他诚恳地望着钟父的侧脸,说道,"但现在不一样,即便我父母不同意,光凭我自己的能力,也能让钟情衣食无忧。更何况,我父母对我的婚事早就着急了,钟情是个好女孩,真正相处下来,他们肯定会喜欢的。"

这番话并没有盲目打保证,也侧面点出了两个人未来婚姻路上可能会遭遇的问题,但正因为这样,才显得格外真实。钟父也算是在官场混多半辈子的人,听到黎邵晨这样说,面上并没有显出什么来,心里已经在不住点头。过了好一会儿,他开口道:"年轻人的事,我们做父母的也管不了多少。未来会怎么样,我还是尊重钟情的意见。"

黎邵晨一听,这算是答应放行的意思,立即喜上眉梢,站起身来朝着钟父鞠了一躬:"谢谢叔叔!"

钟父端起杯子又抿了一口茶,语气悠悠地道:"不过如果你家里不愿意,那我这里也没什么好说的。"

黎邵晨一听,站直身的动作都有些僵硬,这算是提前下通牒?倘若他父母那边敢对钟情不好,他这个做父亲的也不会给他好脸色看就对了。想到此,黎邵晨笑着应了句:"不管怎么说,先谢谢叔叔,愿意跟我说这么久的话。我父母那边,您尽管放心,我肯定不会让钟情受委屈的。"

从书房出来时,客厅里已经收拾妥当。白肆正和钟母坐在一块,一边剥橘子，一边聊着电视里正在热播的电视剧。钟情坐在一边，反倒显得有些插不上话。

见到黎邵晨出来，白肆立刻坐直身体，嘴角的笑怎么看怎么透着一股调侃的味道："哟，三哥你可算出来了。"

黎邵晨也走到沙发边，找了个位置坐下，从白肆手里抢过一瓣橘子塞进他嘴里，一边看向钟母道："阿姨，今天真是辛苦您了。"

"不辛苦，不辛苦。"钟母笑吟吟的，"你和小白都是好孩子，真是懂礼貌！"

黎邵晨正想讲话，钟父推开书房的门走了出来，放下杯子，走到一边取自己的大衣。

钟母见到这情形，忙问："怎么啦？这么晚你还出去。"

钟父说得很简单："送送他们两个。"

黎邵晨和白肆见状，连忙站起身，各自穿上外套，也跟了过去。

钟情有点儿还在状况外，连忙跟过去说："爸，还是我去送吧。"

"你好不容易回来一趟，多陪着你妈说说话。"钟父一句话，成功堵上所有人的嘴巴。

黎邵晨站在一边，望着钟情有些茫然的脸，不禁有些好笑。钟父主动提出送他们两个，为的就是避免稍后钟情要送他下楼的情形发生。有这么个"护女成狂"的未来岳父，看来他和钟情未来还有很长一段段路要走。

钟情的注意力倒是大多放在钟父身上，见他把鞋子穿好，便连忙递了围巾和手套过去，一边轻声叮嘱："爸，你慢点儿。他们认得路的。"

钟父原本也没打算真送出多远，只是为了当着妻子和女儿的面，给黎邵晨个下马威罢了，便应了一声："嗯，很快就回来了。"

黎邵晨倒也没有太多忧虑，在未来岳父手里吃个小亏，让老人家心里平衡平衡，并无不可，毕竟将来要从人家身边娶走个大姑娘，换作谁也不会太开心。而且回到平城，他还有大把时间与佳人独自相处。最重要的一步已经完成，钟情此时已经知道他的心意，而钟父也与他当面锣对面鼓地把事情说开，只要钟情能对他敞开心扉，那么接下来无论遇到什么障碍，在他眼里都不是难事。

最重要的，是让那个他一见倾心的女孩，也能渐渐爱上他。

Chapter 17

恋恋情深

所谓一见钟情,
看到自己中意的人,
就像看到了世界上最美的花朵。

回城的旅途总显得过于短暂。钟情坐在飞机上，迷迷糊糊间一梦醒来，就见黎邵晨正帮她轻轻掩着身上毛毯的一角，一面笑着看她："醒了？正好也要到了，你先醒醒神，免得待会儿下去被风吹到。"

这句话听得很耳熟。钟情脑子还有点迷糊，琢磨一会儿才记起，上一次听到类似的话，还是高三毕业那年暑假的事。那次父母陪她一起搭乘飞机来到平城，钟母在临下飞机前也是这样说的。类似的叮嘱大概只有老一辈人才讲究，说是一直睡着，猛地醒来就去到室外，容易感冒头疼，最好还是提早醒来坐着缓缓。她愣了愣神，望着黎邵晨唇边的笑纹，不禁莞尔一笑。

苏杭一行，尽管时间不长，两个人的关系却比之在平城时拉近许多。黎邵晨很顺手地揉了揉她的发顶，凑近了些问："你这笑好像没憋什么好事儿啊？说吧，心里琢磨我什么坏话呢？"

钟情越想越觉得笑不可抑，张口就照实说了出来："你刚刚那句话挺像我妈说的……"

黎邵晨眼睛一眯，随即便弯起唇角，笑得如坐春风："朵朵，你这么讲我，你妈妈知道吗？"

钟情刚拿起矿泉水瓶含了一口水进去，瞬间喷了半口出去。黎邵晨自觉扳回一城，坐在旁边乐不可支。

不多时，飞机落地，乘客陆续走向大厅，黎邵晨还不罢休，边走边特别起劲儿地问："朵朵，哎，朵朵，你爸妈给你取了那么古典的大名，怎么小名取得跟小动物似的。"

钟情白了他一眼，不想理会，但她不讲话，黎邵晨接下来说的每一句话，开头必然是"朵朵"两个字，周围往来的行人纷纷朝着他们俩看过来，钟情自觉丢不起这个人，只得站定原地，压低嗓音瞪着他解释道："你懂什么，我爸姓钟，我妈姓秦，就取了个谐音，我的大名就这么来的，压根儿也没你想的那么浪漫。"

说完就朝着外面停靠的出租车奔去，黎邵晨紧随其后，打蛇随棍上："不是吧，我觉得其实你的小名另有深意啊！"

钟情钻进一辆空车，黎邵晨也毫不客气地跟在她后面，一齐挤进车子后座："师傅，苹果园街道。"

那司机师傅也是熟门熟路，一听这话把后视镜扳正，朝后望了一眼，痛快答应一声："好嘞。"

司机很有眼色，见两个年轻人一前一后挤进车子，女的侧脸朝外看着不讲话，男的一脸热忱眼巴巴望着，猜想又是一对闹别扭的小两口，就把收音机打开来。不多时，车厢里一会儿流行歌曲一会儿单口相声，声音满满好不热闹。

黎邵晨趁着这阵热闹，压低声音小声说："哎，你就听听我的分析，反正就这一回，你要是不爱听，大不了以后不说了。"

钟情本来也没有多生气，只是从前也没跟人讨论过这个问题。自己的名字从上中学起，就没少引人注目，老师点名的时候总会多看她一眼，同学也时不常地拿她名字开个玩笑，对于自己的名字，这么多年她可以说是又爱又恨，对于黎邵晨的主动攀谈她也确实有点儿抵触。

想了想，钟情绷着脸瞥了他一眼："就这一回。"

黎邵晨两指往额头一碰，行了个礼，笑得又认真又好脾气："就这一回，以后谁提我跟谁急。"

钟情用眼神瞄着他，示意他有话就说。

黎邵晨领会精神的能力相当之高，清了清嗓子，开口道："我是这么想的，虽说你的名字是叔叔阿姨两家的姓放在一块，但这里面肯定也有当年叔叔对阿姨的情意。从你小名就看出来了。"

钟情也觉得奇了："怎么看出来的？"

黎邵晨嘴角一翘，笑得别提多讨巧了："你想啊，朵朵，就是花骨朵儿。所谓一见钟情，看到自己中意的人，就像看到了世界上最美的花朵。"

黎邵晨向来以颜正嘴甜闻名商圈，钟情对于他的种种事迹也不是听了一次两次了，可两个人相识许久，这却是黎邵晨第一次对着她说出这么甜的话。钟情先是听得耳朵一热，再看他含着笑意的眼眸，瞬间觉得整张脸都跟着烫了起来，连忙撇开视线说："你也不嫌肉麻！"

黎邵晨出了名的脸皮比城墙拐弯还厚两寸，对于钟情的指责丝毫不以为意，一本正经落落大方地回答："这是叔叔对阿姨的感情宣言，我有什么肉麻的。"

钟情一听，这意思是说他再肉麻也比不过钟父当年，立刻不干了："这只是你主观臆测。"

黎邵晨笑得别提多自豪了："这是叔叔告诉我的。"

钟情瞪大眼睛，转过脸看他："不可能！"紧接着又问："我爸什么时候说的？"

黎邵晨眨巴眨巴眼："我这人言而有信，得替叔叔保守秘密。"

钟情被他一顿胡搅蛮缠，直觉词穷，索性撇开脸不讲话了。两个人回城的时间刚好是正当午，工作日中午，城里交通少见的畅通。钟情朝着窗外望了一会儿，突然发觉不对，问司机师傅："咱们这是走的哪条路？"

司机师傅反应很快："不是说去苹果园吗？这么走虽然绕了点，但是不堵。保管比直插过去快。"

黎邵晨倒是放心得很，还夸奖了司机两句："师傅看来是老司机了，这么走确实快捷不少。"

听得司机师傅挺高兴，钟情却傻眼了："咱们去苹果园干吗？"

黎邵晨眼眸含笑，理直气壮："去我家啊。"

"什么？"钟情觉得是不是电台里单口相声学鸡叫的声响有点太大，导致她开始幻听了，"你说去哪儿？"

"去我家。"黎邵晨笑眯眯地又说了一遍，佯作没看到钟情一脸被雷劈到的表情，特别自然地接下去，"这不是从你家买了几样好茶嘛，还有一些小点心，走之前我就答应老爷子了，先把这些东西给他送过去。"

钟情缓过一口气，很快做出决定："那让司机把我随便放一个就近的地铁口吧，我行李也少，直接去公司。"

黎邵晨笑得如同一只偷了鸡的狐狸："别价。上飞机前我已经跟家里打招呼了，现在我爸妈都知道我要带一位公司的得力干将过去，你这临时叛主，我跟老爷子也没法交代啊。"

钟情听了他那句"临时叛主"就觉得背上仿佛压了一座镇压孙猴子的五指山，额头不自觉地直冒冷汗："没那么严重吧，黎总……"

黎邵晨"嗯"了一声，凑近她说："这事我记得咱俩已经交流过了，要么叫我名字，要么，就叫声三哥。"

他这样说，实在是逼着人大脑自动播放那晚的情形，钟情眼珠乱转，只为避开他纠缠的视线，心想叫三哥什么的怎么听怎么像混黑道的，他们这行怎么也算合法经营……思维一乱，再被黎邵晨的眼睛那么一看，嘴巴比脑子更快地做出反应，不战而降："黎邵晨！"

黎邵晨对于她直呼自己全名这件事，倒不是十分介意，特别痛快地答应了一声："嗯，你念我名字还挺好听的。"

钟情无语，但她实实在在是个老实人，既禁不住吓，也戴不住这么大顶帽子，只能压低声音恳求黎邵晨："你答应过我，这件事慢慢来，等我适应。"

黎邵晨见她额头都冒出细汗，知道她实在是吓坏了，不禁既好气又好笑："从前觉得你挺有魄力一个人，怎么这点事就把你吓唬住了。"

钟情抬起眼睛看他，眼睛里已经漾起淡淡水光："我有我做事的原则，事情一件件来，我不习惯把许多事搅在一起。"

两个人在清河旁已经把话说开，黎邵晨知道她指的是与陆河的往事，也渐渐熟悉她的性格，虽然心里堵着一口气，却又对她气不起来，只得暂且把这件事都记在那位"前男友"身上。这么想着，他面上的神色也柔和起来："你想得太严重了。我带着朋友到家里吃顿饭，本来就是很平常的事。白肆沈千秋他们都去过。"

钟情一想到黎邵晨那个家庭背景，就忍不住脊背往直立："可是……"

黎邵晨揉揉她的后脖颈，如同爱抚一只炸了毛的猫："没什么可是的。再说了，我才在你父母家吃过饭，这顿饭就当投桃报李了。"

钟情怎么想怎么觉得不对劲，又一时琢磨不过来是什么地方不对劲，只能顺着他的话点点头："那好吧。"脑子里一出现与黎邵晨父母照面儿的情形，她又紧张起来："可是我也没准备什么礼物……"

黎邵晨拍拍她的头，龇着牙乐："小同志，觉悟很高啊！"

钟情躲开他的手，毫不客气地瞪着他："说正经的呢。"

黎邵晨一指自己大腿上放着的背包："你以为这里面的东西，是为我自己买的？都以你的名义送，行不行？"

背包里是两人在清河镇游玩时买的绿茶、丝巾、玫瑰酥，还有一些颇具当地特色的小玩意儿。当时黎邵晨忙着采购的时候，钟情虽然也在一旁精心指点，但也没有太往心里去，毕竟那时怎么都没想到，两个人的关系会进展到如今的这一层，更没想到她会这么快就跟着黎邵晨一起去探望他的父母家人。

这样一想，钟情更慌了，拉开背包的拉链，一边扒拉着里面的东西一边研究："走之前你就说了要给你爸爸买茶……"这茶怎么也不能算是她送的了，除了茶就是一些点心、果脯、几条丝绸围巾，以及一些当地的手工艺品。钟情越看眉头皱得越紧："剩下的也没什么好东西。"以黎邵晨父母的出身和阅历，这些东西肯定难以入眼，哄哄家里的小孩子还差不多。

黎邵晨循循善诱："没有你，我也买不到这么地道的茶叶和土特产，当然算你送的。再说了，我家里人也没你想的那么傲，就是普通家庭，等你见了他们就知道了。"

自打知道了此行目的，钟情怀里就如同揣了一只小兔子，坐立不安，心情焦虑。好不容易到地方下了车，跟在黎邵晨身后进了大院，心情越发惴惴，几乎都有点挪不动步子了。

黎邵晨见她这样，索性攥住她的手牵在掌心，另一手拎着包："手这么凉，有那么可怕吗？"

钟情回头又瞅了一眼门口执勤的卫兵，觉得嗓子眼儿有点发干："过去都是在电视里看到的……"

黎邵晨嗤的一声就笑了："那跟电视里演的一样吗？"

钟情抬头看了眼不远处的住宅楼，半天才说："不太一样。"

"怎么不一样了？"

"电视剧里的大院……都是门口站着哨兵，里面二层小楼，来往还能见到穿军装的。"

黎邵晨笑着直摇头："你看这电视剧是什么年代的还记得吗？现在再住二层小楼那是花园洋房，怎么也得首长级的待遇！"

钟情琢磨过味儿，自己也不禁笑了出来。被他这么一闹，心里紧张的情绪也驱散不少，跟在他后面进了楼。

不多时，有人来开门，钟情跟在黎邵晨身边，一同被迎过去，看见屋子里几个人纷纷望过来的眼睛，才意识到自己一路上是被黎邵晨牵着手走进来的。这下子想说是普通上下级关系都不成了！

钟情一脑门汗，连忙松开黎邵晨的手，朝着坐在沙发上的两个人微微躬身："叔叔阿姨好。"

黎邵晨奸计得逞，自然也就不多说什么，拽着钟情手臂，把她引到近前，为几个人作介绍："爸，妈，小叔小婶，这是钟情。"随后又为钟情挨个引荐："钟情，这是我父母，那边的两位是我的小叔叔和小婶。"

钟情之前紧张过度，经他一指点，才留意到另一边沙发上还坐着一对男女，男的看模样约莫三十来岁，女的要更年轻些，如果不特意介绍，可能会以为是跟黎邵晨平辈的兄弟姐妹。

钟情在黎邵晨的指点下依次跟各人打过招呼，僵站在原地不知道下一步该怎么办。

倒是黎母反应最快，从钟情手里接过东西，一边还象征性地埋怨了黎邵晨一句："怎么让女孩子拿这么重的东西。"

背包本来一路都是他拿着的，直到门铃前才硬塞在钟情怀里。黎邵晨是早就算计好的，听到黎母这么说，就坡下驴笑着说："这些都是钟情从家里捎过来的土特产。你们看看，有喜欢的就挑着拿。"

黎母似有嗔怪地瞟了他一眼，把背包放在茶几上说："照你这意思剩下的还打算送别人？"

黎邵晨相当松弛找了个地方坐下来，也没忘了拉着钟情："那是啊。你们不喜欢，我就拿去送朋友。反正肯定多的是人喜欢。"

这话里的意思有点深。黎父之前一直端着茶碗不言语，听到这话也开腔了："没规矩。客人送来的东西，哪里轮得到你指手画脚地分配！"

钟情原本挨着黎邵晨坐下来就坐得不踏实，腰杆挺得笔直，下颌微微收着，眼帘低垂，大气都不敢喘一下。听到黎父这样说，更觉得脊背发僵，嘴上却不敢不吱声："都是从家那边带过来的一些东西，有点茶叶点心，不值什么钱，胜在新鲜，叔叔阿姨如果感兴趣，可以尝尝。"

说这话的时候，钟情抬起眼睛，神情恭谨而诚恳，倒不是心里不畏惧了，而是出于礼节。她虽然生在普通的三口之家，但钟父那边是当地实实在在的大家庭，小时候每年过年家族聚会，规矩是半点不能乱的，比眼前再大的阵仗她也见过。所以她知道，自己心里再打哆嗦，再不自在，跟长辈讲话，眼睛向前平视，说话不紧不慢，这是最基本的礼节。即便黎邵晨父母不喜欢她，也不能在这些细节上挑出她什么毛病。

黎父将手里的茶碗放下，吩咐一边的阿姨："那就把钟小姐拿来的茶泡上几杯，我们尝尝鲜。"

黎父的态度可以说，很大程度上决定了家里其他几个人的态度。黎母见此，便和家里的阿姨一起把背包打开，拿了几罐茶叶出来，又将其他几样东西摆在茶几上。

这么一来，另一边沙发上坐着的年轻女子也忍不住了，凑上前端详："呀，这条围巾好漂亮。"

她手里拿着的是一条天蓝色带米色花的丝绸围巾，虽然叠得整整齐齐装在透明包装袋里，但看颜色和光泽度就知是实实在在的好东西。黎母见了便笑："这颜色还是你们年轻人戴着好看，你要喜欢就拿去了。"

那女子拿着围巾掉转身，朝着黎邵晨和钟情一笑："邵晨，钟小姐，那我可就不客气了。"

钟情看到女子眼睛中闪耀的善意，微笑着轻轻颔首。黎邵晨更大方，一摆手说："都是钟情拿来的，跟我没关系，你想要哪个就问她！"

钟情连忙说："既然送给叔叔阿姨的礼物，也就不属于我了。各位请随意。"

那女子脸上不施脂粉，听他们两个这样说，顿时笑逐颜开，显得十分清丽，开心地把围巾抱在怀里，又低下头去研究："哎，这簪子是什么木头做的？"

黎母也看出自家这位小婶婶是有意调节气氛，便说："我看着好像是黄杨木的，东西是钟小姐买的，自然还是问她最清楚。"

　　钟情自然不好老老实实在原处坐着，走上前跟两个人一起摆弄起桌上的东西："阿姨眼力真好，就是黄杨木的。"

　　阿姨拿过一罐茶叶去厨房泡茶，几个女人在客厅你一言我一语说得渐渐热闹起来，黎父这才站起身，朝着黎邵晨看了一眼："你跟我来。"

　　黎邵晨似乎对此司空见惯，神情没有丝毫改变，起身就跟了过去。

　　只苦了钟情，一边要应对黎母和黎家小婶婶的各种问题，一边留意到黎父和黎邵晨之间的暗流涌动，心里着实为自己捏了一把汗。

　　她跟黎邵晨并没有似表面看起来那般亲近，也没有真正确认情侣关系，如今却被他赶鸭子上架地带来家中见父母，说不自在不紧张是骗人的，可就在这份纷乱和无措中，钟情陡然察觉，自己心里竟然对此没有半分的厌烦和不甘愿。

　　从小到大，在父母的管教和引导下，她养成了做事有条不紊的好习惯，唯独在与陆河分手这件事上她犯了糊涂。她既没有勇气去接受和面对陆河突如其来的背叛，也不想像从前那样条条款款地理清两个人之间的种种转变，正是因为这一时的犹豫和放纵，让她走到如今这般剪不断理还乱的境地。

　　如果没有从父母那儿得知这一年来陆河隐瞒的种种真相，没有父亲语重心长的教导和母亲强自忍耐的哭声，可能她还会像从前那样继续扮鸵鸟逃避现实。如果没有黎邵晨突如其来的进击和表白，她可能会任由自己的感情天地像从前那样晦暗和混乱下去。

　　可她的工作和生活中，偏偏挤进一个黎邵晨。

　　若说父母的担忧和劝慰让她决定走出泥淖，那么黎邵晨的步步紧逼，就是将她强制带离从前杂草丛生的混乱境地。从换工作、换职位，再到后来的陪伴出差和如今的表白表态，黎邵晨可以说是一步步推着她往前走……在这样会令人大脑空白紧张无措的当口，钟情突然懂得了黎邵晨对她的良苦用心。

　　她渐渐冷静下来，不再紧张，不再畏惧，脸上开始流露真实自然的笑容，语气平和地向黎母和小婶婶讲解桌上的各式礼物。钟情剪短了头发，自然没办法在自己头上做示范，好在这位小婶婶很有兴致，自己解开发卡，用她的头发演示怎么用发簪盘出好看的发型。

黎母在一旁微笑看着，一边将钟情从头到脚悄悄打量。返程的旅途，钟情并没有刻意打扮，她一心以为下了飞机要直奔公司，便做轻便打扮。浅灰色羊绒大衣进屋后便脱下来交给阿姨，此时她穿着姜黄色高领毛衫，下身搭配瘦腿黑色靴裤和一双轻便的牛皮短靴，身上除了腕表并没有多余的首饰，脸上也只画了非常自然的淡妆。

黎母一边观察，一边暗自摇头，自家这个儿子过去从不缺花边新闻，却从没见他正式与哪个女孩出双入对，更别提是带进老宅见父母。黎母想象过无数次儿子与未来儿媳同出同入的场景，却从没想到对方会是钟情这样一个看上去平凡得几乎挑不出什么优点的女孩：论样貌，钟情顶多算是中上；论性情，从刚刚进门后的种种来看，也实在是要强了些；论事业，听说是在自己儿子手下做事，那么一旦结婚，只有黎邵晨帮她的份儿，指不上她家里能有什么帮衬；由此再说到家庭，外省的，又是姑苏那么远的地方，南北差异那么大……钟母越想越觉得不满意，脸上的笑意自始至终都有些淡淡的，此时更是寡淡得几乎看不出个笑纹来。

不多时，黎父和黎邵晨一前一后走了出来，黎父神情向来严肃，此时看起来与平时无大差异，观察不出个所以然来。再看黎邵晨，自始至终都是那副笑嘻嘻的模样，更看不出个子丑寅卯。几个人一起在桌边坐下来，沏好的热茶几乎没人碰，饭菜已经陆续端上来。

黎父饭桌上不爱讲话，黎母是没有心情讲话，另外两位看起来也是奉行食不言、寝不语的准则，饭桌上一时有些沉闷得厉害。钟情看了黎邵晨两眼，见他丝毫不以为意的样子，还频频为自己夹菜，索性也就不多想，默默吃完这顿气氛僵持的午餐。

吃完饭，黎邵晨也没多说，从桌上拿起两包点心、两桶茶，朝着黎母挥挥手："公司还有点事，我和钟情就先走了。这些东西我拿回去给哥几个尝尝鲜。"

钟情听他这样说，也连忙起身，几乎是刚刚道过再见，就被黎邵晨拉着往门口走去。

关门的时候，钟情敏锐地捕捉到黎父将茶碗蹾在茶几上的声音，还有黎母在一旁的叹息声，不禁抬起头看向黎邵晨的脸色。

黎邵晨见她盯着自己看，便笑："这顿饭没让你吃好，是我不好。今晚补齐。"

钟情摇摇头，纠结已久的往事刚刚在一瞬间想通，她反倒没什么不安心的："我和你的差距很大，叔叔阿姨不接受也很正常。再说，我们现在本来也还没确定关系。"她又不是可怜巴巴上赶着非要做他黎家的儿媳妇，何来不安或感伤？

黎邵晨眯着眼睛看住她："什么差距大？"

钟情掰着指头数："你是平城本地人，我是外地的；你是公司总经理，我只是个打工的；你家庭条件非常优越，我的家境只能算是普通……"说到这儿，她又看了看黎邵晨的侧脸："单看脸你也长得比我好，你父母不乐意很正常。"

黎邵晨听到最后一句话，简直不知该哭还是该笑："男的靠脸吃饭那是小白脸，长得好看也能算资本？"

钟情这次很认真地点头："最起码从下一代的基因来讲，也是有优越性的。"

黎邵晨深叹一口气，站定，转过脸看着钟情："有些话我只说一次，你听好了。钟情，我要找的不是结婚对象，而是未来能够彼此携手一生的伴侣。或者是我太自大了，之前我一直觉得你对我是有点儿喜欢的，但现在看来，你看待我的眼光跟看相亲对象没什么分别。钟情，你能不能用看一个普通异性的眼光来看我，能不能……像从前看待陆河那样看我？"

钟情有点儿愣了。

黎邵晨扶住她的肩膀，棕色的眼瞳定定看着她，眼睛里写满认真和凝重，还有无奈。他的眉毛很浓，眉形也好看，如同小时候读过的许多武侠小说里描写的那样，眉飞入鬓，眼若寒星。可当他像现在这样看人的时候，那两枚如同遥远星辰般的眼眸，与她距离越来越近，温度也越来越暖，似乎下一秒就要让她沉溺在那两汪明亮又炽热的暖水之中。

黎邵晨见她傻乎乎站着不言语，只能晃了晃她肩膀："钟情，我跟你讲的话，你有没有听进去？"

钟情自然是听进去了。正是因为听进去了，她才不知道该如何回应。

耳朵根那里热辣辣的，她支吾了好一会儿才出声："我……会按照你说的那样，试试看。"

黎邵晨的脸上顿时显出大大的笑容，伸手捏了捏她的脸颊："孺子可教，好好领悟。"

说完，便拉着她往后院走，一边解释道："家里还有一辆能开的车，咱们先开这个车回公司。"

钟情有点跟不上他的思路："回公司？"

黎邵晨打开车门，让钟情先坐进副驾驶座，这才解开扣子从另一边坐进去："对啊，你之前不是说想回公司？"他把茶叶和点心放进后座的一只深色购物袋，一边数落她："你也真够实诚的，说给就都给了，也不给我留一份。"

钟情忍俊不禁："你怎么跟小孩似的。"

黎邵晨瞥了她一眼，坐直身体，清了清嗓子，摆出平时大老板的架势说："我这叫懂得惜福好不好？你亲手挑选的礼物，最后都便宜了别人，我还没点意见那才不正常。"

钟情算是明白了，以后说话就不能给他留白，否则这个人绝不会轻易放过任何一个表白心意的机会。连送礼物的事都能让他说出三分霸道和甜蜜来，还有什么是他不敢想、不敢说的？

两个人回到公司后，自然又受到了公司上下的热烈欢迎。黎邵晨更是奉行了最佳老板的一贯处事准则，走之前给大家机会吃送行饭，回来之后又抓紧机会让大家伙儿给两人摆接风宴。下午半天工作完毕，一大群人风风火火坐下来，几乎承包了整间烤肉坊，老板认出是熟客，也觉得省心，还没开始点菜就先让服务员给打了个八折。

外面天气阴沉得厉害，玻璃窗扑上一层厚实的白雾，反倒让坐在屋子里的人觉得格外心安。这家的烤肉奉行自己动手、丰衣足食的原则，一群人热热闹闹的，有负责把各类肉食蔬菜分类的，有负责烤肉烤蘑菇的，当然还有像黎邵晨这样，大大方方坐在那儿专门负责吃的。

钟情的位子紧挨着他，等到第一批食物烤得差不多了，才坐下来吃上一口热乎的烤肉。烤肉坊因为用料足、蘸料鲜闻名左近，更是卓晨上下聚餐最爱的几家餐厅之一。因此全公司上下几乎都是熟客，倒是钟情第一次来，觉得新鲜有趣之余，才尝到第一口烤肉就再也停不下来。

黎邵晨已经吃了有一会儿，见钟情吃得两腮鼓鼓，一脸满足，如同一只准备冬藏的松鼠，不禁笑着站起来，跟旁边两名男性职员一起，承担起负责烤肉的主要任务。

不多时，老板私家自制的韩式海鲜汤热气腾腾地端上来，钟情吃一口烤肉，就一口热乎乎的汤水，觉得整个人从头到脚都暖和过来。

黎邵晨坐下来，喝了口啤酒，轻声在她耳边说："这顿晚餐不算。这个周末，我亲自下厨以作补偿。"

钟情好一会儿才反应过来他指的是中午在黎家吃饭不愉快的事，犹豫的同时也觉惊讶："你还会做饭？"

黎邵晨笑吟吟的，夹起两块烤肉放进她的蘸料碗里："现在特准你有机会亲自体验。"

吃饱喝足，钟情也来了精神，顺着他的话说道："下一句话是不是就该说'还不赶快谢主隆恩'了？"

黎邵晨哈哈大笑："短短半天，进步不小啊！"

两个人原本说话的声音不算大，烤肉店里气氛热烈，大家都专注在吃上，并没有太多人注意到他们两个的动静。可黎邵晨这人坏就坏在太喜欢笑了，他这样一笑，许多员工纷纷看过来，平日里喜欢开玩笑的那几个又开始作怪。

"我怎么看着这出差一趟回来，黎总和钟总监的感情突飞猛进呢！"

人事部的小米一向爱笑，此时也笑眯眯地说："自从萧总走了，已经好久没见黎总这么高兴呢。"

钟情向来脸皮薄，被几个人接连这么一打趣，不仅话接不上来，脸色也有点显出绯色。倒是黎邵晨笑眯眯的，一脸大方："没想到你们一个个的眼神都这么好啊！"

这句话就相当于是默认了。

人群中发出接连的起哄声。最初开腔那个年轻男生又说："黎总，您这意思是正式宣布开始跟钟总监谈恋爱吗？"

一群人的目光无声地聚集在两个人身上。钟情放下筷子，刚想否认，奈何黎邵晨嘴快，按住她的手抢先一步说："这个嘛，得看钟总监自己的意思。"说完，他端着啤酒站起身："总之还是那句话，革命尚未成功，同志仍需努力。新的企划案能不能最终落定，还需要咱们大家伙一起努力！"

他这样一说，群情立刻激昂，大家纷纷站起身，碰杯的碰杯，说吉利话的说吉利话，一个个的好不热闹。

钟情被他一句话捧到半空，一句话又接回怀里，精神上首次体会到了蹦极的惊险和快感，坐下来之后脸憋得有点红，闷头吃饭不理人。

黎邵晨目的达成，也不紧逼，只是手边的蔬菜肉食从没断过，每一次钟情刚吃完，他又麻利地供上。

最后钟情实在吃不动了，只能出声阻止："我吃饱了，别给我夹了。"

这样一来，就逼得钟情先给他讲话了。

奸计得逞有台阶下的黎大少笑得别提多开怀了，拿过一边的茶壶给她倒了杯热乎乎的大麦茶："那就喝点茶，消消食。"

吃过晚饭，公司上下，该加班的加班，该回家的回家。钟情站在公司门口，望着人员往来，不禁感慨，黎邵晨还真是管理人才的一把好手！

Chapter 18

一 念 恍 惚

那些回忆太丰盈，
让现实负担不起。

接下来的几天在忙碌中飞逝而过。偶尔工作闲暇，钟情想起从前在星澜时的种种，不禁生出些许恍如隔世之感，想到也有些日子没与李茶联络，便打算下班后与李茶一起吃个晚饭，好好聊聊。却不想连着两天下来，李茶的电话都打不通。钟情纳闷之余，想到不久前李茶在电话里提到石路成的现状，心里难免又有些唏嘘，但因为手头工作太多，周末又与黎邵晨有约在先，只想着等忙过丽芙卡的案子，再去石家探望一二。

　　至于与陆河之间旧事的清算，钟情望着办公桌上的日历簿，心里已经有了决断。丽芙卡的招标会议就在下周，等她把这个工程全权拿下，也就算她在卓晨正式站稳脚跟，届时再把陆河约出来，与他当面把两人分手的事讲清，从此桥归桥、路归路，两人之间再无交情，互不干涉。

　　也正是在这样梳理心思的过程中，钟情逐渐意识到，对一段感情作别，形式上要做得分明，不能稀里糊涂；但更重要的还是自己心境的转变。像从前那样连陆河的名字都听不得别人提起，无论她与陆河见多少次面，提多少次分手，心里始终还没过了这道坎儿。

　　如今在卓晨的工作忙碌踏实，人际关系也简单，再加上有黎邵晨这个话篓子时不时地抢镜，每天早晚还主动接送上下班，钟情心情愉悦之余，几乎没有时间精力再去伤春悲秋。渐渐地，她发现自己想起陆河的时候，心绪越来越平静，再也不会有像一开始那样撕心裂肺的疼痛了。

　　然而生活，有时就像一泊湖水，无风时宛如镜面，但总会有风来的日子。

　　周五这一天的中午，钟情突然接到一个陌生号码的来电，她摁下通话键就把手机放在桌上，一门心思比较着手上两种原材料的细节，准备一听到对方是广告推销就直接挂断。然后手机那端静默片刻之后，突然传来一道仿若梦中的熟悉嗓音："钟情，是我。"

钟情抬起头的时候，有了一瞬间的恍惚，彼时窗外天色阴沉，远远望去，城市上空似乎飘浮着巨大的灰色云朵，钟情突然记起来，早上临出门的时候，看到天气预报说今天会有雪。

几秒钟的恍惚和沉默，对于手机那端的人来说，却仿佛隔了一个世纪那么久。男人的声音听起来颇有几分踌躇："钟情，你能听到我讲话吗？我是陆河。"

钟情放下手里的东西，拿起手机调整了话筒模式："我在听。"

陆河的声音在听到她的声音之后，突然急切起来："钟情，我想……我们是时候见一面谈谈。"

钟情的目光停留在日历簿上的那个黑色圆圈，开口的时候，她听到了自己的声音，冷淡而克制，自己听起来都有点陌生："我最近很忙，如果要见面，不如挪到……"

"我知道你很忙，但你相信我，这次见面真的很重要，对你对我，都非常重要！"手机那端的男人站在偌大的空房间里，背脊挺得笔直，行走间颇有些踌躇满志的味道："不会耽搁你很长时间，就趁着中午吃饭的时间，我们老地方见好吗？"

钟情又看了一眼日历上的那个黑色圆圈标记，深吸一口气，她已经做了决定："好，正好我也有些事想跟你说清楚。半小时后见。"

"我一定会提前到，帮你占位。"陆河的声音听起来似乎松了一大口气，他稳了稳声线，嗓音也低了下去，"钟情，我很想你。"

钟情猝不及防地挂断电话。

从办公室出去的时候，她微低着头，眉心紧蹙，走路却很急，甚至都没注意到刚好跟黎邵晨擦肩而过。

黎邵晨从很远就看见她，走近了便看出她脸色难看得厉害，想要拉住她问发生了什么，却发现她穿着大衣，拎着皮包，明显是急匆匆赶着要出去，甚至都没注意到自己大衣扣子系错了两颗。

到了嘴边的话又咽了下去，黎邵晨表面看着是个急性子，其实从部队出来的，哪会没有好耐性呢？他走到距离钟情办公室最近的一个位子，问坐在那儿的同事："钟总监是怎么回事？"

那位同事本来就是个眼尖的，听到黎邵晨问，立刻一连串地说道："刚刚钟总监办公室门打开着，我看到她接了个电话，脸色立刻就不好了。这不，原本约好了大家待会儿一起去楼下新开的港丽餐厅尝尝鲜，她也说不去了……"

真正了解之后，就知道钟情这个人非常简单，她在平城认识的人也不多，能让她脸色骤变急匆匆离开的，无非也就那么一两个关键人物。黎邵晨心里已经有了数，便拍了拍同事肩膀："你们中午吃好，我也不去了。"

那女同事颇为理解地点点头，还不忘了给黎邵晨出主意："黎总，女孩子遇到困难时有人及时出手，最容易产生好感以身相许了！"

黎邵晨本来已经转过身了，听到她这句话又转过脸，似笑非笑看了她一眼："成，就借你吉言！"说完，也步履匆匆下了楼。

钟情没有自己的车，临时出行难免不便，她在楼下等了好一会儿才打到辆出租，招呼司机师傅往从前的学校开去。

电话里陆河说的老地方，是从前钟情和陆河常去的一家牛肉面馆。店面不大，就开在校园门口外的一条小巷子里。从前陆河每次从外地来到平城看她，两个人都会到这家面馆吃东西。再后来，钟情毕业了，而陆河考来了这所学校，两个人的约会地点，除了商场、公园、钟情的家，便是这所偌大的校园了。而每次从校园出来，两个人最常去的就是这家面馆。

钟情是地道的南方人，并不十分喜欢吃面，但这家面馆的牛肉汤滋味非凡，她在学生时代就三天两头奔着这家馆子的面汤来，常常面吃一半剩下，汤却喝个精光。再加上价格适中，面上的浇头给得实惠，常常每天还不到饭点，小小的面馆就挤满了人。

陆河说提前去占位，也不是没道理的。

钟情脑子里乱糟糟的挤满了回忆，一会儿想起两个人从前吃东西时，陆河俊美的侧脸，一会儿又闪过两个人最后在医院见面那一次，陆河冷着脸毫不客气赶她出病房的模样。深陷在回忆之中，钟情时而因为回忆里那些美好的小细节绽出微笑，时而又因为陆河的绝情和背叛心头绞痛，到了这一时刻，她才发现，她可以把这个自己曾经爱过恨过的人赶出生活，却没办法彻底摧毁两个人共同拥有过的美好过往。

她强忍住含在眼眶里的泪水，突然仰起头，有点神经质地想，对待失恋之人最幸福的刑罚，大概就是赶紧出一场会令大脑失忆的车祸了。无知即是幸福，说的大抵就是这么个情况。

发呆的时候，时间总过得格外快。车子停靠在学校外的那条小巷，钟情从包里数出零钱，有点稀里糊涂地下了车，冷风一吹，脑子瞬间清醒过来，不用擦不用抹，眼睛里残余那点泪在一瞬间蒸发干了。

她对过去两个人共有的回忆再舍不得，生活是没办法回头重来的。早点把话说清，对他们俩都不失为一件好事。

学校外的这条巷子本就窄小，道上的砖块坑坑洼洼，许多年都没修补过了。钟情穿着有些跟的鞋子走在上面，多少有些迈不开步子。她抬起头看着道路两边没了叶子的柳树，许多细节不用去刻意回想，早已经深刻地印记在脑子里。她记得每年春天的时候，这里会飘起令人恼火的柳絮；夏天的时候走在这条小巷子里，热闹的蝉鸣会一直挣扎到初秋；冬天下雪的平城最美，学校里头有两棵高大的柏树，每年下雪都装点得如同北欧童话故事里的圣诞树。她还记得，她跟陆河在这样坑洼不平的小路上抢食过臭豆腐和麻辣烫，在下着雪的校园里跟她的同学一起堆过雪人，还在飘起黄叶的梧桐大道上用借来的相机给彼此"咔嚓""咔嚓"不停地拍照……

那些回忆太丰盈，让现实负担不起。

钟情走进那间小面馆，里面的人却没有想象中的多。陆河穿着一件白色羽绒服，里面是暗红色的鸡心领毛衫，整个人收拾得异常清爽，坐在最靠里面的位子朝她招手。

走进去，钟情才突然意识到，这个时节，学校里早就放假了。也难怪向来生意红火的面馆能有多余的座位。

朝着里面的座位一步步走过去的时候，熟悉的牛肉汤味儿飘进鼻子里，钟情看着那张曾经在梦里描摹过无数次的熟悉面孔，心里无法控制地生出一个念头来：她和陆河，恐怕真的要在今天结束了。

都说女人的第六感准得惊人。钟情却觉得，有时这样那样的预感，其实来源于生活中无数累积起来的细节。

怀揣着这样的念头，她在桌子对面坐下来，随手把背包放在身旁的凳子上，朝着陆河扯出一个微笑。

陆河似乎被这个微笑所鼓励，朝着她也露出一抹安抚的笑，转过身对面馆老板说："我要等的人已经来了，老板可以下面了。"

那老板站在屋子中央吆喝一声，后厨传来另一个声音的应答声。这样的一唱一和，显得默契无比，是在无数个日夜的劳作与配合中无意识形成的。陆河见钟情有点出神，便出声问："想不想……喝点什么？"

钟情下意识地"嗯？"了一声，回过神，才反应过来陆河问的问题，她微微笑了笑："天冷，喝热汤就足够了。"

陆河仿佛才意识到不妥，连忙解释道："对不起，我今天有点太着急了。只记得你最喜欢吃这家面馆的招牌牛肉面……待会儿你要是没吃好，咱们再去街对面的那家商场……"

"不用了。"钟情抬起头看了他一眼，又很快撇开视线："吃一碗面就饱。"

陆河从一旁的竹筒里抽出方便筷，掰开来，将两支细长的木棍搓了搓，去掉上面的毛茬儿，这才给钟情递过去。

钟情也没客气，接过来道了声谢。

陆河的表情有点尴尬，过了片刻，才小心翼翼地说："咱们两个……过去不会这样客气。"

钟情没有讲话。两碗热气腾腾的面很快端上来，钟情低着头，先舀了一勺汤，喝进肚子里，这味道是熟悉而令人满足的。她微微舒出口气，又接连喝了两口，这才开始吃面。

陆河面前的那碗汤面却没怎么动。

一直到钟情再抬起头，他才笑着说了句："怎么样，还是从前那味道吗？"

钟情点点头，又低下头扒拉了两筷子，这才停了嘴。

她拿出餐巾擦了擦嘴角，抬起头，看了眼陆河面前的碗："你怎么不吃？"

陆河笑了笑："我不饿。"

钟情皱皱眉，终究忍住没说什么。过了片刻，她抬起头，双眼毫不躲闪地注视着陆河的眼："有什么话想说的、该说的，咱们今天，一次说清吧。"

陆河的脸很白皙,眉眼清楚,即便是如今的年纪,依旧有着一种少年特有的清隽和俊美。他微微垂下眼,长长的睫毛抖动了两下,显得整张面孔有一种说不出的脆弱,钟情对他这样的表情十分熟悉,从前两个人每次吵架,尤其是他犯了错,就常常会露出这种表情来。

钟情也曾经打趣说:"你这一委屈起来,简直比女孩子还招人疼。"

当时陆河是怎么说的来着,钟情恍惚了一瞬,才想起来,他当时说的是:"只要招你心疼就行。"

这么想着,钟情不自觉地露出一抹极淡的笑容来,落在陆河眼睛里,就变成了那根救命的稻草,他突然伸出手,覆在钟情放在桌边的手背上,一双眼紧紧锁住面前这张令自己魂牵梦萦的小小脸庞:"钟情,有些事,不是你表面看起来的那样。我和石星的婚礼取消了。"

钟情有些迟滞地抬起头,正好望进陆河的双眼,和黎邵晨不同,他的眼眸极黑极深,从很久很久之前,即便在两个人情最浓时,钟情也觉得看不透他眼睛里深藏的东西,到了今天,更觉如是。她感受着自己没有任何起伏的心绪,缓慢开口:"你和她的婚礼取消了,跟我有什么关系?"

陆河对于她的反应早有预料,听到这句话也不着慌,语气和缓地说道:"我知道你心里气我、怨我,我也承认,这一年来我瞒了你许多事,但是钟情,我心里从来没有过别的女人,自始至终我一直想娶的女人,只有你。"

钟情面无表情地看着他,陆河却仿佛恍然无觉,继续紧握着她的手一口气说下去:"我妈今年年初患了重病,家里的存款只够维持住院最基本的开销,我没有办法,只能选择这条路。"

钟情听到他从年初的事谈起,知道他这是说了实话,打算对自己和盘托出,心里静静的似乎没有一丝起伏,开口说出去的话却透着淡淡的嘲讽:"所以你就把自己卖了,跟千金小姐谈起了恋爱。你寒假时才进公司实习,石星几个月过来公司一趟,你居然能求得大小姐帮忙为你妈妈支付高额医药费。"

陆河的眼睛又黑又亮,却坦坦荡荡,没有一丝被人戳穿的恼怒:"钟情,不是你想的那样。我对石星,从一开始就不是单方面的追求。"他突然将上身前倾，贴近钟情，双眼定定望着钟情的眼，压低声音一字一顿地说道："从一开始，就是一个局。钟情，我只是为了拿回属于我自己的东西。我从来没做过对不起你的事。"

有那么一瞬间，钟情以为自己的耳朵出了问题，但看到眼前人镇定自若的面庞，还有眼睛里坚定不移的情绪，她终于开始意识到，自己似乎把整件事想得太简单了。

陆河也并没有要继续长篇大论的打算，他紧紧抓着钟情的手，力道大得连他自己的指关节都显出几分青白："许多事情，你现在还不适合知道。你只要记住，我的心里，只有你一个人；我和石家父女斡旋，只是为了拿回属于我陆家的东西。"

钟情听得微微拧眉，刚想说话，就见陆河突然站起身，从口袋里拍出一张五十元的钞票放在桌上，拉起钟情走了出去："这里不适合说话，你跟我来。"

钟情跟在他身后，一阵风似的被他带到学校外的那条小巷里，临出门时，她的眼前闪过一道有些熟悉的背影，刚想看清，却被陆河蓦然转身的动作挡住了。

两个人站在小巷的拐角，钟情不愿再被他拉着到处走，甩开他的手仰起头说："别再故弄玄虚了，话说清楚，我们就这样吧。"

走到外面，陆河的脸色显得比在面馆里更苍白，他再次紧紧攥住钟情的手腕，欺近一步，将钟情整个人锁在那面墙壁上，微躬下背脊方便自己更贴近她："你一直都这么倔。"

这句话说得又低沉，又温柔，其中还含着让人无法忽视的叹息和委屈。

钟情浑身一震，却不肯在这个当口投降，挺直脊背保持着微微昂头的姿势："陆河，你也是工作过一阵的人了，有些事不要想得那么完美那么理想化。我不是一样奖品，你觉得自己没资格拿的时候就束之高阁；觉得自己有资本有实力了，又捧回来抱在怀里。好多事一旦发生，就不能回头了。你已经做了选择，不要到了今时今日再来跟我说后悔！"

这番话说得斩钉截铁，除了是钟情多少个日夜来的所思所想，也不乏钟父那一番醍醐灌顶的功劳。虽然陆河道出的真相确确实实在她意料之外，但就像她自己说的那样，好多事情，一旦发生，不问因由，但看结果。无论陆河与石星的结合有着多少隐秘和无奈，他选择放弃与她四年之久的感情，转而投向另一个女人的怀抱，就该料到他们两个会是今天这样的结局。

陆河仿佛被什么东西陡然击中，整个人站在原地僵了一僵，微微转动了下脖颈，才又开口："我没有那样看待你，你是我心里最珍贵的宝贝。我也没有做选择，从一开始，我就想好了接下来的每一步，之前那样对待你，是为了保护你，不是放弃你。"

跟在黎邵晨身边久了，钟情也学会了似他那样嗤笑一声，只是她五官原本生得就冷，露出这样不屑的笑容，更显得让人不敢亲近："你以为是在拍谍战剧？陆河，如果不是因为我父母，今天我压根儿不会来见你！"

这句话显然又戳中了陆河的另一件心事，他深吸了口气，才开口道："那件事根本是个误会，是我二叔，他以为我真的要娶富家女，才背着我想去把玉镯拿回来。我知道这件事让叔叔阿姨受惊了，事后我已经在尽力弥补……"他顿了顿，似乎在斟酌着什么："钟情，你现在是不是跟卓晨的那位老总走得很近？"

听到他提黎邵晨，钟情微微绽出一点笑，那笑容并不明显，却令她整张面容都柔和起来："是。"

陆河对她的脾气摸得一清二楚，知道她又倔又直，不懂隐藏，见到她在自己面前露出这副神情，心绪突然就有些浮躁起来："你不要觉得他当时给你提供了工作机会，就对他掏心掏肺。钟情，像他们那样的人——"

"像他那样的人，至少光明磊落。"钟情突然再次抬起眼眸，直视着陆河的双眼，"你所说的拿回你自己的东西，我虽然不知道全部的事，但我不笨，陆河，我有脑子，知道根据已有事实进行合理推论。但知道这样的真相并没有让我开心多少，反而更让我瞧不起你！"

陆河原本就有些心浮气躁，听到她这样说，几乎一瞬间就气笑了，他原本生得俊美，露出这样冷峻的笑容来，几乎会令所有涉世未深的小女生为之心折，可钟情已经不是当初天真未泯的小女孩了。

钟情在一瞬间流露出的警惕神情，如同一根小小的荏弱的火柴，点着了落在他的心里，就势燃成一片燎原大火："瞧不起我？这世界上所有人都可以瞧不起我，只有你不可以。"他低下头，额头紧紧抵住她的，一字一顿说话的时候，冰冷的嘴唇狠狠擦过她的唇瓣："因为我，是为了你，才会做所有这一切，我是为了这世界上我最爱的两个女人，我的母亲，和你，才选了这条不能回头的路！"

钟情觉得又荒谬又可怕，下意识地抬起手去推他："你胡说什么！"

即便已经走到分道扬镳的地步，钟情从未想过将眼前这个男人想得太坏。他们两个相携走过大学的青葱校园，又一起经历了毕业、找工作、考研究生的迷惘和踟蹰，相识六年，相恋四年，他们两个过往的生命如同两棵毗邻生长的树，彼此的枝杈在成长的过程中已经紧紧纠缠在一起。哪怕从某一天起两棵树各自朝着不同的方向生长，那些一起纠缠一起成长的经历已经融进了对方的骨血，是没有办法更改和抹杀的。想否定对方，就得先一步否认曾经的自己。可是此时此刻的陆河，极端、狰狞、抵死纠缠，陌生得让钟情害怕。

陆河一把攥住她推过来的手，另一只手也紧紧攥着她的手腕，这样将两个人四只手一齐举到他们两个中间，如同捧着什么珍而重之的宝物，低下头缓缓说道："我做这一切都是为了你，你怎么可以瞧不起我。我看着你每个周末清早起床去菜市场买肉买菜，为了块儿八毛和那些小贩争执；我每周宁愿自己坐一个半小时地铁挤公交跑过去看你，也不愿你总是坐那么久的车过来只为见我一面、陪我在学校里晃荡半天；我陪你去商场买衣服，逛了一圈又一圈，连那里面一条连衣裙都买不起，却不得不跟你一起待在那里，因为商场空调开得足，冬暖夏凉，我们两个除了你租的小房子，再也找不到更舒适的约会的地方……"

陆河的声音长长久久响了下去，钟情原本冷酷而麻木的情绪，因为他的声声句句，也被带到那些琐碎得早已经湮没在无数个日日夜夜的回忆里。那么多个日夜星辰，无数的细枝末节，有一些连钟情自己都不记得了，却在陆河温和而执着的声线里，再一次生动地跳跃在脑海里，那么清晰，那么鲜活，仿佛就发生在昨日，却已经是两个人携手走过的漫漫四年。

陆河的声音终于再一次有了起伏："曾经我以为只要我努力，来到平城，考上一个不错的研究生，跟你一起奋斗、努力，总有一天我会让你过上好日子。不会再让你为了一点小钱捉襟见肘，不会让你眼巴巴看了一遍又一遍时尚杂志上的高跟鞋，最后却只能去网上买款式类似的便宜货！可是在你生日那天，我送给你项链的时候，我突然意识到，想让你过上人人羡慕的好日子，光靠踏踏实实日复一日的努力根本不行！想要出人头地，想成为人上人，就必须要付出代价，必须要走一条注定不平坦的路！"

钟情再也忍不住了，开口的时候两颗熬了许久的眼泪倏地掉下去，落在不知道谁的衣襟上，没有半点声响："我从来没觉得那样的生活不好！我跟菜场小贩讨价还价，从来没觉得丢人；我看着杂志上的明星款去网上买类似的仿款，也不觉得有什么委屈。生日……生日你送我的那条项链，不是真金白银的，但那个吊坠上刻着你和我名字的缩写，你跪在地上跟我说别的男人跟女朋友求婚时才会说的话，我一点儿不觉得难堪，我很幸福！跟你在一块的时光，即便是吃苦我也觉得很幸福！"

"可是我觉得难堪！"陆河白皙的额头上青筋暴起，攥着钟情手腕的手指紧紧收拢，连弄疼了她也不自知，"我掏出整颗心去爱护的女人，却因为我要过这样的日子！星澜公司原本就有我陆家的一份，我凭自己的本事把它拿回来有什么不对！"

钟情哭得上气不接下气，成串的泪珠无声地落下来："你……凭自己的本事拿回来，就应该走法律途径，怎么能去欺骗女人的感情。这件事，你究竟筹谋了多久，我竟然一点儿都不知道，你太可怕了，太可怕了……"

陆河蓦地松开她一只手腕，转而把她整个人抱在怀里，说是抱不够恰当，那姿态更像是在拼尽全力在抱住一棵可以救命的浮木，一面紧紧搂住她的脖颈，一面不停地落吻在她的发顶："我再可怕，也是对着别人。对你，我始终都是一片真心……"

钟情用尽全力也没能将他推开，只能不停地捶打着他的肩膀："陆河，你不可以这样，我们已经分手了。"钟情深吸一口气，语音带颤地说道："你已经做了错事，拿回你自己想要的东西，就别再想以前的事，好好过现在的日子吧。"

陆河一把将她推开一点距离，手掌却依旧掌握着她的肩膀，眼睛因为泪水憋得通红，望着她的时候，神情如同一只被抛弃的小兽："你只是因为太生我的气了，一时没办法原谅我，才说这样的话，对不对？"

钟情任由无数的泪珠扑簌而落，仰起头望着两个人头顶灰蒙蒙的天空，哽咽着回答："不是。我们两个都变了，没办法再一起过下去了。"

陆河颤抖着，说出话的嗓音几乎听不出往日的温和优雅："你，喜欢上黎邵晨了？"

钟情抬起手抹掉脸颊的泪："无论我以后跟不跟他在一起，我都没办法再跟你继续了。"她张着因为哭泣过多而红肿的眼睛，看着陆河："咱们两个走到今天这一步，跟别人都没关系，只怨咱们自己。"

陆河整个人如同一个丢了心爱玩具却死活不甘心的孩子，涨红了脸嚷道："不是！不怨你，你根本没有错，你是在怨我！你恨我！你怨我在你丢了工作的时候也不肯帮你一把！你恨我太绝情！"他的唇边突然扯出一缕笑，语速又急又快："钟情，你根本是个傻姑娘，你什么都不知道！你以为石星为什么会开掉你，是我故意在她面前提起你，让她对你生出怨气，才不问缘由地炒了你。"

他见钟情瞪大了眼，不由得抿着那抹淡淡的笑意，目露苦涩地说："我这么做就是为了保护你，星澜当时已经乱成一锅粥，我是为了让你远离是非。后来那笔钱，你也收到了吧，那次你去医院探望石路成，就为了感谢他在最后时刻还不忘帮你一把。可是钟情，你想过没有，当时石路成整日昏睡，意识不清，后来又嘴歪眼斜，话都说不清楚，他是如何授意财务将那么大一笔钱打给你？傻丫头，那笔钱是我打的。"

钟情整个人浑身发冷，即便从前受到再大的打击，她难过、挫败、孤立无援，也不会如此刻这般如坠冰窟。从前有再多的磨难，她都当是老天给自己的考验。可到了此刻才有人告诉她，石星的刻意刁难、恋人离开、工作丢失，乃至后来得到石路成打来的那笔酬劳，一切的高低起落，并不是老天的安排或者生活的磨难，而是眼前这个人的刻意为之。他就如同那只命运的大手，站在云端低头俯望，让自己哭，让自己笑，看着自己因为失恋和丢工作的双重打击一蹶不振，又转过头以星澜公司的名义打来一笔钱聊作慰藉。如此冷酷，如此不近人情，又如此让人可畏可怕！

钟情全身抖如筛糠，积攒了许久的力气，扬起手臂想打他一个巴掌，再一次被陆河轻轻松松拦下。他看着钟情，脸上那阵因为愤怒和绝望而兴起的红晕渐渐褪去，取而代之的是某种奇异的笃定："钟情，你现在生气，伤心，怨恨，都是正常的，所有人遇到你这种情况，都会产生类似或更强烈的消极情绪。我今天来，就是给你当出气筒的。你说的那些话，我听过就忘了，一点儿都不会往心里去。但是你要记住，这些话，以后哪怕只有咱们两个人，也不能再说了。"他握着钟情渐渐攥紧的拳头，轻轻在自己心脏的位置敲了敲："不然，我这儿会觉得疼。"

他缓缓松开钟情的手，珍而重之，仿佛真如他自己所说，将钟情当作一生中挚爱的珍宝。而钟情在他松开臂膀之后，却整个人都失重一般，倚靠着后面的墙壁才能勉强站直身躯。

陆河又笑了笑，那双漂亮的黑眼睛，看着钟情，显出某种格外温柔的光泽："钟情，你乖，在黎邵晨的公司再做最后一段时间，等一切尘埃落定了，我会亲自去接你回来。"

说完这句话，他微微倾身，在钟情冰冷的脸颊落下一个轻吻，便沿着小巷，独自朝外走去。

也不知过了多久，钟情才一个人晃晃悠悠走了出来，她不知道自己是如何支撑着才搭出租车回到公司，甚至连自己的皮包丢在哪儿都无知无觉。好在风衣口袋里还有几十块零钱，这才勉强付了车费，神思恍惚地上了楼。

Chapter 19

开 始 懂 了

钟情伸出手，
雪下得小，
刚刚沾触到皮肤就化作雪水，
冰凉凉的，
却让人觉得干净又舒服。

这个周五，钟情过得稀里糊涂，临到下班前，却接到了李茶打来的电话。电话那端的李茶，依旧叽叽喳喳的，话没说几句，就喊钟情晚上出来陪她一道吃饭。钟情对着卫生间里的镜子，自觉脸色难看得吓人，索性一口答应下来，顺便也有理由推却黎邵晨几天来雷打不动的车接车送。

两个人各自坐在自己的办公室，中间只隔了一堵墙，却谁也没有主动推开门去见另一个人。电话里，钟情的声音听起来平静得一如往常，黎邵晨却显得有些寡言，听到钟情说晚上要与从前公司的同事聚会，他也没有多做阻拦，只是在挂断电话前，突然问了句："钟情，明天早上，我去你家接你。"

"什么？"

"明天是周六，你忘了，之前说好，这个周末要陪我一起在家过。"

钟情一下子记起前两天，两个人在烧烤店的约定，忙回答："我记得。"

"晚上早点回家，别睡太晚。"

"好。"钟情挂断电话，望着办公桌上摊开来的各式文档，破天荒没有了认真工作的心情。

稀里糊涂挨到下班时间，钟情穿上外套，临走前才发现，中午弄丢随身的手提包，几张银行卡都要重新办理。她只能重新坐下来，挨个给银行打电话，让对方工作人员尽快冻结账户。想到与李茶的约会，钟情强打精神，取出抽屉里备用的零钱包，套上大衣快步奔出公司。

打了辆车直奔目的地。到地方下车了才发现这里是一片胡同区。李茶说的这个地方她从前没来过，听名字以为是一家私房菜，走进去才发现，里面全是一间间隔开的雅间。服务生引她到了房间门口，弯腰从一旁的鞋架取出一双棉拖鞋，放在地上，示意她换了鞋再进去。

房间门口的灯有些昏暗，钟情弯腰脱鞋的时候仔细打量片刻，见拖鞋似乎是一次性的，这才放心换上拖鞋，推开门走了进去。

房间不大，橘色木地板，矮桌，软垫，布置成日式酒屋的样子。李茶正坐在面对房门的位置，见她走进来，立刻放下水杯，亲热地招了招手："钟情姐，等你好久了。"

房间里很暖，钟情脱掉外套放在一边，有些不自在地坐下来，左右看了看："只有咱们两个？"

李茶顿时笑了："不然还有谁？"

钟情扫了眼桌边贴着的餐单："我以为还有别人……"

李茶看她盯着餐单看，吐了吐舌头道："没有啦。我是个急性子，等了你好久都不见人，干脆就先把菜点了，这家餐馆许多时令菜都是限量的，份量也小，点晚了就吃不到好东西了。"

见她这个俏皮模样，钟情不由得笑出来："你还是跟以前一样。"

李茶听了这话，顿时挺直腰板，有点不服气地说："谁说的，连我妈最近都说，我跟从前比成熟不少。"

钟情坐在她对面的位置，仔细打量着，李茶把从前柔顺的长发剪短了，染成了浅浅的亚麻色，脸上描绘着精致的淡妆，嘴唇上涂着玫红色的唇彩，看起来确实比从前成熟干练不少，再也不是那个刚来公司时动不动就哭鼻子的小女孩了。

李茶见她打量自己，也故作姿态地把钟情从头到脚观摩一圈，抱着手臂有模有样地点评道："钟情姐，你看起来可比在星澜时强多了。"

钟情留意到她凝视的目光，突然意识到自己中午在冷风里哭了那么久，眼睛一定又红又浮肿，看起来肯定糟糕透了，便说："我不还是老样子，倒是你，几天不见，比从前打扮得还美了。"

李茶盯着她有些泛红的眼皮儿，若有所思："人，总是要有改变的。"

说话间，房门外响起笃笃的敲门声，紧跟着，房门被人从外面拉开。两个服务员一齐走到跟前，把托盘上的菜品依次端上，最后又分别放了一瓶米酒在钟情和李茶手边："您的餐齐了，请慢用。"

李茶熟稔地朝他们点点头，说了句日语，待房间门轻轻合拢，才笑眯眯地说道："钟情姐，菜都齐了，咱们开动吧。"

钟情知道她喜欢日本菜，但看到两个人面前摆了满满一大桌子的食物，还是忍不住咋舌："点这么多，怎么吃得完。"

李茶刚拿起筷子，见此又轻轻放下，有些腼腆有些甜蜜地笑着说："没事，能吃多少吃多少，我妈说了，现在正是多吃多补的时候。"

钟情刚舀了一勺豆腐，听到这话，顿时笑道："冬天吃多了，来年春天减肥的时候可就该着急了。"

李茶听了，也淡淡地笑了。

饭菜正热乎，两个人都没有说什么，各自开动起来。钟情一整天魂不守舍，午餐又吃得勉强，这时见到李茶，整个人彻底放松下来，对着一桌子色香俱全的饭菜，倒真来了胃口。

李茶见她吃得香，眉眼微微弯起来，也跟着一起吃得起劲儿。

饭菜用得正酣，李茶突然停下筷子，拿起一边的米酒给两人各倒了一杯："把这茬儿忘了。这酒我特意让他们温的，趁热喝点暖胃。"

钟情见她脸颊粉扑扑，一双大眼亮晶晶的，分明还是从前那个孩子样，却学人一本正经地端起酒杯，不禁噗嗤一声笑出来，端起酒杯轻轻碰了一下："我从前怎么没看出来，你这丫头就是个小酒鬼！"

米酒温得正好，味道甘醇，还透着淡淡的桂花香，钟情喝了一口，不禁想起那次一桌人在温泉小镇吃饭时的情形，唇角不由得噙上淡淡笑容。

李茶端起酒杯，却没有深喝，看着钟情浅浅笑着将一杯米酒慢慢喝完，便放下自己的那杯米酒，又给钟情添了点儿："钟情姐想起什么了，笑得这么开心？"

"有吗？"钟情摸了摸自己的脸颊，听她这样问，不禁有点羞涩："也没什么，就是想起上次咱们在温泉小镇那次了，这个米酒的味道跟那里自制的桂花米酒还挺像的。"

李茶闻言微微笑起来，眼睛里闪耀着孩童般的自得："钟情姐你舌头真灵，这酒就是我特地托人从那边买过来的！"

"啊？"钟情有些诧异，随即又笑了起来，"你还真是为了美食无所不用其极啊。比一般吃货的境界高多了。"

李茶浅笑着说："这是因为请的人是钟情姐你啊。"

钟情又夹了一口菜，边吃边低着头轻声说："李茶，怎么有一阵不见，你跟我说话也越来越会打官腔了呢。"

她这句话说得很轻，若不仔细听，几乎一眨眼就错了过去。

可房间里很安静，李茶从始至终都在盯着她看，哪肯错过她的一个眼神、半句感慨。听到她这样说，脸上那副浅浅甜蜜的笑终于淡了下去。

过了片刻，李茶还保持着一手扶着桌沿，另一手握着酒瓶的姿势，钟情却已经撂下筷子，擦拭干净嘴角，抬起头看她："李茶，咱们认识这么久了，有什么话就直说吧。"

李茶勉强扯出一抹笑："钟情姐，这顿饭，我是真心请你。"

"这我看出来了。"钟情的表情落落大方，语气很平淡，细听却能听出她态度诚恳至极，"上次在电话里你说，暂时不想调动工作，现在是有什么新打算吗？"她这段时间一直在赶工，对于日期非常敏感，眼看年关在即，一般公司该发的绩效、年终奖也都发过了，如果李茶在这个节骨眼儿考虑跳槽，她一点都不觉得惊讶。

李茶沉默了好一会儿，才抬起眼帘，正对上钟情的目光："钟情姐，我有件事要跟你讲。"

"你说。"她记得上次在电话里，李茶好像就有什么事没说完，当时她跟黎邵晨和白肆在屋子里吃火锅，不方便多说，匆忙之间就把电话挂了。看现在李茶的表情，这件事或许比她原本预料的还要严重。

李茶又拿起酒瓶，为钟情添上一杯新酒，自己则拿起手边的水杯："钟情姐，我以水代酒，敬你。"

钟情端起酒杯，见李茶端着水杯，碰酒的时候刻意压低杯沿儿，刚好碰到她酒杯一半的位置，诧异之下，连酒都忘记喝了。一般饭桌上，只有晚辈对长辈敬酒才会这样，她跟李茶年龄相差不大，又是同事关系，无论怎样李茶也用不着这样对她敬酒。可是看李茶郑而重之的神情，又觉得刚刚这样的姿态不像无意或者碰巧。

李茶喝尽自己杯里的水，抬起头见钟情锁着眉坐在那里，酒水一滴未沾，便说："你不接我这杯酒，也是应该。本来就是我对不住你。"

钟情索性将酒杯放下来，看着李茶道："李茶，你不是能藏住话的人，有什么事你就直说吧。"

"我怀孕了。"李茶没有任何预兆地说了这句话出来。

钟情半晌没有言语，回过神来，第一反应就是问："叔叔阿姨知道这件事吗？"

"他们也才知道不久。"

"那……"钟情观察着李茶的神情，见她一只手臂弯曲，轻轻护住肚腹的位置，知道她对于这个孩子应该极为不舍："你打算留下这个孩子？"

李茶的眉毛极为轻快地一挑："钟情姐，你为什么不问我，这个孩子的父亲是谁呢？"

钟情几乎是愕然的，半晌才说出一句话来："我……你的意思是，我也认识这个人吗？"星澜里那么多男同事，哪个跟李茶走得最近，钟情扪心自问，还真找不出个标准答案来。

李茶嘴角轻抿，脸颊上露出一个极淡的笑涡，钟情是第一次注意到，模模糊糊地就觉得这个笑容有些眼熟，一时之间却记不起是在谁的脸上看到过相似的神情。

下一秒，李茶已经开口："你当然认识他，而且你认识他，比我认识他要早多了。"看着如同泥塑般僵住的钟情，李茶心头微颤，面上依旧含着笑，如同新郎轻轻揭开自己心爱之人的婚纱那般，轻巧揭开谜底："孩子是陆河的。"

钟情扯了扯嘴角，却发现自己好像怎么都笑不出："你——"

"我没在开玩笑。"李茶的眼睛亮闪闪的，头顶白炽灯的灯光洒进她的眼瞳，钟情发现她的眼珠又圆又大，漂亮的深棕色之中似乎还蕴含着浅浅金光，恍然大悟她应该是戴了美瞳。再一次好好打量面前这个女孩，俏丽的新发型，精心描绘的妆容，得体干练的新衣和价格不菲的漂亮首饰……钟情恍然大悟，她这样全副武装，并不是因为开始了人生的新阶段，她今天找来自己，是要宣告并示威的。

李茶见她望着自己若有所思的模样，不禁笑着说："我知道，你可能没办法相信，也没办法接受这个事实。但我说的一切都是真的。钟情姐，我跟陆河在一起了，我怀了他的孩子。"

过了初时的惊愕，钟情渐渐回过神来，却发现自己对于这个事实的消化能力高得惊人。也不知是中午与陆河重逢时已然经受过比这更大的打击，整个人趋于麻木，还是有关陆河的所有事情已经在她心里成了过去式，再也经不起多少波澜，总之如果现在有人想借这件事对她进行考验，那么结果一定是无功而返。

李茶见她一直不说话，索性一咬牙，把心里憋的话都说了出来："我也不知道自己是什么时候喜欢上他的，你从公司离开后，石星整天不见人影，大家每天工作进程都需要单独向陆河报备。慢慢地，我发现自己越来越关注他的一举一动，刚开始我还给自己找借口，对自己说，做这些都是为了你，帮你监督他留在公司都做了什么。可是到了后来……"她露出了一抹与年龄不符的苦笑："就在我发现自己喜欢上他的同时，他也对我表达了好感。其实上一次给你打电话，我就想把这件事告诉你，可我自个儿练了许多遍，都不知道怎么把话说出口。"

如果说中午陆河的话曾在钟情脑子里掀起惊涛骇浪，那么此时李茶的解释便如同一股涓涓细流，除了填补上那些记忆拼图里不完整的空缺，再也惊不起她一星半点的怒气和伤心。

钟情见李茶不再说了，这才开口："其实，你不告诉我这些，我也不会知道，依旧傻乎乎地跟你做朋友。来之前的路上，我都想好了，如果你想要趁着春节跳槽到卓晨，或者业内其他公司，我都会乐意帮你一把。"

李茶听她这么说，眼睛里闪过一抹柔和的光，她笑着朝钟情伸出手："钟情姐，谢谢你。出了家门，没有我爸爸的人脉，没有家庭背景的帮衬，就只有你对我最好。"

钟情缩回放在桌上的手，抬起眼睛直视着她："李茶，我不会因为陆河跟你翻脸，但咱们似乎也没办法回到以前了。"她慢慢说着，每一句话都字斟句酌，生怕说错一般："我跟陆河已经不可能在一起，那是我和他之间的事。你喜欢他，想跟他在一起，那是你们俩的事。可我没办法接受自己最要好的朋友，在我跟前男友还没正式分手之前，就已经跟他悄悄在一起，一边还不断找借口探听我的想法。"

李茶的脸突然涨红了："钟情姐，我不是……"

"我不想把过去你对我的关心，解读成别的意思，我现在只愿意相信，你从前每一次问我对陆河存着什么样的想法，都是作为朋友在关心我。"她说得很慢，让人能清楚听清每一个字，不会有任何错过或误解：

"因为我不愿意把你跟我的过往想得那么不堪，我想保留一份美好的念想。但咱们俩以后没办法做朋友了。"

听完她说的最后一个字，李茶脸上的所有表情渐渐消弭干净，所有的挣扎、尴尬、羞愧、不甘和愤恨，都一丝一缕地消失干净，取而代之的是如同戴上面具一般的沉静和苍白："我明白了。"

钟情望着桌上的杯盘碗筷，突然觉得她和李茶两个人的关系，就如同面前这桌饭菜，开始得莫名其妙，吃的时候满足愉快，但吃完之后，对着满桌狼藉，权当作了一场不可复制的美梦，美则美矣，不堪回首。

仿佛下了极大的决心，李茶咬着嘴唇叫住站起身准备离开的钟情："钟情姐，我想，最后再求你一件事。"

钟情转过身，望着这个与回忆里判若两人的女孩："你先说是什么事。"

李茶抬起头，双手轻轻覆盖在自己的小腹上，仰头的姿势本就倾向恳求，她又露出从前那副遇到难事茫然无措的神情，仿佛一个犯了错却不知该怎么办的孩子，定定望着钟情说道："你刚说你跟陆河再也不可能了，我希望你能说到做到，不单是感情上……我希望，你能彻底离开他的生活，他的工作。以后，不要再有交集了。"

钟情突然觉得这个情景熟悉得厉害，神思恍惚间猛然想起，离开星澜之前，石星在办公室说的最后一句话，与此时李茶表达的意思莫名相似，但是她却没办法像对待石星那样对待眼前这个女孩。钟情默默看着她，直到李茶湿着眼眶，自己有点不好意思地垂下头去，才开口："我也希望自己以后跟他再无瓜葛，我希望我们两个分开以后，各自都能过得好。李茶，你也是。祝我们三个，从今往后，都能过得开心。"

说完这句话，钟情蓦然觉得整个人都轻松下来，仿佛一个从泥淖中拼尽全力爬出来的人，刚站在岸边就迎来一场爽快的暴雨，洗去身上过往所有污泥，抬起头，就能拥抱面前整片蓝天。

她穿上外套走出去的时候，听到身后传来李茶的声音："我会的。我一定会幸福！"

钟情站在台阶下，穿好鞋子，摸了摸口袋里的零钱包，有点自嘲地笑了：好在这一次，没有稀里糊涂地丢了零钱包。

吃饱喝足，从灯线昏黄的大厅走出去，迎面就看到被风裹挟着吹送到面前的雪花。她站在门廊，头顶上方挂着两盏仿古的灯笼，橘黄色的灯光笼罩在她的脸上，显得整张脸线条异常柔和。钟情伸出手，雪下得小，刚刚沾触到皮肤就化作雪水，冰凉凉的，却让人觉得干净又舒服。

　　这一天是这样漫长，熬过一天，仿佛已经过了一整年。新的开始，应该也在不远方了吧！

Chapter 20

此 情 可 待

哪怕明天又是一个让人恼火的下雪天，
此时此刻，
也显得不足为虑了。

第二天上午，钟情是被一阵电话铃声叫醒的。"喂"了一声电话接起来，听筒里传来男人既惊讶又好笑的声音："还在睡？"

　　钟情眯着眼看了眼手机屏幕上，"腾"地一下子从床上坐了起来，居然已经十一点了！

　　那边黎邵晨听到她的动静，不禁闷声笑了起来："别慌，小心磕着碰着了。"

　　钟情抓了抓发顶，醒了一会儿神才记起头一天发生的所有事情："昨晚吃饭的时候喝了点酒，没想到一下子睡到这个时候……"

　　黎邵晨的语气透出些许小忧郁："你昨晚都没接我电话，短信也不回。"

　　"啊？"钟情连忙把电话摁了免提，翻看前一天的电话和短信记录。

　　"要不是后来我实在不放心，给李茶打了电话，都不能确定你已经回家了。"

　　看到手机里一连串的未接来电和接连几条短信，钟情不禁满是内疚："对不起。我昨晚其实回来得很早，到家就睡着了。你打了那么多遍我都没听到。"

　　黎邵晨的情绪似乎调整得极快，诉过委屈，也不纠结，很快又说道："是啊，要不是楼下管理员大姐一口咬定亲眼看着你上了楼，昨天夜里我恐怕就要跑上去溜门撬锁，以表忠心了！"

　　钟情这时彻底清醒过来，听他这么一说，立刻下床找拖鞋："你还在楼下？"

　　"昨晚确定你回家之后，我就回家了。"黎邵晨说，"今早起来之后一直等你联系我，结果从早上等到现在，不得已我就又奔你家楼下来了。

这会儿我正跟管理员大姐面对面喝水聊闲篇儿呢！"

钟情站在床头，原本又急又懊恼，听他说话不紧不慢，简直闲适极了，整个人也跟着放松下来，语气里不自觉地就带着笑："那劳烦你再等十分钟，我这就下去。"

"得令！"

"那……先拜拜！"

"昨天夜里下了大雪，今天天气冷，你多穿点儿。"

"好。"

挂断电话，钟情一路换好衣服，快步走到卫生间洗漱，走出来时，对着穿衣镜，回想起昨天发生的种种，又把那一套衣服统统换掉，穿上前不久在临安买的大衣。想起黎邵晨在电话里的叮嘱，咬了咬唇，又从衣柜里翻出一条米色的围脖，这才匆匆忙忙换了靴子下楼。

走出电梯望前台方向一望，果然这家伙说得半分不假，平日里那个见了谁都爱答不理的中年大姐，此时跟黎邵晨笑盈盈面对面坐着，还不停拿着暖壶往他杯子里添水。

黎邵晨本来侧面对着她，也不知是听到了她走路的声响，还是心里有所感应，就在钟情盯着他打量的时候，也刚好朝着这边转过头来。

钟情嘴角微抿笑着走到跟前，就见黎邵晨站起身来，扣上了大衣扣子："我媳妇儿来了，改天再跟您聊。"

那中年大姐笑得脸上肥肉直颤，一双本来就不大的眼睛此时更是眯成一条缝："哎，好，下回再来了记得找我啊，我再做酱牛肉了准给你留一份！"

两个人相携离开，转过身的当口，钟情睨了他一眼："酱牛肉？"

"那大姐刚刚正说，她自己做的酱牛肉最好吃。正好你一来，她就来了这么一句。"黎邵晨笑眯眯转过脸，不动声色打量着身畔的女子。大概是睡了许久的缘故，她的脸色看起来白皙剔透，面颊还带着淡淡的粉，气色比昨天好了不是一点半点。她起得匆忙，头发的鬓角处微微有点卷翘，但抵不住整个人精神抖擞，那双眼睛笑起来的时候亮盈盈的，看得人不自觉地就心头一软。

钟情见他盯着自己看得有些入神，干脆停住脚步："你看什么呢？"

抬起手的时候，刚好摸到有些翘边的头发，眼睛便朝旁边看去："走得太急了，不然应该洗了头发再吹一下就好了。"

黎邵晨拉起她的手腕继续往停车场走："这样挺好看的。"

钟情原本对于两人拉手这件事有点抵触，可黎邵晨做事向来巧妙，不习惯拉手，那拉着手腕总没的挑吧。钟情心里有点儿不自在，也只好乖顺地跟在他身边往前走。

"我今天……"两个人走到车旁，钟情低下头看了看自己，又抬起头，"是不是穿得有点太正式了？"

黎邵晨听她这样问，也正经八百地把她从头到脚扫了一遍，点点头说："嗯……是欠了点儿。"

"哪里不合适？"

"走，先逛商场去！"黎邵晨打开车门，让她坐进去，自己快步走到另一边，坐进驾驶座，车子很快启动，开上了主干道。

车子应该热了许久，坐进来丝毫不觉得冷，钟情望着黎邵晨身上轻便的装束，不禁有点儿羡慕："下雪天你还穿这么少，不冷吗？"

黎邵晨穿的跟两个月前刚入冬那会儿没太大差别，那时穿件薄呢子风衣，现在穿一件羊绒大衣，里面是衬衫加羊绒衫，好像薄厚也没太大差别。钟情看他精神抖擞，一点儿都没有畏冷的意思，心里有点羡慕："平城当地人都这么不怕冷吗？"

黎邵晨扫了她一眼，眼睛里闪耀着得意的光："那哪儿能啊！像我这身板、这体格，整个平城一百个年轻小伙子里也挑不出一个来。"

钟情不禁翻了个白眼，本来是正常套路南北差异，也能被他化被动为主动，找尽理由夸奖自己。

黎邵晨眼角余光瞟到她一脸无语的表情，便笑着说道："人家都说平城是干冷，你们家乡那边，到了冬天是又湿又冷。所以南方人到了平城，都不怕冷才对。"

车子里暖气开得足，钟情此时已经解下围巾，听他终于有了正经话，也点点头："是啊。而且这边冬天有暖气，比我们那边好多了。"

"我不怕冷，是因为我体格好。跟他们那种要风度不要温度的花架子不一样。"黎邵晨单手把着方向盘，抬起手臂伸了过去："不信你摸摸。"

"什么？"

"摸摸就知道了！"

钟情伸出手指在他手臂上捏了捏。黎邵晨一脸得意："是不是还挺结实的？"

钟情抽了抽嘴角，她现在多少已经适应这个人时不时的耍宝卖乖了，说不过他，保持沉默就是了。

黎邵晨笑嘻嘻的，指了指导航仪屏幕上的路线："待会儿咱们先去商场逛逛。"

钟情看他指的是一家大型综合类商厦，便问："不是说去你家吗？"

"我也有十天半个月没着家了。"黎邵晨看了她一眼，意有所指："冰箱里现在空空如也，得麻烦钟总监先陪我去超市里补补货！"

钟情一听是逛超市，顿时也来了精神："我也好久没逛超市了。你都需要买什么，列清单了吗？"

黎邵晨低下头朝自己努了努嘴："这儿。"

钟情见他指自己大衣内侧的口袋，便伸手过去触了触，很快便摸到一张便签。打开来，见上面从肉类到蔬菜再到生活日用品列了一大长串，黑色签字笔写的行楷，字体刚劲，又不乏洒脱，与他这个人给人的感觉十分相似，不禁轻声夸赞了句："字写得好漂亮。"

"当初老爷子看一个字敲一下手，一笔一画练出来的。"

钟情想起黎父那个严肃刻板的样子，依稀能够想象当初的情景，不禁笑着道："可以想象，但你也不亏。"

"是啊，又多了一个追女孩子的法宝。"黎邵晨扯着嘴角笑，又悄悄观察着钟情的神情，"不过说真的，现在在意这个的姑娘也没几个了。还不如多送几个电子产品能哄人开心。"

钟情自己小时候也被父亲按着练过书法，此时正对着黎邵晨的字一笔一画地研究，压根儿没留意到他的目光，边钻研边道："那可不一定。遇上识货的，光你这笔字就够让人刮目相看。再说，你现在好歹也是公司老总，签字漂亮，底下员工手里拿着都觉得脸上有光。"

黎邵晨见她看得投入，话也说得真诚，心里不禁甜滋滋的。一边心喜，一边也知道自己幼稚得要命，居然被人家姑娘一句夸奖哄得眉开眼笑，十足一个没见过世面的傻小子。

开心之余，突然觉得前一天晚上黎父在电话里叮嘱的话也不那么可恶了。老头儿虽然为人古板了点儿，较真儿了点儿，但在某些方面是有些大功劳的。不说别的，光是这笔字，不就是沾了他老人家的光嘛！

两个人一路走一路聊，还没觉得过多少时间，车就已经开到商场门口。下车时，黎邵晨甚至高兴地吹起了口哨，自打那次在河边一吻，两个人之间的气氛已经很久没这么融洽了，比之从前的轻松客套，现在两个人说话时，不自觉地添了一份默契和亲昵。这么想来，不久前的苏杭之行去得真是值啊！

两个人走进商场，黎邵晨拉着钟情就进了观光电梯。电梯启动，钟情看着缓慢向下移动的景物，才反应过来："超市在地下，咱们走错了。"

"没错。"电梯里人不多，黎邵晨也没有刻意压低嗓音，比划着她身上的衣服说道，"你不是嫌这身衣服老气吗，带你去挑挑新衣服。"

本来钟情也觉得自己身上这身衣服穿着上班合适，平日里出门逛街或者见朋友，就有点儿显得过于正式了。此时听黎邵晨也这么说，不禁开始认真思考："那你觉得……我应该怎么打扮好？"

电梯门打开，黎邵晨扶着她的腰示意她先出："去看看就知道了。"

认真算起来，钟情几乎没有过跟异性一起逛街挑衣服的经历。从前跟陆河在一起的时候，两个人一个工资入不敷出，一个压根儿没有工资，一起逛商场的时候，几乎不往挂衣服的柜台走，只是绕着商场空地一圈圈地走，远远看两眼就算了。平时的衣服，大多都是钟情从网上淘换的，每年回家倒是会去商场挑一些价位适中的衣服，但大多是在钟母的陪同下。

如今和黎邵晨走在一起挑女装，开始钟情还觉得挺新鲜，渐渐地面对服务员热情的眼神追随，钟情就觉得有些不自在了。

两个人在一家服装店门口站定，钟情拽住黎邵晨的袖口，小声说："要不，你到休息区歇会儿，我自己逛逛就行了。"

黎邵晨睁大眼睛，又诧异又委屈："那怎么行？刚刚不还说得好好的，这么快就不要我这个参谋长了？"

好像也是自己说话不算话了？钟情实在没辙，只能实话实说："我不太习惯逛商场的时候旁边还跟着个男的……"

黎邵晨见她微侧着脸垂眸说话的模样，神情羞赧，声音细细，不禁好笑："瞧你这点儿出息。"

钟情气鼓鼓地瞪他。

黎邵晨顺势一拽，推着她进了那家精品店："多适应适应，就习惯了。"

两个人进了店铺，果然又受到两位服务员的热情招待。黎邵晨也大方，放眼望去看了一圈，最后挑中一件又轻又薄的白色羽绒衣，对服务员说："找一件她穿的尺码。"

服务员打量了钟情一圈，便从衣架上取下一件："这位小姐身材很标准，穿我们这里38的尺码刚刚好。"

钟情接过衣服走进试衣间，脱掉大衣试新衣之前，习惯性地翻了下价签，2880，比她身上这件才买的大衣还贵不少！她拉开帘子一角，想把衣服退回去，就见黎邵晨不知什么时候已经站在试衣间门口。

"怎么了？"黎邵晨似笑非笑的，棕色的眼瞳仿佛能望进她的心里去。

"没……"钟情咬咬牙，最后还是踮起脚，在黎邵晨耳边小声说了句，"这里的衣服太贵了，不合适。"

黎邵晨眨了眨眼，也朝她小声道："没事，咱们就试试，也不一定买。"

这么一说，好像也有点道理。况且门外守着尊门神，不试衣服也压根儿走不出去。钟情一咬牙，便拉开拉链，对着镜子穿上了那款薄羽绒衣。

"穿好了吗？"

"嗯了……"钟情对着镜子照了照，好看是好看，但不实用。

身后传来帘子拉开的声响。钟情猛地一扭头，就见黎邵晨站在她背后，满眼欣赏："蛮好看的。"

两个服务员早就留意到这对小情侣试衣服前在那里嘀嘀咕咕，看男人的穿着打扮，不像消费不起的，但这年头什么样人都有，骗子还贴三两金呢，所以一直站在不远处守着。

见黎邵晨这样说，其中一个连忙附和道："这位小姐身材标准，穿什么都好看。而且我们这款羽绒衣不是普通的鸭绒，是百分百纯天然的鹅绒，又轻又暖，再冷的天气，就穿这么一件外套，里面随便穿个毛衫或者裙子，又轻便又暖和。"

黎邵晨也点点头："是鹅绒的啊？"

另一个服务员见状走上去，拉过衣领处的吊牌仔细看了看："确实是纯鹅绒的，您就放心吧。这款衣服从我们店里走出去，绝对不会撞见个重样的。我们家的设计、剪裁，都是一流，这个价位现在还打8.5折，非常超值。"

黎邵晨望着镜子里的倩影，钟情身材高挑，尤其身材比例很不错，穿上这件中长款的羽绒服，显得削肩细腰，极为窈窕，不知怎么的就让他想起在酒店宴会厅见到她那晚，她穿旗袍神色冷冷的模样来，不禁喉头微微一紧。

钟情见黎邵晨微微蹙着眉不讲话，也吃不准他是什么意思，但她心里是有主意的，这么贵的羽绒衣，又是白色，穿几天不经意间就蹭脏了，想想都觉得心疼。她是一贯节省惯了，虽然后来换工作时先后消费过两次，买了大衣以及其他一些行头，但那是非常时期非常做法，当时花钱觉得心头爽快，事后回想起来也不是不想剁手的。现在工作顺遂，和黎邵晨之间的关系也让人觉得暖心，她没有必要跟自己的钱包过不去，所以便一声不响拉上帘子脱衣服。

钟情的动作不慢，脱下羽绒衣递给服务员，那服务员也没多话，动作利索地把衣服挂在衣架上，取出电熨斗开始熨衣服。

钟情转过身，另一个服务员已经抬起头，把收据和银行卡递给黎邵晨："先生，您的卡。"

熨衣服的服务员在这时也朝她微笑："小姐，您可以再看看我们家其他衣服，这件衣服稍后熨好，您就可以直接上身穿了。"

钟情一脸上当受骗的表情看向黎邵晨，后者望着她那副表情一下子笑了出来。

两个人坐在一旁等候的沙发上，钟情一把拍掉黎邵晨伸过来的手，压低声音朝他嚷嚷："你这是什么意思，我买衣服，不用你掏钱。"

黎邵晨的声音本来就不高，因此并没有特意变换音量："没什么意思，我想送给你东西，就送了。"

钟情有点儿急了："咱们俩现在是什么关系啊？你是我什么人啊？"

黎邵晨很淡定："现在是好朋友。"又伸出手指了指自己："但我在追你。"

钟情几乎要抓狂了："那也不能送这么贵重的东西。"

黎邵晨定定看了她几秒，见她表情是真的分外纠结，沉默片刻之后举起手表示投降："好。都听你的，不再乱送你东西。"他又扫了一眼服务员正在熨的衣服："不过已经刷卡了，再退也是让人家为难。"

说得这么诚恳，钟情也没办法再朝他发火，只能绷着脸有点闷闷地说："待会儿我把钱还给你。"

黎邵晨轻轻揉了揉她的一头短发："用得着跟我算这么清吗？你不喜欢，我以后不这么做就是了。已经送出去的东西，我再收回来也显得忒小家子气了。就当提前送给你的新年礼物，行不行？"

口才好的人，是既懂得进攻，又晓得防守。黎邵晨这样心平气和，甘心退让，钟情再矫情就显得有些没意思了。虽然心里有点不自在，但也只能点点头答应下来，算是各退一步，海阔天空。

接下来的逛街旅程称得上愉快，黎邵晨负责挑衣服、出主意，钟情负责试和买。碰到觉得太贵的，试完了就放回去，价格适中能承担的，钟情也乐得趁着商场搞活动买下来囤货。

一个小时之后，两个人大包小包，从女装部逛到男装部。

轮到黎邵晨，事情就显得简单多了。钟情知道这人不缺钱，因此帮他挑衣服的时候，只要穿着好看、衣服质地好，就可以毫不犹豫让他自己划卡买下来。但当黎邵晨真穿着她挑中的那身西装走出来，钟情突然发现自己错得有点儿彻底。

这个人是实实在在的衣服架子，简单点说，再普通的衣服穿他身上也显得好看，更何况是剪裁合体料子过硬的纯手工西装。

见钟情抱着手臂站在镜前不说话，黎邵晨倒有点儿忐忑，正了正领带，从镜子里看她："不好看？"

钟情知道这个人向来自大，也不好直接夸奖，只能含混地点点头："还不错。"

黎邵晨觉得这个评语实在敷衍，便一言不发地进了试衣间，又换了一身出来。

这次钟情已经调适好心情，见他走出来，便赶紧照实发表意见："黑色这套剪裁更好，但领带需要换一条。"

倒是旁边的服务员直言不讳，笑得脸蛋通红："你男朋友穿什么都好帅，干脆给我们家做品牌代言人得了。"

黎邵晨听到这话就笑："那得看她答不答应。"

钟情被他们两个一唱一和弄得无话可说，只能转过头认真研究领带。

最终黎邵晨选了两套西装，三件衬衫。钟情正专心搭配领带，说话的时候也忘了应该含蓄："过去没怎么见你穿正装，其实你身材好，穿衬衫打领带最好看。"

黎邵晨笑眯眯站在她身后，凑近她耳朵边说话："是吗？"

也不知黎邵晨是无心还是有意，说话的时候，不经意间连着两次嘴唇轻轻碰到钟情的耳朵。钟情原本正对着他挑好的那几件衬衫挑选领带，被他突如其来的亲密动作吓得手一哆嗦，几条领带"唰"地朝地板落去。最终还是黎邵晨身手利落，一弯腰就把领带攥在手里，站直身体时在她耳朵上真真实实地落下一吻。

钟情捂住瞬间变红的耳朵，转过身瞪他。

黎邵晨无声地笑，脸上的表情比偷了鱼吃的猫还得意。一直到走出那家男装店，钟情耳朵上的绯色都未褪去，她打定主意，短时间内再也不能再陪他来这家男装店了！

挑完衣服，黎邵晨大包大揽地把所有衣服送回车里，钟情就站在商场一楼大厅等他。黎邵晨走路快，步子也大，不多时就折返回来，掀开帘子一抬头，一眼就望见钟情穿着崭新的羽绒服站在那里，白色羽绒衣衬着里面浅金色的高领毛衣，显得她小脸粉白，气色极好。一头短发有点毛茸茸的，让她看上去比实际年龄小了好几岁，仿佛一个还没迈出校园的大学生，青葱水嫩得仿佛能掐一把水出来。

走到近前，钟情见他目光深幽，不知在想什么，便说："看什么呢？"

黎邵晨没说话，先动手掐了一把她的脸颊。

他使的劲儿不大，但把钟情吓了一跳，捂着脸满眼控诉地看他。

黎邵晨拉着她坐扶梯下楼，脸上依旧笑嘻嘻的，但表情怎么看怎么怪异。

"你干吗无缘无故掐我？"

黎邵晨笑着瞥她一眼："看起来手感不错。"

钟情瞪着他："那也不能随便动手动脚呀。"

两个人站在电梯上，黎邵晨突然凑近她，盯紧了看了看："你今年二十几，过本命年了没？"

钟情被这问题问傻了："周岁二十五，过年就二十六了……"

黎邵晨有点儿不满地咂了咂嘴，伸手摸了一把自己后脑勺："怎么看怎么比我小六七岁的样子，跟你一比我简直是大叔了。"

女人没有不爱听漂亮话的，钟情听了这话先是笑得眼睛一眯，紧接着又打量起他来。

黎邵晨被她看得不自在，拎着大衣前襟掂了掂，又挺直了腰："也没那么老吧，论周岁我也就比你大三岁。"

"噢……"钟情恍然大悟地点点头，一副若有所思的模样。

黎邵晨一看这表情就有点急了，下了电梯一手推着购物车，一手还扒拉着她肩膀："哎，你什么意思啊？真嫌我老？"

钟情难得见到他这副心里没底的样子，心里正乐呢，哪能被他一句话就问出来，故作严肃地轻轻点点头："嗯……我之前还真没考虑过。你这么一说，还真是个问题。"

黎邵晨顿时生出一种搬石头砸自己脚的悲凉感。看着钟情一脸认真挑选蔬菜，突然灵机一动，抢过她手里拿的那颗茄子，扔回原处。

"哎！"钟情依依不舍看着骨碌碌滚回架子尽头的茄子，"你干吗呀？"

黎邵晨清了清嗓子："首先，事先说好了，今天中午是我下厨。"见钟情眼睛不眨一下地盯着自己看，黎邵晨自觉又拿回主动权，心里踏实不少，就势转移话题道："不过看你挑菜的样子，好像也是个行家。不如这样，咱俩轮着来，中午吃我做的，晚上吃你做的，你看怎么样？"

钟情眉毛一挑，指着那颗被扔掉的可怜茄子，为它鸣不平："那为什么不让我买茄子？"

黎邵晨也学着她的样子挑了挑眉，义正词严："一起买菜的过程，就是为了好好了解彼此的喜好。比如我，就不喜欢吃茄子。"

钟情噗嗤一下子就乐了，见黎邵晨推着车往前走，也故意想逗逗他："你都多大人了，还挑食？"

黎邵晨瞥她一眼，神情里带了一点小傲娇："不是挑食，这叫品位。"他顿了顿，非常认真地征询旁人意见："说实话，你不觉得茄子的口感很像肥肉吗？"

钟情还是头一次听到这样的说法，但是细一琢磨，好像也有点道理："我还挺喜欢吃鱼香茄子的，感觉比鱼香肉丝还好吃。"想起了熟悉的味道，钟情有点怀念："在家时我可喜欢吃这道菜了，但我自己不会做，做的时候特别容易崩油，调味也挺难的。"

黎邵晨一听这话，倒退两步，又走回去，重新挑了个又圆又饱满的茄子。

"你干吗？"

黎邵晨深深看了她一眼："虽然我本人不爱吃，但我会做。"

钟情看着他的眼神有点刮目相看的意思："你还会做鱼香茄子？"

黎邵晨把菜放进购物车，又继续往前走："你还爱吃什么？可乐鸡翅喜欢吗？"

钟情见他这副胸有成竹的架势，还真不像闹着玩的，便试探着说："那我可就点菜了啊！"

黎邵晨身后数排货架，他微微侧身，朝着身后一挥手："随便点。"

钟情眼睛亮晶晶的，一连说了好几个自己爱吃的菜，黎邵晨就按照她说的选购原材料。

半小时后，两个人抵达黎邵晨家中。一进屋，黎邵晨先把几个衣服的购物袋放在椅子上，自己拎着数种食材进了厨房。不一会儿，又走出来，忙着烧热水、开电视："屋子随便看，半小时后开饭。"

钟情见他脱掉大衣，换上一件深色的居家服，挽起袖子就进了厨房，也觉得有趣。顾不上四处打量，先跟在他身后，走到厨房门口偷偷打量。

黎邵晨的这间公寓地方并不太大，七八十平方米的样子，装修风格极简，黑白色调为主，沙发地板一眼看过去，秉承了舒适实用的原则，跟他在公司那间办公室如出一辙，大概出自同一个设计师之手。

　　钟情站在厨房门口，透过门缝朝里面望，就见黎邵晨换上黑色居家服，袖子挽起，正站在水池边处理两个人一起挑的鱼。他头发向来修剪得很短，又穿着一身黑，显得整个人身材颀长，英姿勃勃；可他的脸色却是异常柔和的，眼睛微微眯着，嘴角却噙着一抹浅浅的笑。钟情突然记起来，上一次见到他露出类似的神情，好像是在盛泽时，他煮了姜汤和热啤酒，看着她和白肆一人一碗，坐在那里喝得一头一身的汗。

　　平日里在公司，他从来不绷着脸，与其说是一家公司的老总，举止做派更像个玩世不恭的公子哥；两个人一起出差时，他开车、下乡找人、与人谈事，毫不含糊，依稀可以看出昔日在军营打拼的狠劲儿；而与朋友在一起时，他仿佛才透露出真实的样子，性子倔，脾气直，却来得快去得也快，好像个十八九岁的大男孩。可就在这个时刻，钟情突然推翻了从前对他的全部认知和了解，因为他在别人面前，无论是不羁的、冷漠的、较真儿的，都比不上此时此刻的模样更令她觉得真实且温暖。

　　黎邵晨干活很认真，两条鱼处理干净，一转身才看到站在门边的钟情，不禁打开门朝着她笑："你站在这儿做什么？"

　　钟情歪着头打量他，似笑非笑："我得视察视察，看你到底会不会做菜。"

　　黎邵晨双手一摊："看到了吧，哥料理鱼的手段非常人能比。"说着，又朝里屋努了努嘴："去那边待着吧。一股鱼腥味儿，我赶紧冲冲池子。"

　　钟情转过身走，听到黎邵晨站在身后添了句："我这屋子也不小啊，够你老人家饭前好好视察一圈的。"

　　钟情听到这话，忍不住唇角微弯。

　　依照他的话，走到客厅，见他之前热好的水就放在桌上。茶几上摆着之前从清河镇买回的茶叶和点心。

　　钟情见点心包是被人打开又重新扎上口的，心里不知怎么的就是微微一甜。索性蹲下身，用茶几上那副茶具泡了两小杯茶。又把点心包打开，见里面的玫瑰酥，已经被人吃掉约莫三分之一，唇边更不自觉噙起浅浅的笑。他从前是否喜欢这些东西，她已经不得而知，但她还记着刚认识白肆时，黎邵晨对于这类点心的评价。如今他却甘愿耐心品尝，大概他很珍惜两个人一起游览清河镇的经历，连带着也喜欢上了玫瑰酥这味只有女孩才喜欢的小点心。

厨房里，黎邵晨把鱼蒸上锅，就听厨房门传来笃笃的敲门声。他转过身，就见钟情端着那只托盘站在门边，朝着他巧笑倩兮："三少，饭前尝口茶吗？"

黎邵晨从未见过她主动示好的样子，惊讶之余几乎不知道该怎么反应才好，找到毛巾擦了好几次手，才走过去，端起茶盅来缓缓啜了一口。温度刚好，茶味清醇，让人从口腔到胃壁都跟着暖起来。

黎邵晨放下茶盅，刚想夸奖，未防钟情伸手塞了块小巧的玫瑰酥过来。

"唔……"

"好吃吗？"

黎邵晨这时喜得晕头转向，满心满口都是甜的，哪还吃得出别的味儿？只能一径点头，末了又嘱咐钟情："你也别多吃，饭马上就好了。"

钟情踮起脚，视线越过他的肩膀，瞄到一眼流理台上的情形，撇了撇嘴："好像一个菜还没炒出来……"

黎邵晨见她这副故意刁难的样子，不禁又爱又恨，自己手上有蔬菜的味道，不能捏她的脸，只能恶狠狠地瞪了她一眼："你等着！"

厨房门又被人从里面关上，钟情忍了又忍，终究还是没忍住笑出了声。

果然，没过多长时间，就听见黎邵晨来来回回的脚步声。彼时钟情正坐在阳台上晒太阳，一边眯着眼看桌上零零散散摆着的几本书都是什么。听到饭厅里有动静，便站起身走过去，刚好黎邵晨掀开汤碗上的盖子，朝着她的方向转过身来。

黎邵晨穿着布料熨帖的深色衣裤，衬得整个人肩宽腰细，单手背在身后朝她微微躬身，那架势颇有点某著名香港明星在美食节目里做菜的派头。钟情看得微微发怔，就见他说："钟小姐，久等了，快过来坐。"

他那么彬彬有礼，落落大方，倒显得钟情有点放不开手脚。局促地在饭桌边坐下，那一边黎邵晨端着一瓶酒从厨房走出来，动作利落地解决掉瓶塞，在两只晶莹剔透的玻璃杯里各倒了一点酒。

钟情看着杯子里清澈的液体，想起头天晚上酒后酣眠，黎邵晨连着打了好几个电话，自己愣是一个都没听到，不禁有点排斥："那个……咱们还是别喝酒了吧……"

黎邵晨举起杯子，在她手边的杯子上轻轻一碰，语气轻快："少喝一点，开胃。"见她迟迟没动作，不禁笑了："你这是怎么了，昨晚跟人出去，不也没少喝？"

听他这样说，钟情握着筷子的手不禁微微颤了下。

黎邵晨见她这副模样，却不多言，拿起汤匙为她盛了一碗汤："鱼汤趁热喝最好，尝尝。"

半个小时的工夫，汤水已熬至淡淡的乳白，上面漂浮着绿色的芫荽叶和红红的枸杞子，光看着就让人觉得暖烘烘的。钟情端起小碗，尝了一勺，鱼汤很鲜，放姜片去了腥味儿，又添一分辛香。

黎邵晨见她一勺一勺，慢慢将整碗鱼汤都喝下肚，不禁又欣慰又自得："怎么样，我这手艺还不错吧？"

钟情刚咽下最后一口，听了这话，险些呛到气管里。

黎邵晨连忙帮她拍了拍背，面上笑意悠然："别着急，想说什么，慢慢的。"

钟情捂着胸口，眼睛里泛着淡淡水光，静了片刻，才说："我昨天见过陆河了，晚上又见了李茶。"

黎邵晨倒没想到一碗鱼汤下肚，会让她张口就把这事吐了出来，不禁有点愣住。这番神情落在钟情眼里，就理解为了全然不知的错愕。她缓了口气，垂下眼睛说道："我跟他们两个各自说清了，以后各过各的，互不打扰，这样对大家都好。"

黎邵晨想起自己了解到的那些事，也不知道钟情此时到底知道了几分，一时斟酌着没有开口。

感觉到身边人的沉默，钟情抬起头看着他笑了笑："李茶怀孕了，她现在跟陆河在一起，我想过不久应该就会收到他们的喜帖吧。"

黎邵晨不置可否，望着钟情的眼睛说了句："你要是心里难过，就别强撑。反正你见过我最糟糕的时候，现在让我陪着你，看着你发发脾气、掉掉眼泪，也没什么，不用觉得丢脸。"

钟情原本没想哭，说这些话的本意是为了给他也给自己一个交代。他早就见证过自己人生中最难堪的时刻，也陪自己走过最茫然无助的阶段，两个人在清河上那一吻，无疑在她心头炸开了人生中最亮的一束烟火，令她震惊又彷徨，还有一点连自己都没意识到的欢喜，直到听了他的表白，钟情才知道，原来这个世界上有一个人，在自己全然无知的时候，已经默默守候了她那么久。

可是黎邵晨这样一说，那些原本已经凝结成冰的泪，顷刻间融化成水，顺着她的脸颊簌簌落了下来。感觉到黎邵晨轻轻擦拭着自己脸颊的手，钟情自己也抬起手，匆忙抹掉那些本不该出现的眼泪，看着黎邵晨连连摇了摇头："我……我本来没想哭，我也没你想的那么难过，最难过的时候是刚跟他分手那段时间……后来不那么难受了。但我心里一直有不平，因为我想不通为什么一个曾经许诺要一辈子对我好的人，突然有一天就不爱我了。"

黎邵晨见她眼睛红红的，心里明明针扎一般的疼，脸上却还要做出云淡风轻的样子，顺着她的话问："那现在想明白了？"

钟情点了点头，又摇摇头，神情里有困顿，也有怅然："我一直以为他认识了更漂亮、更优秀的女孩移情别恋了，可直到昨天我才知道不是这样的。他跟石星在一起不过是为了利用她，跟李茶在一起，我想也是看中李家有他需要的资源吧……"她顿了顿，有点自嘲地低下头："大概他已经大功告成了，所以昨天又来找我，说从没想过跟我分开。我觉得自己身上没什么值得他图的，或许他心里是真的有我，可看到他这样，我觉得更难过了。我宁愿他移情别恋，也不想看到他变成现在这个样子。"

黎邵晨听到这儿，心里才终于长舒一口气。在他心里，一直认为像钟情这样重感情爱较真儿的女孩，如果不是心里还有一个男人，就不会为了他一而再再而三地掉眼泪。可听她如今的意思，与其说是舍不得陆河，不如说是在留恋那个曾经带给过她无限快乐和憧憬的初恋对象。

她大概是有点完美主义的那种女孩子，即便已经没法跟前任在一块，也不愿意把那个人往坏了想，否则就好像连带地否认了曾经的自己，以及那段两个人共同拥有的美好过往。

这么想着，他连语气都轻快起来，但又顾着面前这位姑娘还在伤感情绪中，不能显得自己太开怀了："你这么想，有点儿太为难自己了。"见钟情怔怔地看着自己，黎邵晨清了清嗓子，夹了一筷子鱼香茄子送到钟情碗里："再磨蹭菜都凉了，你先吃，边吃边听我说。"

钟情几乎是从昨天哭到今天，脑子本来就有点蒙，听到黎邵晨仿佛哄小孩一样地跟她说话，温言软语，几乎从没有过的温存态度，下意识地就按照他说的做了，端起饭碗，就着色泽红亮的鱼香茄子，狠狠扒了一口米饭。

黎邵晨见她塞得脸颊都鼓起来，便问："好吃不好吃？"

钟情嘴里塞满了东西，不能讲话，只能重重点了点头。米饭颗粒饱满，她从前在家里就爱吃硬实点儿的米饭，黎邵晨那次在钟家听到钟母说过就留了心，蒸米饭时刻意迁就她的口味。再说那鱼香茄子，酸甜微辣，咸香可口，就着这样的米饭吃最下饭不过。钟情刚吃了一口，黎邵晨便又给她夹了一筷子，保证她碗里断不了吃的。

黎邵晨见她满足得嘴角弯弯，哭得红通通的一双兔眼儿却不忘了盯着他滴溜溜转，便给自己斟了半杯酒，慢条斯理地说道："你重感情，不代表所有人处事时都会把感情放在第一位。陆河这个人，不是不聪明，是有点儿聪明得过头。他心里大概有你，但不会事事以你为先，为了达成目标，他甚至会牺牲感情、牺牲自己去做交换，所以你跟他，即便没有石星掺和进去，也长久不了。"

钟情听得很认真，可送到嘴边的饭菜实在太香，她昨晚睡得早，早晨起得晚连早饭都没吃，这会儿一吃上才发现饿得狠了，根本停不下来，所以只能对着黎邵晨连连点头，表示他说得有道理。

黎邵晨见她这副样子，不禁觉得十分可乐，顺手就摸了一把她的脸颊。见钟情不满意地瞪他，又连忙抬起两根手指，在额边点了点："别气，别气，我接着说。你的那个朋友李茶，我个人没有过太深的接触，但她爸爸也是做生意的，在别的场合，我见过她两次，她给我的印象跟和你在一起时的感觉相去很远。以前你说她是个单纯的女孩，这点我无法苟同。在我的认知中，对着不同的人有不同的面貌，这样的女孩子跟单纯两个字完全不沾边。"

这些钟情都是第一次听说，不禁有点呆住，咀嚼完嘴巴里的东西，才急匆匆开口："那你的意思是……"

"我的意思是，无论陆河，还是李茶，他们两个都不是变了，而是你从前没有看清楚他们的本质。"黎邵晨放下酒杯，指了指自己，"就拿我说，我也有改变，我比过去圆滑了，比过去做事有手段了，但我还是学不会干坏事给人挖坑啊。"

钟情刚想说点什么，就见黎邵晨笑着接过话头："唯一一次想给星澜使点坏，不还是被你给拦下来了，事后还弄得我自己挺狼狈，在你面前我可一点儿脸皮都不剩了。"

钟情明白他的意思，扒拉着自己碗里的饭粒，低声说："你心眼不坏。"

"你也是啊。"黎邵晨从她手里拿过碗，又给她盛了两勺米饭，"人是会变，但万变不离其宗，总不会变得太离谱。像陆河还有李茶这样的，压根儿跟咱们不是一路的，你以后见面打个招呼就行，绕着走。"

钟情从他手里接过碗，后知后觉："你怎么又给我盛了一碗！"

黎邵晨这次换了一样菜夹："尝尝这个干锅菜花，也算我的拿手菜了，特意在一个川菜馆跟那厨子学的，你尝尝做得地不地道。"

钟情嘟囔："这么吃下去，非胖不可。"

黎邵晨却笑眯眯的："放心吧，我心里有数。"

钟情猛地反应过来，瞪着他面前空空如也的碗："你怎么都不吃？"

黎邵晨又给自己倒了点酒，不慌不忙："我这不是忙着给钟总监答疑解惑嘛，现在还有疑问吗？没有的话我就开动。"

"再不开动就没的吃了。"

黎邵晨笑着瞥她一眼："某人之前可是答应晚上做饭给我吃了，我指着那顿填饱呢。"

钟情想起两个人在超市说的话，想着怎么也不能直接认怂，一咬牙道："行，就让你尝尝我的手艺。"

两个人午饭越吃越高兴，钟情还被黎邵晨忽悠得多喝了两杯白葡萄酒，饭后整个人靠在阳台的软榻上，脑子迷迷糊糊的，不知什么时候又睡过去了。

　　醒来时，天色微微有些暗，钟情抬起身子朝窗外望了一眼，发现不是天黑，而是又飘起了雪粒子。

　　黎邵晨正靠坐在她身边翻书，空气里飘浮着浓郁的不知名的香味儿，钟情揉了揉眼睛，抱着个靠枕坐起来："我是不是睡了好久……你都没叫我。"

　　黎邵晨换了一身衣服，黑色纯棉衬衫，水洗牛仔裤，大概才刚冲过澡，头发还沾着淡淡水汽，凑近了依稀能闻见他身上沐浴露的味道。

　　听到钟情这样抱怨，他也不以为意，放下手里的书，凑近摸了摸她的脸颊："家里地暖有点儿燥，你身上穿得多，这会儿有没有觉得难受？"

　　被他这样一说，钟情还真觉得身上有点儿黏黏的，但又不好意思直说，一时间就低着头没说话。

　　黎邵晨摸着她脸颊微微发烫，知道她身上肯定出汗了，便凑近她故意吸了吸鼻子："嗯……好像有点汗味儿。"

　　女孩子都爱干净，哪里听得了这样排挤的话。钟情"腾"的一下站起来："我去洗个澡……"话说出口，又觉得不对劲儿，这不是她的家，也没有换洗的衣服，他们两个人如今又是介于朋友与恋人之间的关系，这样说会不会被他误以为有别的意思？

　　黎邵晨却仿佛早有准备，指了指一边叠放整齐的一套衣服："之前千秋和白肆在我这儿住过一段，那是她的衣服，都洗干净的，你要是不介意就先穿着。"

　　钟情抱起衣服，有点儿讷讷的，一直到走进卫生间，才突然意识到自己现在这份心情……大约是吃醋？

　　从前和陆河在一起的时候，两个人可以说是纯纯的校园恋爱，陆河那个人从前在异性方面自制很严，几乎没让她尝到过普通女孩子恋爱必经的嫉妒滋味儿。这样酸溜溜还有点不安的心情，直到了这个年纪，才第一次有了体会，却没想到对象居然是从前自己最看不顺眼的黎邵晨……钟情站在喷头下，仰起头深吸了口气，却忘了热水从上往下哗啦啦地浇，一下呛进鼻子里，站在卫生间里又是捂鼻子又是咳嗽。

房门外传来黎邵晨的声音："朵朵，怎么了？"

乍然间又听到黎邵晨叫自己小名，还是这样尴尬的情形，钟情又羞又恼，捂着鼻子反驳："你别乱叫！"

黎邵晨站在房门外，越听越觉得奇怪："你怎么了，感冒了？"话是这样问，但他心里也明白，感冒也没这么快就鼻塞的，更何况还是在冲热水澡的时候。

钟情也觉得自己那句话语气有点冲，听到黎邵晨问话的口吻确实很担忧，虽然觉得窘，也只能照实说："我没事，就是刚刚不小心呛着热水了。"

房门外，静默两秒，紧接着传来黎邵晨忍俊不禁的笑声："你慢点儿。"大概也知道钟情要恼，他连忙说："你冲完澡出来的时候慢点儿，这地砖当时买的时候没挑好，比较滑。"

嘱咐完这句话，黎邵晨忙走到阳台，前天晚上他才晾了两块干净的毛巾，没想到这个时候倒派上用场了。放在茶几上的手机响了两声，是钟情的，黎邵晨犹豫了下，发现屏幕上显示的是个陌生号码，没有姓名标注。微微犹豫了下，他将电话接起来。

手机那端一片静默，而黎邵晨也没有讲话。就这样，双方在沉默中僵持了约莫一分钟，最后还是那端的人轻轻哼了一声，率先挂断电话。那声音并不是黎邵晨所熟悉的，而那声轻哼里，有洞悉，有不屑，更多的还是一股难以压抑的愤怒。黎邵晨望着屏幕那串并不熟悉的数字，心里已经有了底。

然而他并没有过多的情绪，收拾好毛巾，准备上吹风机，便朝着卫生间的方向走了过去。来电记录他不会删除，但也不会向钟情主动提及，有的人有的事，他愿意留一些空间给她自己去处理，但这并不代表着他愿意当冤大头，毫无芥蒂地把争取爱人的机会留给别人。

有了刚刚的尴尬事，钟情一心想多磨蹭会儿再出去，慢条斯理地擦干身体换上衣服，又拿过一边的拖把擦了擦地砖上的水渍，这才慢吞吞地打开门，却没想到黎邵晨一动不动站在外面，手上还捧着一块大大的浴巾。

见她脸色红润，眼睛也水盈盈的，神情是在外人面前从未见过的温软，黎邵晨看得有点儿愣了，直到看到头发丝上的水珠顺着光滑的脖颈滑进衣服里，他才猛地别开视线，一边把浴巾绕过她的后背披上："就知道你肯定洗头发了，披上这个，我给你吹吹头发。"

　　钟情跟在他后面走到之前午睡的软榻，见那上面果然摆着吹风机，不禁有点感叹这人的心细。黎邵晨递了一杯清淡的热茶过去："先喝点水润润嗓子。"

　　接着，不等钟情说什么，就站在身后为她吹起了头发。一边吹还不忘了一边问："温度合适吗？会不会烫？"

　　吹风机的嗡嗡声中，钟情仿佛也听到了自己的心跳声，咚、咚、咚，也是那么急躁，那么让人章法大乱。她忍了又忍，最后还是没憋住话："谁当了你的女朋友，真是好福气。"

　　黎邵晨耳朵灵，整句话一个字都没错过全听清了，但他还是装糊涂，把吹风机又提高一挡："朵朵你说什么？"

　　钟情一听他叫自己小名就觉得耳朵痒痒，非常不自在地嘟囔："二十四孝男朋友，不知道经过多少姑娘培训才有今天这么专业。"

　　黎邵晨干脆利落拔掉电源，俯身凑近她的脸："朵朵，你这是吃醋了吗？"

　　钟情吓了一跳，一转身正好跟他来了个面贴面，黎邵晨哪肯错过这样的好机会，顺势就吻了上去。这个吻跟之前两人的那个吻有太大不同，钟情过了初时的惊吓，顺着黎邵晨轻轻拍抚着她后背的手势，整个人渐渐放松下来，也渐渐开始享受这个吻。

　　黎邵晨自然感觉到了怀里人的顺从和柔软，一时间愈加激动，唇舌之间加深肆虐的同时，整个人朝着软榻压覆过去，抚着她后背的手转而挪到钟情的脖颈，在那里一下一下轻轻地揉着。

　　钟情觉得自己如同一块在温室里渐渐融化的水果硬糖，外表看着强硬，但芯里已经开始慢慢融化。她感受着压在自己身上的人硬实的身躯，也感受着他越发热烈地索吻，脑子里开始还有些清明意识，渐渐地也糊涂了。

　　黎邵晨也比她清醒不了多少，钟情之前那点儿吃醋闹别扭的小女儿姿态恰恰落在他眼里，让他整颗心柔软得一塌糊涂，高兴得几乎忘了东南西北，脑子一热就亲了上去。

两个人唇舌纠缠了好一阵，黎邵晨才稍稍找回理智，怕这样缠绵的亲吻吓坏了她，便微微抬起上身，唇在两片柔嫩上方稍稍停止。他睁开眼睛看她，就见怀里的人双眼蒙眬，脑子里最后一根名为理智的弦也绷断了。炙热的吻再次落了下去，却没有如之前那般老老实实在唇瓣间流连，而是不紧不慢朝着下方移去，白皙的下巴，柔软的脖颈，再往下……黎邵晨真是佩服死了自己的先见之明，沈千秋留下的那件白衬衫本来就是很薄的料子，穿在钟情身上有点过大了，经过两个人之前的厮磨，胸口的两颗扣子自己解开，露出里面高耸的两团柔软。

黎邵晨自问不是没见过女人的毛头小子，但看到这副情形，依旧觉得心口一热，如同从前喝过那些六七十度的蒙古烈酒，一口下去就觉得整个人控制不住地沸腾起来。颤巍巍在她心脏的位置落下一个吻，感觉到那里怦怦跳得激烈，触碰起来却又娇又软，令人几乎不敢多看，却忍不住亲了又亲，甚至隔着衣衫轻轻舔吻起来……

钟情感觉到胸口传来凉凉的湿意，整个人蓦然一僵，下意识地就想推开压在自己身上的人，两手隔挡在黎邵晨的肩膀上，却发现他如同一座山般，无论使多大的力气都是岿然不动。

正在两个人纠缠之间，突然听到不远处传来嘀嘀的几声脆响，黎邵晨猛地抬起上身，仿佛被人一把拉回了现实，看都不敢多看瘫软在榻上的人一眼，站起身朝着厨房头也不回地走去。

过了没两分钟，他神色如常走回来，手上端着几盘刚刚烤好的饼干。

钟情在他走后也连忙坐起身整理衣服，眼看着他去而复返，整个人也慌作一团，捧着已经有些凉掉的茶有一口没一口地小口呷着。

黎邵晨看到她脸上红潮未褪，唇瓣是不同往常的嫣红，喉结不禁微微滚动，忙不迭地错开视线，把饼干放在茶几上，从她手里接过杯子："新烤的饼干，好几个口味的，你尝尝看喜不喜欢。"

钟情见他转过身为自己添水，几乎没怎么瞧过自己，知道他这是有意给自己找台阶下，便轻轻"嗯"了一声。

很快，热水又放在面前，饼干她每一种口味都尝了尝，最后指着其中一盘轻声说："这个巧克力味的好吃，也不会太甜，怎么做的。"

黎邵晨见她说话的时候都不敢抬头看自己，也不戳穿，站在一旁偷偷欣赏她脸上的红晕，语气沉稳地答道："用的从网上买的巧克力粉和正宗黑巧克力，你喜欢吃，我以后每天都给你做。"

钟情听到这样的话，越发不敢抬头跟他正视，也不知道该怎么接话，只低着头，手指轻轻卷着衬衫的边儿。

黎邵晨见状，忍不住走上前，轻轻抚了下她的脸颊，柔声问："有那么害羞吗？咱们俩现在是恋人关系，真做点儿什么，也不为过。"

钟情闷了好一会儿，才开口："我就是……有点儿不适应。"

黎邵晨捏了捏她的下巴："怎么不适应了，是我亲得不好？"

钟情连连摇头，一边推开他的手指，眼睛不知道该看哪儿才合适："咱们两个过去是朋友……"

黎邵晨笑："那再早点儿，你还把我当阶级敌人仇视呢！从朋友发展到好朋友，再发展到恋人、夫妻，不是挺好的吗？"

钟情轻声说："我就是觉得有点儿太快了。"

黎邵晨在她身边坐下来，轻轻拥住她，在光洁的额头落下一个轻吻："那你不妨换个角度看。无论咱们两个之间发生什么，只要你不是从心底里觉得抵触或者厌恶，那就不要去多想，让它顺其自然地发展。不管咱们两个认识多长时间，当朋友又有多长时间，只要让人觉得自然而然，就不是坏的尝试，你说对吗？"

钟情想了想，最后轻轻点头："你说得对。"

窗外这次是真的暗下来，天色暗红，仿佛预示着接下来还有更大的风雪。但能与自己真心喜爱的人同处一室，一起品茶、烤饼干、看书、做饭，是多少人奢求不来的幸福和安宁。哪怕明天又是一个让人恼火的下雪天，此时此刻，也显得不足为虑了。

Chapter 21

恍如隔世

直到这一刻，
钟情才发现，
这人外表看起来像个安静漂亮的美少年，
实则内心始终燃着一团烈烈火焰。

很快，业内万众瞩目的丽芙卡招标会在平城的一家商业酒店的会议厅正式拉开帷幕。钟情作为卓晨这一次的业务代表，为了这一天的到来在公司、家里排演了无数次，可轮到她上台时，依旧紧张得几乎无法呼吸。

　　站在大屏幕前，她接过工作人员递过来的话筒，一边操作着鼠标，打开幻灯片，准备开始讲演。从这个角度望下去，会议厅里坐着的大多是熟面孔，星澜这次派来的是石星和大老刘，卓晨陪她一起前来的则是黎邵晨，就连陆河，也在她没有留意的时候，无声地坐在最靠门的角落里，那双黢黑的眸子静静地、坦然地看着她。

　　钟情望着这些熟悉的面孔，脑海里闪过入行三年来经历的种种，呼吸渐渐平复下来，首先朝着下面丽芙卡的两位代表微微躬身，而后用流利的意大利语说道："女士、先生们，下午好。有鉴于这一次贵方在酒店的招待十分周到，还为我们精心准备了晚餐，为了大家的好胃口，我会在接下来的过程中尽量节省时间，不耽误稍后大家享用美食。"

　　会场上传来大家友善的笑声。钟情望着丽芙卡两位代表唇角绽出的微笑，心里多少有了点底气，便按照事先的约定，开始用英语进行产品展示。

　　参与竞标的一共五家，而卓晨排在第三，排在中间有利也有弊，好的地方在于有人开头、有人结尾，最为稳妥；不好的地方就在于，前面的新鲜劲儿过了，最后一个总还能让人有点期待，而夹在中间的，如果表现不够突出，最容易被人遗忘。然而钟情因为准备充分，运用熟练的英文和轻松的口吻，将这一次卓晨的种种优势充分展示，不仅赢得了丽芙卡两位工作代表的频频点头，也将会场的气氛接二连三引向高潮。

　　从台上走下来回到黎邵晨的身边，他脸上始终带着自信的浅笑，却在钟情坐下来的一瞬间，紧紧握住她的手，轻声说了句："表现得太好了，我真为你骄傲。"

尽管知道这个人一向嘴巴甜，钟情还是忍不住弯起唇。来自心上人的夸奖，总是格外撩拨心弦。

接下来星澜的表现可以用差强人意来形容。石星站在台上，虽然妆容精致，外语也很流利，但整个人看起来精神不济，十分憔悴，并在许多地方都出现了细小的口误，但这些尚且都还在接受范围内。最令黎邵晨和钟情大跌眼镜的，是当石星打开价目表那一栏时，上面显示的厂家名称竟然正是阮国栋妻舅家的那个丝绸厂。两个人面面相觑，最后还是黎邵晨反应老到，在下面轻轻拍了拍钟情的手背，示意她先不要慌。

最后到了报价环节，让人意外的是，星澜给出的报价竟然比卓晨足足高出20%，不用他人做出反应，单看石星本人说话时的反应，就知道她自己也底气不足。再看刘靖宇，整个人坐在那儿，如同热锅上的蚂蚁，脸涨得通红，攥着纸巾频频擦汗。

最后一家即将上台前，黎邵晨突然握住了钟情的手，钟情先是不解地朝他看去，眼角余光却瞥到不远处朝着讲台走去的那道身影，竟然是此前闷声不语的陆河！

钟情本想说什么，黎邵晨却先在她耳边低声说："别怕，静观其变。"

这一天，陆河又一次穿着白衣。他的头发留得有点长，容貌看起来是有些介于两性之间的俊美，银灰色的英式风衣则令他看上去多了几分硬朗的气质，里面的黑色鸡心领毛衣则衬得他肤白如玉、气质凛然。他放下手里的东西，朝着台下微微鞠躬，引起会场里一片窃窃私语。钟情知道，大概许多人都在猜测，这个眼生的年轻人究竟是从哪里凭空冒出来的，又凭什么能够跻身于业内翘楚，成为这次招标会的第五个与会选手。

钟情静静地看着他站在台上，整个人如同一棵挺拔的竹，郁郁葱葱，君子风范。站直身体的时候，他眸色宁静，朝着下面的人淡淡望了一眼。直到这一刻，钟情才发现，这人外表看起来像个安静漂亮的美少年，实则内心始终燃着一团烈烈火焰。似如今这般的光景，他不知在心里偷偷等待了多少年。

想明白这一点，钟情原本有些忐忑不安的内心，在一瞬间沉寂下去，再也激不起半点水花。黎邵晨说得没错，不是旁人隐藏得太深，而是她从前太天真，连人家是驴是马都没分辨出来。

机会总是更青睐有准备的人。陆河的出现仿佛就是为了印证这句格言，他的演讲不像钟情那样诙谐生动，更不会像石星那样自信全无，他安静、从容、踌躇满志，当他最后掀开价目表那一页的时候，钟情整个人在一瞬间绷直了身体，他的报价竟然是全行业最低，足足比市价低了10%！

饶是像黎邵晨这样稳重的人，此时也忍不住低声咒了句："他这样是要逼死多少人！"

钟情做这一行已经超过三年光景，知道黎邵晨这句话说得并不夸张，在这样跨国交易的正式场合，陆河拿出质量丝毫不逊其他家的样品，却把价格生生拉下10%，一旦这次交易成功，不知多少业内同行要被逼得走投无路！

钟情忧心忡忡，却并不甘心，小声说道："丽芙卡向来注重品质，不一定会被他牵着鼻子走。"

黎邵晨同样压低声音，有些发狠地答："那不是1%，是10%，这些外国佬现在一点儿都不傻，个个巴不得从咱们身上扒下一层皮来！"

最终果如黎邵晨所说，二十分钟后，来自丽芙卡的两位代表宣布了第一轮招标的结果，并由陪同翻译代为转告："稍后请各位同仁一同到宴会厅共进晚餐。后天下午三点，请卓晨的两位代表、白路的销售代表，莅临枫国酒店三楼的小会议厅，丽芙卡会在当天公布这次遴选的最终结果。"

会场的人潮散去，黎邵晨的脸色显出少有的凝重，钟情则轻声安慰："我们也入选了，只要好好准备，结果怎么样还不一定呢。"

黎邵晨极少听到她这样温言软语的规劝，不禁心头一热，攥着她的手说："我没事，其实即便没入选也没关系。我只是担心，接下来业内的价格可能会被他搅和得一团乱。他这一句话泼出去容易，不知道有多少人要愁得没法过年了。"

钟情听得心酸，一面又笑："想不到三少这么有正义感。"

黎邵晨知道她故意打趣，不禁也笑："嘿，也没准儿我是闲操心！就像你说的，事情会怎么样，不到最后谁知道呢！"

两个人坐在会场里彼此攥着手，从远处看去分外显眼。不知何时，一把声音有些生冷地插进来："钟情，这次招标会白路志在必得，你如果有时间，不如我们好好谈谈。"

钟情抬起头，就见陆河不知何时走到近前，望着她的眼睛里闪耀着灼灼的光，一只手背在身后，下颌微收，颇有点古代电视剧里君临天下的气势。

黎邵晨先一步站起来，拉着钟情的手，将她巧妙地挡在身后："我想没这个必要。听说尊夫人已经有孕在身，钟情也跟你正式分手，这个节骨眼儿上，也没什么好说的了。"

陆河眉心蓦然蹙紧，盯着黎邵晨看了好一会儿，那双分外明亮的眼突然含上一抹意味不明的笑："想不到黎先生对钟情这么看重，钟情，这件事，你上次可没告诉我。"

钟情听得一头雾水，从黎邵晨身后探出头来，就见陆河从身后抽出手，手里拿着两份摊开来的丝绸样品，颇为玩味地看着黎邵晨笑道："黎少，之前离那么远，你可能没看清，不如你现在好好看一看，这个样品，做得有没有很眼熟？"

黎邵晨没有伸手去接，只是垂眸盯着那两块丝绸制品看了一会儿，而后便抬起眼，脸上显不出一丝情绪："你是什么意思？"

钟情却忍不住伸出手去拿，贴在板子上的布料摸起来又轻又柔，光泽柔润，在灯光的照耀下，如同明珠一般让人挪不开眼。

钟情把布料拎在指尖捏了又捏，最后又把板子翻过去，待看清楚上面写的工厂名，整个人都愣在当场，抬起头便质问陆河："这是怎么回事？你为什么，你怎么可能跟我们的样品出自同一家工厂！"她觉得一股冷意从脊背蹿上脖颈，整个人忍不住地浑身发抖："这不可能……你究竟做了什么？"

陆河几步走回到自己的座位上，拎了一个女士手提包走过来，拉住钟情的手，把手提包的背带套在她的手腕上，语气温柔得如同情人间的呢喃低语："你这个傻姑娘，上次去我那儿，把背包都落下了，事后也没见你跟我拿。"说着，他抬起头，笑着看了黎邵晨一眼："毕竟是女孩子家，很多话不用明说，钟情的用意我明白，所以就把她背包里的U盘拿出来研究了下，真没想到却帮了我大忙。"

会议室的空调开得很暖，头顶灯光又白又亮，钟情却觉得整个人如坠冰窟，手腕上的背包带如同镣铐，将她整个人捆缚住动弹不得。她百口莫辩，却不得不张嘴为自己辩驳："你胡说！我没有去过你那儿，我们，我们是在学校外的小面馆见的面，我的背包不知道在什么时候不见了，而且U盘里——"

"得啦！"陆河的语调又温柔又怀着几分不耐烦，他一把攥住钟情的手，朝着黎邵晨示威般地笑了笑，"黎少，真多谢你这段时间对我们钟情的照顾，把她放在你那儿那么久，我这心里也怪不落忍的。现在所有事情尘埃落定，我也该把她接回我自己的公司。噢对了，样品的事，不好意思啊，我们公司的那位同事业务能力太强，不仅拿下跟你们质量一模一样的样品，而且价格还压低了许多，让你为难了，请多担待啊！"

钟情被他拉着走了两步，猛地回过神来，一把将自己的手腕从他手掌里抽了出来，也不顾包里的东西撒了一地，转回身去拽黎邵晨的手："黎邵晨，我没有，我真没有做过对不起卓晨的事，你信我！不信你可以去查！"

陆河耐心地跟着她走回来，将她的手轻轻拂落，又重重抓在自己手里："钟情，戏太多，就过了。黎少是个聪明人，真相如何，他心里有本账。"

钟情此时终于体会到了何为百口莫辩，她几乎不敢认真去看黎邵晨脸上的神情，只是不甘心地轻声喊着他的名字："黎邵晨，黎邵晨，你信我，我真的没有做过，我不可能会做这种事情……"

然而黎邵晨，自始至终保持着微微低着头的姿势，雕塑一般站在原地，仿佛无知无觉，任由她被陆河拉着走出会议厅。

走到外面大厅，过堂风一吹，钟情彻底冷静下来。看着陆河含着浅笑的侧脸，也不知是哪里来的力气，抬手挣开他束缚的同时，还把他一个大男人狠狠推了个趔趄。

"陆河，你已经拿回了你想要的一切，为什么还要阴魂不散地缠着我、陷害我？！这几个月来我被你害得还不够惨吗？"钟情站在原地，一手反复拧着自己另一手的手腕，那里之前被他一路拖拽，弄得生疼。最重要的是，她现在彻彻底底厌恶透了这个人，手腕那儿疼还不是关键，她还嫌脏！

陆河把她那点小动作看得一清二楚，脸上的笑容也渐渐淡去，双手就势插入大衣口袋，掩盖住手背上的青筋暴起："在这里拉拉扯扯不好看，钟情，我们换个地方谈。"

钟情再也不会上他的当了！上一次在学校外的小面馆他也是这么说的，结果呢？他趁机顺走了她的背包，今天又拿这件事来栽赃她！简直醍醐透顶！

钟情越想越气，她原本也不是个软脾气的姑娘，只是在与陆河的这段恋情上总是犯犹豫，如今亲眼看到昔日的恋人倒打一耙，把自己污蔑成了盗窃公司机密的小偷，她一点儿都不委屈想哭，只恨自己为什么没听父亲的话，早点儿跟他划清界限一刀两断！

这么想着，钟情挺直了脊背，语气冰寒地说："陆河，我哪儿也不会跟你去，做了丢人事的不是我，无论你拿什么'证据'出来，我还是那句话，我没做过！没做过的事，我就不怕跟人在大庭广众下辩驳！你如果心虚，还不如趁现在就滚！"

两个人从前在一起的时候，陆河脾气温和，为人处世也妥帖，几乎没有闹过红脸，每每钟情闹些小情绪，也是陆河温言细语两句，哄哄就过，何曾闹到今天这般指着鼻子臭骂的地步！

这番话一冲出口，不光钟情自己觉得心凉，连陆河都震在原地，过了好半晌才说："我知道你心里有气，怨我……刚刚我说那些话，也是在气头上，我一看到你跟他靠那么近，心里就嫉妒得要命……钟情，我……"

"你真当我是三岁孩子，摔地上哭了随便给块糖就好了。"钟情一双眼睛瞪得通红，偏偏里面一点眼泪都没有，脸上的神情又是气苦又是讽刺，"陆河，你真当我傻！你那天为什么偷走我的手提袋，今天又为什么拿着它来，你一开始就都计划好了，哪里用得着别人刺激你！"

陆河微微语塞，过了片刻才道："我本来是想私下还给你，那天你的包落在面馆没拿，我后来路过的时候就看到那个店主喊我……事后，我没告诉你，总想着以后能以这个为借口把你约出来。"他的脸色看起来有点尴尬，更多的还是沮丧："钟情，在你心里，我已经成了那么不堪的人了吗？"

这番解释说得断断续续，细听下来，倒也在情理之中。可钟情此时如同站在火焰山的铁扇公主，恨不得一扇子把他扇出十万八千里，哪里还听得进半点儿软和话！

她频频冷笑，声音听起来连自己都觉得寒冷彻骨："说出去的话泼出去的水，你当着黎邵晨的面说我盗窃公司机密，还马上要入职你的白路公司，你觉得现在还有谁会信我？"

陆河脸色微沉："说到底，你还是在乎那个黎邵晨。"

钟情扬起下颌："对，我确实在乎他。"

陆河脸上浮起极淡的笑，他原本紧紧蹙着眉头，这样一笑看起来看不出半分开心，几乎有些骇人："说什么不能原谅我的话，都是假的，根本原因是你喜欢上了别人。"

钟情被他这番颠倒黑白的理论搅和得脑仁疼，索性深吸一口气把所有事情都摆清："陆河，我跟你认识这么多年，哪怕现在只是普通朋友，你也得讲点儿理。先跟别人好上的不是我，把人一脚从星澜踹出去的也不是我，我稀里糊涂的先是没了男朋友，又没了好工作，我凭着自己的能力找了份新工作、结识新的男朋友，有什么不可以？"

陆河依旧紧紧皱着眉，黢黑的眼珠琉璃珠儿般紧紧盯着她，里面满是怨怼："我借着石路成的名义给你打了那么大一笔钱，就是为了让你能在这段时间衣食无忧，即便当时没有黎邵晨，你几个月没有工作，那笔钱也能让你过得很好。"

不提这个还好，一说这件事钟情就觉得火烧眉毛："不是石总本人签字同意给的钱，我不能要。这件事你不要再提了，过两天我就去找石星，把这笔钱给她转回去。"

"钟情，你是真傻还是装傻！"陆河几步走上前，攥住她的肩膀，如同掐住一只鸟的两翅，"白路公司九成的人都是我从星澜挖来的，星澜现在外表光鲜，内里就是个空壳子！除了石星和刘靖宇，公司现在上上下下再没别人！你这个节骨眼儿上把钱送回去，不是等着石星找你算账？你在她手上吃的苦头还不够多吗？"

钟情被他捏得肩头生疼，看着他几近狰狞的脸，不知怎么的就生出一种荒谬感来，几乎是含笑地吐出那么一句话："合着你作的孽，现在倒要我来帮你遮掩？"

陆河看不得她用这样的神情跟自己说话，那感觉太难受了，几乎是用刀对着他心窝子扎，他一把松开对钟情的钳制，抹了把脸说："反正现在这个节骨眼儿上，你先别找她。真要还钱，你把钱给我，事后我直接打到她的私人账户上。反正这笔钱不能从公账上走。"

钟情听他这样说，不知怎么就觉得哪里有些怪怪的，可此时脑子里被怒火充斥，跟陆河一拍两散已经成为今天两人谈话最重要的命题，也就顾不得想那么多了。

她看着陆河扶着额头站在那儿，脸色晦暗，隐隐的还有些挫败，便说："陆河，我就是想跟你把话说明白。咱们两个已经不可能了，你现在仇也报了，也有了自己的公司，李茶还怀了你的孩子，从今天起你就好好过日子，咱们各不干涉，不是很好吗？"

陆河眼皮儿一挑，脸色有些怪异地看了她一眼："李茶有了我的孩子，这事是黎邵晨跟你说的？"

钟情紧皱着眉："跟他没关系，是我自己知道的。"

陆河陡然反应过来："你见过李茶了？"

话说到这一步，也没什么好隐瞒的。钟情点点头承认："是，我见过她了。"

陆河的脸色说不上是忧是喜，他抬起眼睛看着钟情，那双漂亮的黑眼仁亮亮的，如同两枚打磨晶润的玉石子："钟情，如果我告诉你，李茶说的那些都是假的。我跟她……我跟她并没有发生什么，只是跟她父亲有生意上的往来，她父亲也并不希望我跟她在一起，一切都是她自己单方面的意愿，你还愿意跟我在一起吗？"

他说了那么多的假设，却避不开一个事实。从石星再到李茶，钟情怎么也想不明白，眼前这个如珠如玉的俊美男子，从什么时候起变成了一个为达目的不择手段的男人？

她摇摇头，语气里有着不可回头的决绝："那也不可能。"

陆河眼睛里最后的一丝光亮也湮灭了。他错开与钟情对视的目光，朝着她挥了挥手："那我们就后天下午三点，谈判桌上见分晓。"

明明是一个心灰意冷的挥手，在钟情心里却仿佛如蒙大赦，她朝着他轻轻点头算作告别，忙不迭地转身往之前那间会议厅跑去。

　　偌大的会议厅，唯独前台那盏灯还亮着，红地毯上散落一团的手提袋也不见踪影，还有那个从始至终未发一言的人……钟情呆呆地站在门口，之前的吵闹、争执、沉默、心酸，所有的一切都仿佛一个梦，只有她自己的心绪起伏，是真真实实地存在过。

Chapter 22

措手不及

自己无心的一次错过，
将自己真心相待的那个人又一次推进了深渊。

从酒店匆匆回到公司，钟情再一次扑了个空。问过所有同事，却没有一个人看到过黎邵晨，还有同事纳闷地问："钟总监，你和黎总不是应该一起的吗？"

也有人兴高采烈地说："钟总监，我看网上报道都出来了，这次咱们公司顺利入围，那个白路也不知道是从哪儿冒出来的，我看虽然吹得响，但肯定比不上咱们实力雄厚。"

另一个同事则显得有点快快不乐："也不一定啊。我看白路的报价比咱们足足低了12%，比业内均价还低了10%呢，就算咱们东西好，这么大的差价，到时怎么跟丽芙卡的解释呢？"

"价格低不代表品质好。我觉得像丽芙卡这种注重品牌效应的，也不见得那么抠门儿……"

"说得轻松，那可是10%啊，谁不心动。"

众人的议论声落在身后，钟情心不在焉地回到自己办公室，拿出手机，咬了咬唇，最终还是鼓起勇气拨通了电话。

等了许久，那边都没有人接。

钟情不信邪，咬着牙立刻又拨了一次。这一下，听筒里直接传来了对方已关机的提示音。

显然他一开始就听到了，却不愿意跟自己讲话。

钟情愣愣地坐在自己的椅子上，脑子木木的，什么情绪都没有。

几天前在公寓两个人的甜蜜相处，仿佛是个一戳就破的美梦，那个人为自己做菜、烤饼干，给自己递毛巾、吹头发，温言软语，热吻流连……还有他在清河河畔的告白，迎着河面上倒映的夕阳，飞快而坚定地啄吻她的嘴唇；在盛泽，两个人并肩作战，一起比对两家丝绸厂，坐在茶楼里吹空调吹了一整天，干燥闷热得险些流鼻血，回到家中和白肆那个话痨一起吃火锅、喝姜丝可乐；在临安，他带她守在酒店跟特务似的打埋伏、给石星下套，跑到阮国栋的饭店跟人虚与委蛇，却在路上互相攻击吵个不停，还被他那几个兄弟看了热闹……

她还清清楚楚记得自己那时的心情，她感激他，欣赏他，却也怕他。忍不住指责他不该这样给别人下套，事后又心虚气短地自己灌白酒；想给他赔罪，又生怕自己冒冒失失的行为更让人失望。是从什么时候起，她对这个"昔日对手"的感情越来越复杂，去掉了敌视、提防和警惕，反而变成了感激和越来越深的欣赏？一切的转折点，大概就在那天他在公司楼下的咖啡馆，毫无芥蒂地欢迎自己加入卓晨吧！

回到最初的最初，他们两个每次见到，不是互相打嘴仗，就是互瞪一眼各走一边，那时可真是幼稚。可后来熟了，听到他说对两人那个阶段的回忆，才知道原来幼稚的只有自己一个，他从一开始，对她就是很公平、很理智的欣赏。

他欣赏自己什么？现在回想起来，大概是说她聪明、努力、懂得进取。这样的赞美不像是恋人，反倒是领导对下级努力工作的褒赏。

钟情一边想着，一边抬起手抹了把眼角，眼睛看向头顶的天花板。一切怨不得别人，都是她自己不争气，一而再、再而三地让他失望。

她从星澜就被人算计得卷铺盖卷儿走人，到了卓晨又害得他损失了长久以来最为看重的工程，哪怕她再怎么问心无愧，被陆河拿到与卓晨一模一样的厂子与制品是不争的事实。她还记得自己进卓晨的第一天，在那间宽敞的会议室里，黎邵晨无比清晰又郑重地叮嘱自己：行程务必保密，丽芙卡策划案的相关细节，连卓晨其他老员工都一概不知。

一边抹着眼泪，钟情渐渐冷静下来。到底是哪个环节出了纰漏，才让陆河能够步步掌控她和黎邵晨的行踪？她盯着头顶白花花的吊顶，脑子里突然闪过一个画面，也就是那么一两秒钟的时间，她突然醒悟过来，站起来疯狂地寻找自己的手机……

另一边，黎邵晨坐在一家环境清幽的咖啡馆，对面坐着神色疲倦、难掩憔悴的石星。

即便到了如今这个地步，石星也没有太委屈自己。她招来服务员，也不管黎邵晨要喝什么，径自点了一壶色彩艳丽的水果茶。透明的茶壶和茶碗一起端上来，她轻轻捏着茶壶的把儿，自己先倒了一杯，闷声不语地喝了两口，缓缓舒出一口气，仿佛才想起什么似的，连忙又倒了一杯，推给坐在对面的黎邵晨。

黎邵晨的面前早放了一杯咖啡。精巧的白瓷杯安静地坐在那儿，如同一位姿态优雅的淑女。石星微微欠身，朝着他杯子里望了一眼，说："都这个节骨眼儿，你还喝得进咖啡，真不是一般人。"

黎邵晨似有所指地看了一眼她面前的透明茶碗："你也不容易，星澜都到这个份儿上了，你还有心情喝甜的。"

杯子刚好端到半空，石星听了这话，动作只是微微一顿，便举起杯子，深深喝了一口。其实茶刚泡上，水大概还热得很，也没出什么味儿，她却仿佛不知道烫，一连喝了两杯，才微微停住手。

她放下杯子，一双白净的手轻轻交叠在桌上，指甲上的美甲大概许久都没去做了，上面亮闪闪的钻有些残缺不全，看起来还不如那些完全不做美甲的，显得颇为狼狈。她望着自己这双手，声音低低的，也不知道是在跟谁说话："我从小没吃过苦，到了现在，不趁着空闲多塞两口甜的，都不知道该怎么撑下去。"

黎邵晨眼皮都没抬："陆河只是抽走了你们的人，又不是抽干了星澜的资金，石总和刘靖宇都在，你只要耐心点儿，撑过这段，说不准星澜未来发展得会更好。"

"是啊，老刘也这么说。我从来没认真研究过公司的事，现在被架着坐上那个位子，除了这么想着安慰自己，熬过一天是一天，我还能做什么？"

"石小姐，我很同情贵公司的遭遇。"黎邵晨话说得很简练，似乎对于这位身陷苦难的大小姐，没有太多的同情心，"但我时间宝贵，后天还有一场硬仗要打，如果石小姐找我来只是为了诉苦，那我想你不如换个时间，换个对象。"

石星仿佛猛地回过神，她收起叠在桌上的手，坐直身体望向他。

"我这人习惯了直来直往。石小姐如果真有事，不妨直说。"

"我知道你一直都想顺利拿下丽芙卡。"石星双目笔直看着他，眼睛里闪耀着有些神秘的光，"这次我被你和钟情摆了一道，丢了这个项目，但我也认，你和家父那点儿过节，我多少也听说过一点儿，现在就当一报还一报，咱们两清了。"

黎邵晨微微地笑："石小姐，你有工夫在这里跟我算这笔账，不如回去查查你父亲那个对外公开的邮箱。如果我没记错的话，大概一个月前，我曾以卓晨总经理的名义发了一封加密邮件给他，上面清晰指出阮国栋那家工厂的种种缺陷。"他望着石星悚然一惊的表情，有些了然地笑了："但是从今天会上的情形看来，石小姐虽然早就坐上了总经理的位置，却没真正把控星澜的所有权力。那封邮件，你根本就没收到。"

石星的脸色有些苍白："如果方便，我可以看一下你那边邮箱的截图吗？"

黎邵晨很大方："当然可以。今天晚上回到家，我会把截图直接发到你的手机上。"

石星的眼睛里飞快闪过一丝难堪，她闭了闭眼，最终咬着嘴唇道："那个邮箱我几乎每天都会查，即便有偶尔的疏漏……但我确实从没看到过你说的那封邮件。"

黎邵晨缓缓啜着咖啡，对此未做评价。

石星不是个傻子，有些事点到即止，只要想查，总能查明白的。

这件事给她的打击似乎不小。石星眼睛里的光芒黯淡下去，过了好一会儿才再度开口："黎总，既然你据实相告，我也就不再藏着掖着了。都说敌人的敌人就是朋友，这次我愿意帮你一把，拿下丽芙卡在国内的代理权。"

黎邵晨自始至终都很冷静："无利不起早，石小姐想从我这儿得到什么？"

石星露出一抹笑："黎总真是直接。"她瞟了黎邵晨一眼，目光有些空落落地停在两人面前的桌上："我不要你什么东西，只是不想让陆河的日子太好过了。"

黎邵晨微微一怔，随即轻笑着道："据我所知，陆河之所以会有今天这番作为，跟石总十几年前做的旧事脱不开关系，如今的星澜，原本该有一半产业姓陆的。人家拿回自己应得的东西，虽然手段不入流了点儿……"他顿了顿，又慢悠悠地道："我这话可能不太中听，但石小姐，两辈子人了，报复来报复去的，无非为了财产，你有这个工夫给陆河挖坑，倒不如好好想一想，星澜的下一步应该怎么走。"

石星轻轻笑起来。这家咖啡馆人流不多，偌大的厅堂里，远远望去仅有三两桌客人。石星的笑声听起来轻浮浮的，仿佛雪化之后挂在窗上的水沫子，怎么都让人喜欢不起来。

"看来我这次是押错宝了。"石星抬起手，轻轻揩去眼角溢出的水渍，别有深意地看了黎邵晨一眼，"我本意是想和黎总携手合作，但既然黎总没这个意思，就算了。不过，看在你刚刚好心提醒的分儿上，我也跟你透个风……"

黎邵晨对于这位大小姐向来好感欠奉，听到她说话咬着字还带着颤悠悠的音儿，不知怎么的就觉得有点不耐烦，面上却没有露出分毫，抬起眼面无表情看着她。

就见石星一字一句地道："管好你那位身边人吧。后天下午，你可当心赔了夫人又折兵。"

说完这句话，石星拎起背包，踩着高跟鞋头也不回地出了咖啡馆。黎邵晨却被她一句话说得心烦意乱，想起不久前在会议厅，钟情脸上既错愕又难过的神情，心头一颤，连忙掏出手机来，却见手机屏幕一片黑。原来手机在开会时调成静音，坐在这儿和石星打了半天太极，连手机什么时候没电的都不知道。

回想起石星临走前的那句话，黎邵晨心头止不住地发沉，匆匆结了账奔出咖啡馆。却不知道，自己无心的一次错过，将自己真心相待的那个人又一次推进了深渊。

钟情失踪了一天半，黎邵晨就足足找了她一天半，一边却还要兼顾丽芙卡的合作案，短短不到两天时间，折腾得满脸胡楂两眼通红。坐在丽芙卡接待客人的小会议室，半点看不出业内大拿的架势，反倒像个茫然间迷了路找不着妈的孩子。

丽芙卡的两位代表非常守时，下午三点准时出现在会议室，紧跟在代表身后出现的是陆河。相比黎邵晨的疲于应对，陆河看起来就显得淡定多了。会议室里开着中央空调，他刚进屋就很自觉地脱掉大衣，露出里面白色暗纹法式衬衫，袖口的两粒琥珀色袖扣显得矜贵又稳重。

法式衬衫贴身，褐色的西裤笔挺妥帖，陆河浅浅笑着在黎邵晨对面坐下来，望着他一旁空空如也的座位，眼睛里是难以掩饰的惊喜："黎总，两日不见，你看起来不大好。"

黎邵晨在业内是出了名的笑面虎，这一天却怎么都笑不出。钟情那么倔强的性格，那天他当着陆河的面一声不吭，肯定伤透了她的心。可她怎么就不懂得迂回一点儿，机灵一点儿，哪怕事后给他打个电话发个短信呢，也就知道他当时那副样子只是做给外人看的。他关注了她那么久，陪伴了她那么久，又怎么会因为他人的三言两语就质疑起她的人品？

这样想着，黎邵晨别说笑，没当着陆河和丽芙卡两位代表的面哭出来就不错了。他越想心里越凉，昨天夜里又是一整宿没合眼，那个傻姑娘在平城无亲无故，熟悉的三个人里，陆河和李茶先后背叛了她；他又在关键时刻掉链子，让她伤心，她会不会一怒之下直接回了吴郡？陡然想到这个可能，黎邵晨突然精神一凛，几乎立刻就坐不住了，想赶紧冲到外面走廊给钟情的父母先打个电话！

正这么想着，就听会议室的门再一次被人从外面推开，那把令自己再熟悉不过的女声在同一时刻响了起来："不好意思，我来晚了，实在是抱歉。"

她说的是意大利语，语气轻柔，如同春天柳树枝头叽叽喳喳的鸟儿，听得人心里一酥。那两位代表看了眼手上的腕表，晚了两分钟，也说不上太严重，其中那位年纪大点的中年女性透过夹鼻眼镜上方看了她一眼，朝她点点头，示意她赶紧进来。

黎邵晨呆呆看着门口，几乎不敢相信这是真的。原本以为她是因为伤心失望才躲起来不见人，尤其最不想见的大概就是自己，可她怎么会在这个节骨眼儿上又冒了出来？她今天打扮得真漂亮，脱掉外面那件白色羽绒衣，里面穿着一条深酒红色的羊绒连衣裙，小V领，袖子只到胳膊一半，裙子看起来非常贴身，显得她腰肢纤细，胸脯饱满。脖子那里戴了小小一条银色丝巾，整个人看起来精致又时髦，如同才从T台上走下来的时尚女郎。

黎邵晨面孔呆呆的，完全失去反应能力，直到钟情在他身边坐下来，他望着她腿上的黑丝袜和高跟鞋，才有点儿委屈地说了句："穿这么露，感冒了怎么办？"

他这句话说得声音并不算小，但好歹是中文，长桌尽头坐着的那两位代表面露疑惑，但看着黎邵晨的表情，猜想大概这是在埋怨手底下员工来得迟了，也并没有太放在心上。

陆河却听得一清二楚，见钟情毫不犹豫地选择坐在黎邵晨身边，心里如同打翻了五味瓶，前后不过一瞬间的事，却是万般滋味涌上心头。

钟情没有去留意别人的反应，一坐下来看到黎邵晨的模样，着实有些吃惊。他那么注意仪表的一个人，居然也有这么不修边幅的时候，胡子明显没刮，看眼睛大概这两天都没睡好觉，好在这人底子不错，身上衣服穿得也算妥帖，猛一看上去，兴许还以为他刻意靠拢西方标准，走起了性感野性的路线。即便这样想着，钟情还是忍不住地心酸，如果不是因为自己的疏忽，给了陆河可乘之机，一向无限风光的黎三少也不会跟着她遭这趟罪。

她犹豫再三，还是忍不住在黎邵晨耳边低声说了一句："放心吧，一切有我。"

会议正式开始。丽芙卡的两位代表果然一上来就针对价格问题，提出了明确的质疑。坐在一旁的翻译甚至干脆指着策划书上的文字问："而且如果我们没有理解错误的话，二位找的应该是同一家厂子？还是那么凑巧，只是名称相同？"

黎邵晨对此早有解释，正待开口，却被钟情抢了先。她按住黎邵晨的手掌，示意他少安毋躁，一边站起来说道："从我们所了解的情况来看，确实不是同一家工厂。"钟情从随身的文件夹里拿出两份样品，递给丽芙卡的两位代表："前天时间仓促，也没有来得及说明，请两位仔细对比我们和白路的样品。虽然看起来色泽和光滑度都非常相似，但我们在原材料的选取上，有着明显的区别。我们选用的是纯度高达100%的桑蚕丝，而白路所选用的，上面标注得很清晰，桑蚕丝含量仅达75%。"

两位代表依照钟情所说，仔细比对，双方频频交换眼色，却一直没有开口讲话。

另一边陆河也开了腔："从穿着的舒适度来讲，百分百桑蚕丝并不是完全没有缺点，易缩水、弹性差，也不那么耐穿。相反，我们所选用的这款添加部分氨纶的丝绸制品，不易褪色，不易缩水，有弹性，好打理，更符合时下年轻人的穿着习惯。"

钟情微笑着道："如果丽芙卡官方情愿降低品质，倾向低价产品，那卓晨也不是不能提供。但我们在招标案上看到的官方要求是，高品质、高舒适度、有设计感的轻奢侈品，所以我方在制作这两款样品的过程中，与厂家协商后选择了100%桑蚕丝品质的丝绸制品。"

这意思就是在讽刺陆河单方面不顾质量自降价格了！两边打嘴仗打得不亦乐乎，最忙的还数翻译人员，丽芙卡的两位代表倒是颇为镇定，眼睛里还闪耀着兴奋的光芒，显然是唯恐天下不乱，就等最后坐收渔利了。

黎邵晨坐在那儿，反倒成了全场最逍遥的一个人。钟情大概为这一仗准备了许久，此时整个人如同一颗熠熠闪光的红宝石，雍容、镇定、又耀眼，散发出来的光芒让人无法忽视。这么美、这么优秀的一个姑娘，居然即将成为自家媳妇儿，黎邵晨整个人乐得轻飘飘的，完全忘了他今天来的真正目的是什么了。

正在高兴头儿上，就见其中那个年纪较大的女代表开口了，而且没有跟翻译嘀嘀咕咕讲本国语言，而是直接用英语问钟情："你的意思是，如果我们要求桑蚕丝含量低于100%，卓晨的出价也能相应降低？"

这句话把黎邵晨整个人拉进现实，他皱眉想了想，刚要开口，就听陆河抢先笑着道："女士，先生，白路之所以敢给出低于业内10%的良心价，是因为我们刚刚入驻行业，需要通过与丽芙卡的合作树立自己的品牌。我想黎总家大业大，负担也重，即便采用与我们一样的材质，价格上恐怕也给不出与白路持平的。"

黎邵晨平时大大咧咧，最爱逗贫，关键场合却奉行谨言慎行的原则。陆河说话的语气虽然不客气，却道出了一部分实情。白路之所以敢拼着命压低价格，是因为他们刚刚起步，为了打出名气，适当地压缩自身收益，确实在情理之中。就好像一家刚开业的餐馆，为了招徕客人吸引人气，往往会推出送菜、试吃、只赚成本价等措施，也是一样的道理。

可是卓晨不同，经过三年的打磨，卓晨已经成为业内翘楚，而处于这种阶段的公司，最忌不顾成本盲目追投。黎邵晨所有的这一层顾虑，还不等他自己婉转说出，已经先一步被对手点明了。

丽芙卡两名代表望着黎邵晨蹙眉不语的神情，彼此交换一个眼神，心里已经有了成算。

然而就在这时，钟情再度站起身来，做出了一个惊人之举。她从一旁的背包里再度取出几份样品，并亲手交给丽芙卡的两位代表。

陆河和黎邵晨的面前也各摆了一份。黎邵晨定睛一看，桌上摆着的样品比之正常规定的样品小了二分之一，拆开包装拿在手里一看，才发现这并不是一块半成品的布料，而是一条手工刺绣的裙带。

陆河把裙带攥在手中，手指在那上面的刺绣细细摩挲着，抬起头来深深瞧了钟情一眼，随即转过脸对丽芙卡的代表说道："二位，这似乎不符合规矩吧？"

那位年轻的男性代表也开口了："钟小姐，可以解释一下，这条裙带是什么意思吗？"

钟情看了黎邵晨一眼，见他眼睛里的惊讶神色一闪而过，脸上已经换上一副成竹在胸的神情，不禁在心里微微笑起来，连开口时的语气都多了几分甜蜜："按照规定，所有样品都应该在与会当天展示出来，但这条裙带，并不是丝绸长裙的一部分，可以说，它只是一个装饰品。"她迎上代表不解的眼神，一鼓作气地解释道："我在研究贵公司对外发布的资料时，曾经留意到，贵公司的要求是半成品，也就是说，裙子运回丽芙卡总部，会进行又一轮的再加工，并正式打上丽芙卡的标签。"

丽芙卡的两位代表都点点头，确实是这么回事。

钟情望着黎邵晨，又继续解释道："但我和我们老总在出差途中，留意到其中一家工厂的特色是在丝绸制品上进行手工刺绣。各位所看到的，就是最具中国特色的一种绣法——苏绣。"

钟情每说一句，陆河的脸色就沉下去一分，对比黎邵晨越发自得的笑脸，若有外人全程留意观看，实在是分外精彩。

钟情顿了顿，最后说道："所以说，这是一次意外的收获，我们并不确定贵公司是否会喜欢这样'额外附加'的装饰品，所以并没有在前天的展会上一起拿出来。如果一开始我们顺利通过选拔，进入最终的合作阶段，我们也会把这份小礼物拿出来，咨询贵方的意见，是否要在长裙之外考虑加上这样一份小礼物。但从我们的专业角度来看，来年春季的米兰时装周，如果有了这条裙带，一定会为长裙增添不少异国特色。"

话说完，丽芙卡的两位代表神态各异，其中那位女代表透过镜片上方望着钟情，目光深远地用意大利语说道："钟小姐，你实在很有天赋。"

钟情倒没想到会得到这样一句评语，愣了一下，才匆匆道谢，又坐回到黎邵晨身边。

丽芙卡的两位代表用母语聊了好一会儿，其中几次不难看出那位女代表有些激动的手势。黎邵晨笑嘻嘻的，凑近钟情问："你这两天都不见人影，就是去跑这个了？"

钟情见他脸上满是笑意，眼睛却还是红的，不禁越发心酸，轻声说："这件事我早就有准备，不是临时起意……你，是不是连着两天都没好好休息？"

提起这件事，黎邵晨咳嗽一声，老脸上也有点挂不住，压低声音道："我以为你生我的气，跑了……刚刚你进来之前，我正想着给叔叔阿姨打电话问问呢。"

钟情吓了一跳，看着他的眼神也多了几分怪异："过去没发现，三少你的想象力还挺丰富的。"

两个人关系亲近之后，每每钟情语带嘲讽，总喜欢称呼他一声"三少"。黎邵晨听了也不生气，反而还美滋滋的："我这不是担心你嘛！"一边说，一边还指了指自己的黑眼圈："满京城的找你，再加上还得研究方案，咖啡当水一样喝。"

钟情笑着睨了他一眼："黎总准备了两天，今天可一句话都没说。"

黎邵晨挺了挺胸膛，一扯衬衫领子："谁说的？待会儿出结果了，就是我正式发言的时候。"

钟情一下子笑出了声。

两个人这边说得柔情蜜意，另一边陆河的脸色颇有几分阴晴不定。他本来就没彻底放下钟情，之前的暂时放手，是两人话赶话越说越僵的结果，并不意味着他就这么甘心退出这场战局。他微微眯起眼睛，看着黎邵晨，有的人，天生就做不了朋友。比如他和黎邵晨，商场上遇到了是死敌；情场上遇见了，也定要一较高下，在钟情这件事上争出个分晓。

约莫过了一刻钟，丽芙卡的两位代表停止了讨论，最终还是那位年纪大的女士开口："经过我们的最终考量，这一次，丽芙卡选择——"

会议室的门被人从外面猛地推开，几个身穿制服的警察走进来，打头的那个容貌斯文，神情却颇为冷漠："哪个是陆河？"

陆河蹙着眉转过身："我是。"

那警察点点头，又接着问："哪个是钟情？"

钟情愣在当场，倒是黎邵晨反应快，先一步站起来："我是黎邵晨，钟情是我公司的人，也是我的未婚妻。几位警官今天来此公干，是为了什么事？"

打头的那个听到黎邵晨的名字，眼睛一眯，似乎是想起了什么，眼睛在他身上打了个转，口吻稍有缓和："我们接到举报，说钟情和陆河两人涉嫌挪用公款，劳烦二位跟我们走一趟。"

钟情脑子里嗡嗡作响，一个声音却前所未有的清晰：那笔钱！是陆河以星澜公司的名义打给她的那笔钱出了问题！

慌乱间，她扭身拉住黎邵晨的手腕，眼睛恳切地望着他："邵晨，我没做过犯法的事，但……"

黎邵晨一把将她搂进怀里，手掌轻轻护着她的后脑，堵住她未说完的话："我都知道，相信我，没事的。"他抬起头看向打头的那个人："这位警官，怎么称呼？"

那个人依旧冷肃着一张脸，看起来年纪很轻，说起话却很老成："沈恪。"

黎邵晨又道："沈警官，我未婚妻胆子小，年纪也不大，没经过什么事，能不能允许我陪她一起去警局协助调查？我保证不乱说话，不给各位警官添麻烦。"

他说这话的时候，脸上带着恰到好处的笑意，不会显得太过轻佻，还让人觉得他态度非常诚恳。那位沈警官沉默片刻，说道："她和陆河得坐我们的车。你坐另外一辆车。"

黎邵晨连连点头："谢谢。"随后又快步走到近前，对丽芙卡那位正准备宣布结果却被此情此景弄得目瞪口呆的女士说道："如果贵公司决定选择卓晨，那么请你稍后联系名片上的人，他才是卓晨真正的总经理。我现在要陪钟小姐协助警方调查，这是作为良好市民应尽的职责，相信贵方和我们那位总经理都能理解。"

他一口气说完一大串话，抽出名片放到对方面前，又对那翻译小姐用中文说："按我说的翻，一个字都不准漏。"

或许是黎邵晨不笑的时候瞪人眼神太可怕，那位翻译小姐连个磕巴都没打，一连串的意大利语噼里啪啦地往外蹦，那位女代表听得连连点头，最后还抬起头朝钟情说了句："祝你好运。"

这么一来，也就有人代为转告。无论萧卓然此时身在何方，一旦听到他和人一起进了警局配合调查，就一定会以最快的速度赶回平城，并且用尽一切关系，把钟情分毫不损地捞出来！

Chapter 23

结束之始

有时看起来依稀是无边的黑暗，
其实大多数人都不知道，
那是离天亮最近的色彩。

警局的问讯室里，钟情坐在桌子一边，对面坐着沈恪和另外一名女警。沈恪虽然穿着便衣，但这一路过来，其他警员都唯他马首是瞻，钟情揣度着，这个人大概是个不小的官，再加上对方始终冷着一张脸，硬是把钟情看出一身冷汗来。

　　"钟情。"对方盯着她的眼睛，叫了声她的名字。

　　"我是！"钟情双手紧紧攥在一起，几乎下意识地就答了这么一声。

　　"你从2011年5月开始，到2014年10月，一直在星澜进出口贸易有限公司市场部工作。"

　　钟情慢半拍地反应过来，对方这是在跟她核实一些事实，她又点点头："是。2011年5月份到2012年6月份，我还在念大学，所以在星澜算是实习生，后面两年多是正式员工。"

　　"今年10月份，你因情感纠纷与公司领导闹矛盾，一气之下离开公司，后来又……"

　　"没有没有。"类似的话她这几个月听得多了，几乎下意识地就反驳，也忘了坐在自己面前的两位不是普通人，而是经济犯罪调查大队的警员："事情根本不是这样的。"

　　沈恪虽然表情冷峻，耐心却还不错："哦？那是怎么回事？"

　　虽然觉得有些难以启齿，但这毕竟是在公安局，钟情只能硬着头皮解释道："我跟陆河，是相恋四年的男女朋友，他在今年年初到公司上班，后来跟我们公司老总的女儿好了，然后我们就分手了。"

　　沈恪脸上依旧那副样子，旁边的女警却听得一边眉毛拔高，显然是没想到案件里面还有这样的八卦。

　　"然后。"

"然后那几天我身体不舒服，就请了几天病假。回公司上班的时候，赶上我们老总心脏病住院，公司所有事宜都由他女儿也就是石星负责，她就直接把我开了。"

"哦？"沈恪低头看着手上的卷宗，"根据石星本人的证词，她当时并没有要把你开掉的意思，你们两人当时大吵一架，后来你不管不顾摔门离开，就此离开公司。"说到这儿，他顿了顿，抬起头来审视着钟情："也是因为你是擅自离职，所以公司才没有给你补发当月工资。"

钟情皱起眉毛，她这下听明白了，整个案子就是石星搞出来的，目的大概不单是为了报复陆河，还想把她这个仇人的前女友也拖进来涮一涮，真是其心可诛。

沈恪说话的语气虽然冷淡，但态度还算和气，问讯过程也没有钟情想象中的恐怖，再加上她此时对整个案子也有了底，便没有刚进屋时那么惊慌了。

钟情理了理思绪，再开口时比一开始镇定了许多："她怎么说我不知道，但从我自己的经历，当时我是被一个此前没在公司工作过一天的大小姐开除的，我觉得委屈，但也只能接受，而且我当时已经想过，工资可能会要不回来。没想到过了几天，银行卡突然收到一笔钱，我觉得这笔钱肯定是石总本人授意打给我的，所以事后我还专程到医院去探望他，可惜我去的时候石总还睡着，旁边又有人守着，我也不好多待，就走了。"

几乎是话音刚落，门外就响起敲门声。门被人从外面打开，就见一个身穿灰色大衣的时髦女郎站在那儿，一手拎着公文包，另一手拿着墨镜和皮手套，朝屋里望了望。

沈恪抬起眼看着她："温律，真是哪里都有你。"

那位姓温的女律师脚踩着三寸高跟鞋，身穿铅灰色Burberry菱格大衣，大衣扣子解开，露出里面纯色毛料西装，白衬衫，笔挺西裤，一副刚从庭上下来的模样。她快步走进来，把公文包往钟情身后的椅子一放，伸脚把椅子钩到近前，另一手将墨镜和手套放在桌上，双手撑桌，朝着沈恪似笑非笑："不好意思啊沈队，我现在是钟小姐的律师，如果您特别不想见到我，那唯一的办法就是咱们赶快把这破案子的流程走完。那样大家都省心，您说是不是？"

钟情一听这副流氓腔调就乐了，简直是女版的白肆啊！也不知道黎邵晨从哪儿找来的神人！

反观沈恪，倒是一脸平静，大概早习惯了这位温律师讲话的调调："钟小姐，就你刚刚的回答，我有个疑问。"

门被人从外面带上，而温律师坐在钟情身边，腰杆笔直，语气不急不缓："钟小姐，他的问题你想回答就回答，不想回答可以喝水。"

沈恪垂下眼眸，看着卷宗道："你说你从星澜离职之后，收到了一笔钱，我想问问你，那笔钱有多少？"

钟情没有丝毫犹豫地报出一个数字。

沈恪抬起眼睛望着她："钟小姐，这笔钱你不认为有点太多了吗？"

不等钟情回答，一旁温律师已经从公文包里取出一个文件，一把甩到沈恪面前："下次再把人拉到这儿喝白开水之前，你能不能让手底下的人好好做做功课。我当事人在离职前刚为星澜拿下一个足够他们吃十几年的大单，这笔钱是她应得的酬劳，多与少那是在外人眼里，在我当事人眼中，这是她几个月昼夜辛劳所得，什么叫多，什么叫少？"

旁边那位女警员大概看不下去温律师这般咄咄逼人，忍不住开口道："不是合法来路的钱，再少也叫多。"

钟情算是看出来了，有这位温律师坐镇，自己一点口水都不用浪费，只要坐在旁边看戏就成了。她更看出来，这位女警虽然口才也不错，但敢跟律师争口才，实在是有点掂不清自己的分量。

果然没让钟情失望，温律师甜甜笑着看了那女警一眼："这位警官，你说这话有证据吗？什么叫不是合法来路的钱，我当事人从自己从前任职的公司那儿领取自己应得的酬劳，怎么就是不合法？"

女警员不甘落后，食指点着桌上那沓资料道："石路成当时重病在床，石星那天刚好不在公司，是陆河擅自做主，把那笔钱以公司名义打给钟情，而且这并不是他擅自挪用的唯一一笔钱。"

钟情听得悚然一惊，温律师却自动忽略了最后一句话，耸了耸肩说道："你们也说了，是那位陆先生擅自做主，可我当事人并不知情。在这点上，我想如果你们去问那位陆先生，他也会这样说。"

相比女警员的愤愤不平，沈恪显得十分平静，事实上，除了最开始的两句交锋，之后他的目光始终非常有限地停留在钟情身上："钟小姐，这并不是针对你个人的聆讯，现阶段只是让你配合警方工作，所以我们有一些常规问题，需要你配合回答。"

钟情刚要点头，一旁温律师突然攥住她的手，斩钉截铁地说："是不是常规问题，需要律师来甄别。"

沈恪没有否认，也算某种程度的默认。

钟情也点点头，与温律师交换一个视线，在她的眼中看到坚定而自信的神采。

之后的时间虽然漫长，但在温律师的陪伴下，钟情也不觉得有多恐怖。就像沈恪说的，一切都是例行问讯，她只不过配合调查，把这个关键点想明白，也就不觉得焦虑了。最最重要的是，哪怕在所有消极情绪达到极点时，她也清楚地明白，总有一个人站在不远的地方，静静地守候着、等待着她。

最后从警局走出来的时候，钟情回过头，见温律师还站在那儿，独自一人与那位姓沈的警官在交涉什么。其实一整晚熬下来，几个人都很疲惫，温律师还一直穿着高跟鞋，几乎都有些站不稳。可从钟情的角度看去，她依旧背脊挺得笔直，那头与从前的自己如出一辙的大波浪卷发，在白炽灯的照射下显得耀眼极了。

钟情看着看着，突然就笑了。或许就像当初的自己一样，有些人的故事，才刚刚开始。这个城市真的好大，可以容纳下那么多的人，那么多的爱恨情仇。

从警局出来的时候，几乎已经是深夜。警局外停着一辆黑色奥迪，大概是等了许久，几乎才看到人从大门出来，里面的人就推开车门迎了出来。

走近了，看到黎邵晨灰头土脸的样子，萧卓然不禁皱了皱眉："今天才接到消息，你这是在警局里被盘了几天才想起给我打电话？"

钟情听了这话，噗嗤一下笑了出来。

黎邵晨有点无奈地瞟了她一眼，这姑娘心可真大，被警方盘查一下午加一晚上，听到一句埋汰他的话居然还能笑出来！不过转念一想，笑出来也好，证明没被吓着。

"我这是为了公司业务熬的，你以为当总经理容易吗？"每次一见到这位正派总经理，黎邵晨就诉委屈。

萧卓然好像也习惯了，打开车门让两个人坐进去，又回到驾驶座："也是快过年了，小如说正好你也是孤身一人，不如回平城大家一起过年。"说着，从后视镜看了一眼依偎在一起的两人："看样子她是白担心了。"

黎邵晨这会儿正亢奋呢："还是小姜知道心疼人。也不打紧，咱们两家正好一起买个机票出国旅行去！"

钟情听到他这话，立刻抗议："谁跟你是一家。再说了，过年我肯定要回家陪我爸妈，你就好好跟萧先生还有姜小姐一块吧。"

萧卓然听到这话，嘴角弯出一个弧度，却什么都没说。

黎邵晨自觉面子上挂不住，有点委屈地说："我都当了好几年电灯泡了，你这还不抓紧让我光荣下岗啊？"

钟情被他逗得唇角微弯："这事也不是我一个人说了算的。"

黎邵晨特别可怜地看着她，就差长出条尾巴冲她摇了："怎么不是你说了算啊，咱们全家就等你一句话呢。"

关键时刻，萧卓然来了句："你带钟情见过叔叔阿姨了？"

黎邵晨一脸"哪壶不开提哪壶"的悲愤，可惜前面那位专注开车，丝毫没有留意到，还有下一句等着问："叔叔阿姨怎么说？"

上一次黎父黎母那个态度，钟情心中有数，她其实并不怎么生气，但看黎邵晨这副吃瘪的样子就觉有趣，便顺着萧卓然的话，故作为难地叹了口气。

黎邵晨简直咬牙切齿："哥都快三十而立的人了，结个婚还用得着谁做主？反正我自己一人一个户口本，想什么时候结婚，直接拉着人就去了，犯不着看人脸色。"

萧卓然口吻相当淡定："话不是这么说。我和小如是无父无母，没有牵挂，也少了一份来自家人的祝福。但你和钟情不一样，婚姻大事，你自己做主，但为了人家女孩子着想，还是别太越过你父母，让他们心里有个数，以后结婚了钟情去家里吃饭，大家面上也都能过得去。"

35   36   **37**   38   39   40

37℃

Your
warmth,
My
happiness

两句交锋，之后他的目光始终非常有限地停留在钟情身上："钟小姐，这并不是针对你个人的聆讯，现阶段只是让你配合警方工作，所以我们有一些常规问题，需要你配合回答。"

钟情刚要点头，一旁温律师突然攥住她的手，斩钉截铁地说："是不是常规问题，需要律师来甄别。"

沈恪没有否认，也算某种程度的默认。

钟情也点点头，与温律师交换一个视线，在她的眼中看到坚定而自信的神采。

之后的时间虽然漫长，但在温律师的陪伴下，钟情也不觉得有多恐怖。就像沈恪说的，一切都是例行问讯，她只不过配合调查，把这个关键点想明白，也就不觉得焦虑了。最最重要的是，哪怕在所有消极情绪达到极点时，她也清楚地明白，总有一个人站在不远的地方，静静地守候着、等待着她。

最后从警局走出来的时候，钟情回过头，见温律师还站在那儿，独自一人与那位姓沈的警官在交涉什么。其实一整晚熬下来，几个人都很疲惫，温律师还一直穿着高跟鞋，几乎都有些站不稳。可从钟情的角度看去，她依旧背脊挺得笔直，那头与从前的自己如出一辙的大波浪卷发，在白炽灯的照射下显得耀眼极了。

钟情看着看着，突然就笑了。或许就像当初的自己一样，有些人的故事，才刚刚开始。这个城市真的好大，可以容纳下那么多的人，那么多的爱恨情仇。

从警局出来的时候，几乎已经是深夜。警局外停着一辆黑色奥迪，大概是等了许久，几乎才看到人从大门出来，里面的人就推开车门迎了出来。

走近了，看到黎邵晨灰头土脸的样子，萧卓然不禁皱了皱眉："今天才接到消息，你这是在警局里被盘了几天才想起给我打电话？"

钟情听了这话，噗嗤一下笑了出来。

黎邵晨有点无奈地瞟了她一眼，这姑娘心可真大，被警方盘查一下午加一晚上，听到一句埋汰他的话居然还能笑出来！不过转念一想，笑出来也好，证明没被吓着。

"我这是为了公司业务熬的，你以为当总经理容易吗？"每次一见到这位正派总经理，黎邵晨就诉委屈。

萧卓然好像也习惯了，打开车门让两个人坐进去，又回到驾驶座："也是快过年了，小如说正好你也是孤身一人，不如回平城大家一起过年。"说着，从后视镜看了一眼依偎在一起的两人："看样子她是白担心了。"

黎邵晨这会儿正亢奋呢："还是小姜知道心疼人。也不打紧，咱们两家正好一起买个机票出国旅行去！"

钟情听到他这话，立刻抗议："谁跟你是一家。再说了，过年我肯定要回家陪我爸妈，你就好好跟萧先生还有姜小姐一块吧。"

萧卓然听到这话，嘴角弯出一个弧度，却什么都没说。

黎邵晨自觉面子上挂不住，有点委屈地说："我都当了好几年电灯泡了，你这还不抓紧让我光荣下岗啊？"

钟情被他逗得唇角微弯："这事也不是我一个人说了算的。"

黎邵晨特别可怜地看着她，就差长出条尾巴冲她摇了："怎么不是你说了算啊，咱们全家就等你一句话呢。"

关键时刻，萧卓然来了句："你带钟情见过叔叔阿姨了？"

黎邵晨一脸"哪壶不开提哪壶"的悲愤，可惜前面那位专注开车，丝毫没有留意到，还有下一句等着问："叔叔阿姨怎么说？"

上一次黎父黎母那个态度，钟情心中有数，她其实并不怎么生气，但看黎邵晨这副吃瘪的样子就觉有趣，便顺着萧卓然的话，故作为难地叹了口气。

黎邵晨简直咬牙切齿："哥都快三十而立的人了，结个婚还用得着谁做主？反正我自己一人一个户口本，想什么时候结婚，直接拉着人就去了，犯不着看人脸色。"

萧卓然口吻相当淡定："话不是这么说。我和小如是无父无母，没有牵挂，也少了一份来自家人的祝福。但你和钟情不一样，婚姻大事，你自己做主，但为了人家女孩子着想，还是别太越过你父母，让他们心里有个数，以后结婚了钟情去家里吃饭，大家面上也都能过得去。"

黎邵晨嗑着牙花子想，这成家的人就是不一样。萧卓然过去多没谱一个人，如今也摆着款跟岳父老丈人似的学会教训人了！但不乐意听是一方面，黎邵晨也不得不承认，人家句句话还都说在了点子上。不跟爹妈打招呼，他自己这个亲儿子倒是没所谓，可钟情怎么办？别的不说，去钟家提亲，总不能没有自家这边长辈的口信吧？男方家里不待见，女孩子即便顺利嫁给他，早晚也要看脸色受委屈的！

钟情倒没这二位想的那么长远，眼下她心里还憋着另外一件事。

女主角不吭声，旁边这两位也都老实了。黎邵晨自然知道她在忧心什么，便说："你放心吧。石星这次做得绝了点儿，想报复陆河的同时把你也给绕进去。但今年星澜和沐氏的合作是业内人都知道的事，你把陆河打给你的款项当成公司打给你的工资，正好那时公司老总又病危，许多事都赶在一起了，稀里糊涂得让人摸不清，情理上也说得通。你每个月的工资银行也都有明细，警察不是吃干饭的，稍微一查就知道是怎么回事。"

钟情点点头，关键黎邵晨找来的那个温律师也靠谱，三言两语就替她理清楚思路，接下来跟警方对话时，也就不那么发憷了。她毕竟事先并不知情，也没有参与串谋，只要不是紧张过分，思路清晰，整件事一目了然，清晰得很。

犹豫片刻，钟情轻声问："你们说，陆河真的会坐牢吗？"

萧卓然和黎邵晨几乎异口同声地说："那就得看他有没有做过了。"

钟情蹙着眉想了一会儿："其实那天在酒店大堂里，我们两个对质的时候，他曾经说……"钟情也有些拿不准："我觉得他很可能是故意这么做的。"

黎邵晨看着她蹙起的眉头，把她的手指一根根拢在掌心，沉声道："陆河的事，也没那么好办。他这个人虽然急功近利，但并不蠢，这次被石星抓到把柄，可能也是在跟石家的恩怨上犯了狠，许多事处理得并不周全。"他微微沉吟："如果他找到个好律师，自己人这边口风又一致，石星想把他扳倒也难，但他们两个这次算是彻底撕破脸了。"

钟情点点头，神色有些凝结："他许多事都做得太过了。无论他会不会坐牢，还是希望他通过这次的事买个教训，改一改他的行事作风。"

萧卓然将两人送到黎邵晨的公寓时，已经是夜里凌晨一点多钟了。黎邵晨再三挽留，他还是执意开车回去。几年的光阴过去，他再也不是曾经那个来去若风的浪子。他已经有了家，而那个温暖的小家里，有他心爱的人在无怨无悔地等待着他。

送走了好友，黎邵晨转过身，看着钟情若有所失的面容，突然几步冲上前，把她整个人抱了起来，三步并作两步朝着浴室走去。

钟情大骇，拼命捶打着他的肩膀："你这是做什么！"

黎邵晨却笑："一起热腾腾洗个澡，祛祛身上霉气！"

他把钟情放在地上，另一手已经去拧水龙头，如烟似雾的热水"哗"的一声落下，吓得钟情"啊"的一声叫了出来。第一反应就是去捂自己胸口。

她在客厅站着等候时已经脱掉外套，黎邵晨动作更快，眨眼工夫已经脱得一丝不挂，随后一把将她抱在怀里，狠狠吻她的脸颊和耳朵。

钟情身上的裙子和丝袜湿漉漉地剥下来，如同剥掉山竹赭红色的厚重外壳，她整个人簌簌抖着靠在黎邵晨的怀里，一双手臂紧紧挂在他的脖颈上。

这三天两夜过得太漫长，两个都以为险些失去对方的人，此时紧紧拥抱住对方，如同失散已久的两个半圆，此刻终于完满地嵌合在一起，再也不会感觉孤单。

黎邵晨轻轻亲吻着她的头发、脸颊，最后终于在热水的喷洒中找到了她的唇，轻轻地亲吻，如同清晨的第一缕阳光亲吻着初初绽放的玫瑰，既温柔又温暖，让人无限眷恋，甘愿耽溺其中。

钟情几乎想不起两个人是怎么一起回到床上的。躺在床上的时候，她看到了床单上无尽的蓝，如同无限广袤的海洋，宽容张开整个怀抱接纳他。钟情突然意识到，自己身体上方的这个男人，就如同一片无限温柔宽广的海洋，他热情、乐观、不计较得失，对待她仿佛有着无穷尽的耐心和包容，无论她曾经有过怎样的狼狈，或正在有着怎样让人无奈的倔强，他都一直静静地陪伴着她，守候着她。但凡有他的温度，就能让她感受到稳稳的幸福。

还记得曾经上大学时，有一次和同宿舍的人一起聊起对于未来爱情的憧憬。那时她还没有谈过恋爱，对于星座却研究得入迷。于是有个同学就问她："你说了这么多关于各星座男人的缺点，那照你这么说，哪个星座的男人，好像都不适合嫁。"

另一个同学说："是啊，天蝎座的男人心眼儿小，射手座的男人太花心。像钟情这样坚持原则不易松懈的天秤女，大概最后还是选个大海座的最称心。"

当时所有同学听了这话都笑作一团，包括钟情自己。

那时尚且天真，却又对未来怀着自己都不明确的轻轻愁绪。十二星座的男人遍布世界各个角落，可那个能够无限度地包容她，甚至纵容她的"大海座"男人，又在什么地方等待与她在下一个拐角邂逅呢？

后来她认识了陆河。她是个爱认死理的姑娘，喜欢上一个人，就一心一意以为能跟这个人白头偕老的。

可哪知道，最初遇见的，不一定是良人，就像人往往不会一辈子都坚持自己的第一份工作。经过一个又一个路口，迈上一步又一步阶梯，往往人生已经独自走过许多年，才终于见到那个令自己倾心不已的对象。

一片刺痛与热烫中，钟情紧紧扣住面前这个男人的脖颈，主动送上自己的吻，并在黎邵晨惊讶的目光中，迎上他的眼，笑着说："我好像爱上你了，黎邵晨。"

而向来注重以实际行动说话的某位总经理，听到了这句几乎从未敢奢望的情话，接下来的多半个夜晚都在积极回馈自己的激动与感激之情。

一片混沌与迷乱之间，钟情迷迷糊糊地轻逸出一声叹息，迎来黎邵晨有些不安的问询："怎么了，不舒服吗？"

钟情紧紧抱住他，把自己滚烫的脸颊贴在他的脖颈上："没有……就是觉得这个晚上好像有点儿太长了。"

黎邵晨低笑："会吗？我还嫌太短呢……"

而天边，已经显出朝阳初升的光晕来。黑夜再漫长，也总会迎来晨曦。有时看起来依稀是无边的黑暗，其实大多数人都不知道，那是离天亮最近的色彩。

Chapter 24

落 幕 之 后

青空湛湛，
日光晴好，
钟情站在原地，
一时间几乎迈不开脚。

因为星澜方面坚持上诉，而李荼一家又在积极跑动，陆河的这个案子，从最初一起简单的经济诉讼案，渐渐转变成石、李两家在商界的角逐。或许正如当初黎邵晨的预言，陆河在处理星澜的一些问题上，个人情绪太过浓厚，反而落了把柄在别人手里，尽管李家着力为之斡旋，最终还是被人民法院以挪用资金、职务侵占两项罪责判处一年有期徒刑。而以陆河为法人代表的白路进出口贸易公司，也因为一系列关联被吊销营业执照，最终关张大吉。

案子的终审结果下来时，已经是来年的春天。平城每年到了这个季节，都是满城飞絮，杨絮柳絮混杂在一起，一团团地漫天飞舞，远远望去，如同一场迟来的春雪，薄且飘忽，让人无端觉得心绪纷乱。

钟情一觉醒来，只觉天光大亮，映得整个房间四处暖意融融，拉开纱帘一看，如同几天前的天气一样，晴空万里，满城飞絮，倘若不需要出门，坐在家里喝喝茶看看景，倒也别有一番意境。

这段时间，她常常宿在黎邵晨的公寓，对房间各处摆设了若指掌。在卫生间里洗了个澡走出来，换上衣架上挂着的那套橘色的春装，却迟迟不见黎邵晨的人影。房子不大，钟情来来回回走了几圈，又看了看钟表上的时间，最终确认这家伙并不是像往常那样跑去买早点了。已经上午十点，无论哪家的早点铺子这个时间也该关门了。

钟情一时间有点蒙。这段时间以来，她越来越习惯黎邵晨的存在，也渐渐把他当成一个可以放心依靠的伴侣，不管他从前在外人面前是如何表现，但自从两个人从清河镇归来，黎邵晨从来没有让她失落或失望过……

这样想着，脑海里却不自觉地浮现那天在酒店会议厅，面对陆河的重重刁难，黎邵晨垂着头一言不发的模样。钟情在沙发上坐下来，露出一抹有点自嘲的笑，好吧，除了这件事，他从来没让自己失望过。

在沙发上发了一会儿呆，再抬起头看看钟表，又半个小时过去了，钟情突然意识到，无论这家伙跑去干什么，这么长时间不打个电话通知一声也太过分了。

刚要起身去拿手机，眼角余光却被什么东西吸引住，钟情皱了皱眉，又坐回沙发，朝着茶几的方向望去。

茶几上摆着一瓶喝了一半的红酒，一盘新鲜的水果，有蛇果有芦柑还有两颗香酥梨，那上面依稀可以看到细小的水珠，很明显是不久前才清洗好盛出来的。就在果盘下方，压着两张折叠起来的纸张。

钟情仔细回想了一下，前一晚两个人坐在沙发上对酌红酒的时候，桌上并没有这样的纸张，再看看那盘新洗好的水果……钟情突然有点儿气不打一处来，这家伙别是突然要搞什么不辞而别吧？

将折叠起来的纸层层打开，钟情来来回回把上面的内容看了几遍，终于反应过来，这个……大概算是某种程度的告白信？

亲爱的朵朵：

就在昨晚，我得到了一个好消息。丽芙卡的大老板对这次合作非常满意，负责人说如果我们有合作意向，希望能签订一个长约，并特别表示，希望这次中方的总负责人是你。恭喜你，亲爱的，我一直都知道，你是最特别的那个。

我曾答应过你，今天要陪你一起去监狱探监。但事到临头我又失约了。我想我应该先跟你说声对不起。不过先别生气，朵朵，看完这封信，再看看另一张纸上的东西，最后用你的实际行动告诉我，你的选择和决定。

一直以来，都是我向你索求许多，这一次，就像你父亲曾经对我说的那样，我希望能由你来选择未来人生的路。不过你放心，无论你做了什么样的决定，丽芙卡的案子都将交由你负责，卓晨的大门，永远向你敞开。

爱你的黎

钟情把这封信翻来覆去看了好几遍，又盯着手上那张写着平城—景德的机票看了许久，最终模模糊糊意识到一个事实，黎邵晨这算是……突然对她放手了？

印象里，这个人一直那么骄傲，那么自信，几乎强大到刀枪不入的境地，无论面对什么对象什么情况，都能笑脸相迎舌灿莲花，这样一个人，居然有一天会说出"我希望你的未来能由你自己选择"这种话！看起来仿佛是为了自己能够开心做出莫大牺牲，可钟情突然发现，自己一点儿都高兴不起来。

长久以来，她习惯了一开始黎邵晨不温不火的陪伴，习惯了后来两个人逐渐默契的合作，更习惯了他在每一个关键时刻对自己主动伸出的手。从伯乐到上司，再到朋友、恋人，每一步都如同一曲默契的华尔兹，是黎邵晨在带着她旋转起舞，或许在所有人眼里，他都是掌控主动权的那个。可却没有人想过，如果没有她无声的默许和追随，这一支舞就不可能完成得如此完美。

如今曲终人散，那个始终对她张开臂弯的人也如同其他人那样转身离去，他以为自己不会主动去追吗？

钟情怀着一腔恼怒，打开另一张纸。与之前那张字体洋洋洒洒的手写信不同，这张纸上只有一行字，落款却是那个再熟悉不过的名字。

趁现在还有时间，照顾好她。我会回来。

陆河

钟情先是一窒，随即轻轻吐出一口气。原来是因为这个。让黎邵晨那样向来自在悠游的人也坐不住，最终决定通过一封信来表白心意、对她放手的真正原因，就是因为陆河的这张字条。

与黎邵晨的洋洋洒洒、隐见风骨的字体不同，陆河的这张字条上，虽然只有一句话，却每一个字都力透纸背，横竖撇捺都运笔有力，刚劲到了极致。都说字如其人，或许这正是两个人性格的不同之处。黎邵晨外圆内方，看起来没有原则，其实那些规矩和底线，都被他深深埋在心底。而陆河经历过这一番风浪，不再掩饰自己的野心勃勃，正如那天在丽芙卡招标会上的表现那般，原来他是那样怀揣着雄心壮志的一个人。

钟情轻轻抚过陆河字条上的每一个字，自从回到平城与陆河重逢，经过了最初的排斥和质疑，以及后来歇斯底里的厌恶和鄙视，这几乎是第一次，她能够静下心来，心平气和地回忆从前与他的种种。

或许就像黎邵晨所说的那样，陆河和李茶，她从一开始就没有看清楚，但这也不全是她的错。人的改变，总是一点点展现的。即便到了现在，她也愿意相信，从前那个会在雨天帮助小女孩回家的陆河，那个会在自己爬山时在后面撑自己一把的陆河，那个曾经在无数个日日夜夜，陪伴自己、关爱自己、真心实意想要给她一个美好未来的陆河，是真实存在过的。只是在他心里，曾经发生过的这些，都比不过他一心想要完成的那番事业罢了。

而李茶，她或许在面对别人的时候，有过不一样的面貌，真实的她，或许并不是那样天真热情，但钟情确实曾经感受过她对自己的关怀和喜爱。那个面对着坏掉的打印机不知所措的女孩，那个因为自己被迫离职一路哭着相送的女孩，和记忆里那个身姿挺拔、样貌俊美的男孩一起，曾经真实而鲜活地存在过，并将永远尘封在那些宝贵的记忆里。

更何况，如果把自己整个抽离出来看，他们两个也没有犯下什么惊天动地的大错。

这样想着，钟情把陆河的那张纸重新叠好，压在果盘下面，又将黎邵晨的那张手写信连同机票一并收好，放进了背包里。

没有了黎邵晨的陪伴，她选择了最普通的交通工具，从家门口搭乘一辆公交，踏上了前往监狱的路。

她走得早，路上倒了两趟车，临到了监狱门口，距离下午的探监时间，还有将近一个小时的空闲。

这一天的天气似乎特别好，阳光明亮而温暖，平城的上空弯拱着难得一见的蓝天，几乎看不见几朵云彩。监狱位于郊区，周围没有过多的树木，杨柳絮一类的东西几乎不见，清新的空气里飘浮着某种暖融融的味道。

钟情把手搭在额头做个凉棚，抬起头向着远方的天空张望，突然就记起了许久之前的许多事，小时候在家乡，年少时在校园，以及长大后来到平城，那么多的记忆，因为景色相似的同一片蓝天，突然而至，温柔之中又有点拥挤。

钟情微微笑着放下手，再抬起头的时候，就见一辆车不知什么时候停在自己面前。

从车上走下来一个人，她穿着一件宽大的酒红色毛衫，白色瘦腿裤，利落的短发依旧是柔美的亚麻色，脸上描绘着淡淡妆容，樱粉色的唇在看到钟情时，自然弯成一个浅浅笑弧。她朝向的方向有些逆光，所以不得不微微眯起眼，朝着钟情笑着说："钟情姐，你也来啦？"

钟情已经一个人站了半个多小时的光景。半个多小时，已经足够她想清楚许多事。所以她并没有像从前与她约定的那样，撇开视线视而不见。她也露出极浅的笑，微微点了点头。

就在这时，不远处的铁门徐徐打开，从里面传来一道清晰而坚定的声音："探视人员，来这边登记。"

李茶原本还想说些什么，听到这把声音，几乎是下意识地就转身朝着大门方向奔去。跑出两步，她反应过来，有点儿羞涩地笑着说："一起吧，钟情姐。"

青空湛湛，日光晴好，钟情站在原地，一时间几乎迈不开脚。

番外

东 山 再 起

———

门外响起一声清脆的哨响。房门被人从外面打开，陆河和另外一个犯人依次排队走出去。走廊的水泥地打扫得一尘不染，从一边窗户倾泻而下的阳光又暖又干净，陆河微微仰起头，他知道这是一天中最好的时候。

　　没进监狱前，对这个地方有着许多想象和假设，真正进来了才发现，这里也没有许多人以为的那么可怕。

　　这里很有秩序，一天里的绝大多数时间，都非常安静。关押在这里的犯人大多都是两三年就会放出去的，没有杀人犯，没有恐怖分子，更没有人不开眼地会成天闹事挑衅，因为大家都清楚，老老实实把有数的日子一天天过完，就能出去了。

　　有时醒得早，猛一睁眼的时候，陆河会以为自己又回到了大学时代，整齐的四人间，从窗外照射进来的阳光，还有在整点会响起的铃声或哨响。起床，吃饭，干活，放风，就寝，每个时间段都按照规定和命令做事，一天一天过得有序、利落又安逸。

　　眼下又到了放风的时候。一天里总有一个小时的时间，可以在类似操场的地方自由活动。如果关系足够硬，还能在背着人的角落弄两根烟抽，在一边的看守也会当作没看见。但陆河不抽烟。所以通常情况下，他都是一个人坐在阳光最好的地方，静静坐在那儿，默默望着远方。

　　有个跟他同一个房间的狱友，最近得了个MP4，他也是个爱好安静的，没事的时候总喜欢坐在他旁边默默地听。MP4是女朋友在探监时送来的，经过层层检查，证明里面除了女朋友录给他的两段话，剩下的都是流行乐曲，也就还给他了。

　　因为陆河跟他关系最好，他有时听音乐的时候，还会递一只耳塞给陆河，大方地与他一起分享，但陆河每一次都拒绝了。

那哥们儿虽然不爱说话，但也是个倔脾气，一次两次的还没什么，次数多了也有点不理解了，就问："你不爱听歌？"

陆河轻轻"嗯"了一声。

"那你平时都爱做什么？看电影，打游戏，还是徒步旅游？"

陆河收回远眺的视线，看了他一眼，没有说话。

"都不喜欢？那你平时闲着没事的时候都做什么？"

陆河依旧没有讲话。听歌，看电影，打游戏，这些事情对他来说，仿佛是非常久远的东西，偶尔也会去尝试，但绝对谈不上是兴趣爱好。小时候他也喜欢过这些，但从什么时候开始渐渐把这些东西抛在脑后、再也不提的？细细回想，非要找出个转折点的话，大概就是在父亲过世那一年吧。

他没有见到父亲的遗体，但听那些大人的议论，他父亲当初是从平城一座很高的大楼上跳下来的，尸体摔得乱七八糟，几乎拼不成个完整的人形。这些话母亲从来没对他说过，没有人会专门对他一个才上小学二年级的孩子讲这些，但他就是知道。从夜晚隔着房间门听到母亲的声声啜泣，到葬礼前后那些宾客小声的交头接耳，再到年纪大一点儿后在当地报纸上找到的事件报道……随着年龄的增长，他拼凑得知的信息越来越多，而随着网络的诞生，曾经发生的所有渐渐形成了一幅完整的图画。

其实许多东西想要查清楚，只要一个人有心，根本不是难事。

他从表叔口中得知，父亲当年之所以跳楼自杀是因为被生意合伙人设了圈套；他从无数零碎的信息中整合得出结论，如果没有那个圈套，如今平城某石氏企业应当有他陆家的一半；他在来到平城进入星澜之后，很快便将如今的石路成和十几年前的石成进对上号，知道自己走对了路、找对了人。

但他依旧没什么举动。

事情已经过去这么多年，如今他有母亲，有爱人，有着一个看来相当光明的前途，就像母亲在他执意要来平城前一晚所说的，只要现在还活着的人过得好好的，有些事过去就让它过去吧。就像宫二在《一代宗师》里做的那样，无论是当时身处其中的人，还是如今把那个真实故事当戏来看的人，复仇始终是一件毁誉参半的事。他一直都知道，一旦开始复仇，势必要玉石俱焚。整死了杀父仇人又如何，自己一辈子也毁了。

　　他也曾经不止一次地告诉自己，放下吧，把那些事都放下，好好努力，踏实奋斗，总有一天，他可以给母亲和钟情一个不一样的未来。

　　可世事有时如同一个不停旋转的圆盘，背后的齿轮嘎吱嘎吱地扭转，不到最关键的那一秒，没人知道正面圆盘上的指针会指向哪个方向。

　　生活的繁冗，工作的压力，眼看着自己心爱的女人过着捉襟见肘的朴素日子，这些让他难以忍受，却又咬紧牙关在承受，而压倒他的最后一根稻草，是母亲的病重。

　　得知母亲病情的那一天，他站在已经熄灯的医院门口，背对着大门，一声不吭地快步走着。面前几乎一片黑暗，伸手不见五指，那天晚上也赶巧了，似乎是新月那两天，天空望不见月亮，甚至连一丝星光也无。而小镇的夜晚就是这样，到了固定的钟点，一盏路灯也不会平白亮着。

　　能够毫不犹疑地向前一路快走，大概是凭借着多少年来的记忆以及心里那份喷薄欲出的愤恨和绝望。眼前那么黑，全身都冷得发颤，只有清河氤氲的水汽清晰可闻。有那么一瞬间，他觉得自己仿佛又变成十多年前那个小小的孩童，独自一个人走在路上，一无所有，满心茫然，懵懂得不知道已经失去了什么，大概也不知道自己还能失去些什么。

　　他一个人在清河边的石凳坐了一整宿，天空亮起来的时候，他突然明白过来，他亟待解决的并不是是否要向仇人复仇这个古老的命题，长久以来，一直逼迫着他呐喊挣扎求生不得求死不能的，是那个叫作命运的东西。朝阳升起的那一刻，他终于开始觉醒，胸腔里跳跃着燃烧着的，是那么大的不甘和野心。

　　为什么同样都是白手起家，石路成可以功成名就，而自己的父亲却要坠楼身亡？为什么石星和自己会在十几年后成为完全不同的两种人，她可以如同明星一般闪闪耀眼，而自己却要拼尽十几年的时间和力气才能与她并肩站立？……那么多的为什么，或许只需要"命运"两字就可以轻易解答。而他不想接受这个答案。从那一天开始，他不相信命。

　　所以才有了后面对石星居心叵测的接近，有了在办公室里和石路成图穷匕见的坦诚，更有了对钟情明知不应该却不得不放手的冷漠和疏远。石星的日渐倾心在他意料之中，石路成因为心脏病发而长期住院，虽然在计划外，却被他当成是天赐良机。接下来，他的计划全面推进，留在医院对石路成严防死守，在公司时不时地干扰石星和刘靖宇的视线，逐渐抽干星澜的资金和人脉，并在最后一击中将公司中层精英悉数带走。

而李茶，则是石路成病重之后的另一个意外。

他有头脑，有手腕，渐渐地也有了些人脉，却唯独没有钱和后台。李家刚好可以很好地为他提供这两点。因为这个原因，他与李父达成同盟，和李茶虚与委蛇，却在不知不觉间，与自己曾经发誓生死不离的那个人渐行渐远。

他让李茶在假装醉酒的间隙，在钟情手机上安装了定位装置，需要时只需要给钟情打个电话，就能轻而易举地知道她所处的具体方位。也是因此，他才留意到在自己忙着另立为王的同时，曾经那个单纯直率的恋人也已经闯出一番全然不同的天地。

他知道她跟着黎邵晨一起去临安出差，他知道他们两个最终选定盛泽的一个工厂定制丝绸，他也知道，黎邵晨最后还跟着钟情一起回到了清河镇。

她独自一人走出的每一步，他都在远方遥遥相望；她后来做的每一个决定，都在他意料之外，却也在情理之中；她的一颦一笑，无声坠落的每一滴泪，都如同烙印一般牢牢镌刻在他的心间。

他和钟情，在19岁那年相识，21岁那年正式走到一起，直到今天，已经是第2346天。而在他心里，他们两个从没真正分手过。

做这些事情前，他设想过许多的情景，也做了万全的准备，他不怕她怨他、恨他，更不畏惧她打他、骂他，直到在酒店宴会厅外的那天，他在她眼睛里清楚看到一种名为嫌弃的情绪。在那一刻，万念俱灰。

他突然发现，这么长久以来，自以为天不怕地不怕，却承受不起心爱之人那充满鄙夷的一瞥。他此生至爱的人，如今他让她瞧之不起。

都说一眼万年，从前不懂。到了那一刻他才明白，只需要那一眼，足够他如同石柱一般静默万年。

像黎邵晨那样的公子哥，大概一辈子都不会理解他的所为。他们喜欢一个女人就去追求，看上一件物品就毫不犹豫地买下来，遇到困难会有与之相当的朋友伸出援手，哪怕真的走投无路，他还有父母兄弟可以依靠。

可他从小就是个一无所有的人。无论是母亲，还是钟情，她们都是需要他去保护和支撑的人。他不能反过来靠着她们的帮助生活。

　　陆河一边想，一边蓦地就笑了。他的所作所为，大概在许多人眼里，都会被瞧不起。但他从不在乎别人的眼光。他只想有一天，能够像黎邵晨，以及许许多多如他一般的人一样，能够给他爱的女人所想要的生活。

　　即便到了今时今日，他也从没后悔自己的选择。他只自责太自信，太急进，忽略了一个人在面临困境时内心迸发的强大力量。他以为钟情会沉浸在过去的伤痛里，悲伤难过很长一段时间，更不会有那个心情接受他人的好感。最最重要的是，他忽略了在她的生活里，出现了黎邵晨这个变量。

　　一步走错，满盘皆输。

　　哪怕心头沥血，这个错他也只能认下来。

　　但不要紧，他还有时间，他还有未来。一年的时间不算长，而他还有李家这个支撑点，如今的他就如同一只静待破笼而出的雄鹰，只要有机会，必将一飞冲天。

　　"陆河。"

　　迎着有些刺目的阳光，陆河抬起头。

　　远方走来一个男人的身影："跟我来，有人要见你。"

　　抬步走进去的空当，他又回首望了一眼远方，蓝天高远，日光悠长，唇角自然地就含起一抹无声的笑。

番外

细 水 长 流

———

阳春三月，景德镇。

景德这个地方，位于三省交界，毗邻黄山和鄱阳湖，又古有"瓷都"美名，地方不大，却韵味颇深。初到这里的人走走逛逛，用不了多少工夫就能买上一大包的东西，没办法，那些小玩意儿太漂亮了，即便是久居此地的人，每每见到也打心眼里觉得欢喜。

萧卓然选择在这儿对心爱的小姜姑娘进行第九次的求婚。而黎邵晨也第九次荣耀地担当了电灯泡一职。但最让他坐立不安的还不是这一点，毕竟电灯泡也当了这么多年，时间久了，觉得自己在关键时刻一闪一闪亮晶晶，也是个挺惹人喜欢的见证人。真正让他寝食难安的，是那个让他抓肝挠肺的人，此时还不知道有没有按时登机启程。

萧卓然走在一边，怀里抱着大包小包的东西，开口时依旧是那副冷淡到有点欠扁的语气："这么不放心，还不如直接在平城就把婚求了。"

这句话深深道出了黎邵晨的心声，但他那么好面子的人，哪能在这个节骨眼儿上露怯呢！所以特别执着地一梗脖子，昂头挺胸故作淡定道："不是那么回事。说好了这次决定权在钟情手里，我不能提前求婚，扰乱视线。"

萧卓然瞥了他一眼："从前我怎么没发现，你是这么有原则一个人。"

黎邵晨老脸一热，还在硬撑："婚姻大事上，有点原则不应该吗？"

萧卓然沉默片刻，说："我跟小如都求了八次婚了，要是有什么办法能让她现在立刻答应，我无原则无底线向她妥协。"

大概也是到了求婚这个坎儿上，从前听着没那么感同身受的事儿，突然就让黎邵晨觉出点心酸的况味来。他琢磨片刻，狠狠一拍黎邵晨的肩膀："没事，这次有哥们儿陪着你，实在不成还有我给你垫底儿呢！"

萧卓然扫了他一脸肉疼的表情,特别正经地说:"我不是在别人痛苦上能建立起自己快乐的人。"

黎邵晨憋得够呛,最后实在忍不住了,突然站在原地,耷拉下双肩说:"其实我真有点儿后悔了。"

"你可以选择现在买机票飞回平城。"

"可如果钟情已经上飞机的话,那不就……刚好错开了。"

萧卓然冷静地点评:"什么叫自作自受。"

黎邵晨哭丧着脸,完全不想跟这个人一起走路。

萧卓然干脆拎着他衣领子:"别上小如等太久,她想吃这里的苦槠豆腐。"

可此时此刻的黎三少完全吃不下任何东西好吗!他干脆赌气地一跺脚,转身就走:"你跟小如先吃,我去打个电话!"

萧卓然看着好友大步走远的背影,嘴角无声地衔起一缕笑,就知道他那个直脾气,压根儿禁不住几回磨。不过不管怎么说,能在有生之年看到黎邵晨为一个姑娘心浮气躁、坐立不安,也是一项难得的人生体验啊!想到稍后见到姜如蓝,又有好玩的段子可以讲了,抱着一堆东西继续前行的萧先生,迈开的步伐显得格外轻快。

往相反方向走的黎三少就显得孤苦伶仃多了,手机掏出来放进去,同样的动作如此反复几次,最后连他自己都有点嫌弃自己了,却在下一瞬间感觉到了手机振动的声音。

是个陌生号码。

黎邵晨微微犹豫了下,摁下了通话键。手机那端传来有些嘈杂的声响,依稀能分辨出仿佛是在某个机场。过了片刻,才传来一道女声:"我是石星。"

黎邵晨原本摁着免提,听到这个声音,不禁皱了皱眉,却没吭声。

手机那端的人也沉默着,大约过了半分钟,才再度传来声音:"我要走了。跟我爸爸一起。他身体一直不好,我和陆河的婚约取消后,他整天下来都不说一句话。公司我转给了老刘,相信铭澜在他手上,比在我手上更好。"

黎邵晨沉吟片刻,问了句:"你要去哪儿?"

"加拿大。"手机那端,石星轻笑了声,"我现在手头的钱也不富余,之前我爸在那边置办了一处房子,听说那边气候好,适合他静养身体。"

"我去见了陆河。他跟我只说了一句话，他说：石星，你该长大了。"石星的声音听起来有些哽咽，更多的是一种终于释然的松快，"我觉得他说得挺对的。经过这么多事，我也该长大了。"

"临走前，我想来想去，好像也只能给你打个电话。对你还有钟情，我不想说对不起。虽然你们两个好像从头到尾都是无辜的受害者。"石星的语速很快，周围又有些吵，需要仔细分辨，才能听清楚她都说了什么，"我一直都不喜欢钟情，甚至比讨厌李茶还要讨厌她。因为至少我们是同一种人。她想要帮陆河，只能依靠她爸爸的人脉；就像我想要报复陆河，光靠我自己也只能做到现在这个程度。但钟情跟我们俩都不一样，所以我才这么讨厌……"

黎邵晨说了句："我想你大概把我想得太大度了。钟情的事，我没跟你深究，不代表我愿意听你在这儿废话连篇诋毁我爱的女人。"

"但是我现在也一无所有了，就像当初的钟情一样。"石星仿佛压根儿没听到黎邵晨的话，轻轻地说，"可我没有遇到第二个你，没有人愿意在这个节骨眼儿上帮我。所以无论多讨厌，我大概也要向她学习，依靠自己的能力，好好地生活下去。"

黎邵晨没有讲话。

而石星沉默了片刻，最终用带着些许鼻音的嗓音轻轻说了句："再见了，黎邵晨。如果时光倒流，我情愿当初喜欢上的人是你。"

"庆幸。"黎邵晨简短地说了两个字，率先挂断了电话。

这一次，他没有过多的迟疑，走出闹市区，找了辆车子嘱咐司机径直往机场的方向开。

他在信里似乎说了不少话，但有些事，他作为一个男人，始终难以启齿。那天在宴会厅，面对陆河的冷嘲热讽和故意离间，他其实从心底一点都不相信，可他一动不动地站在原地，连看都没有看过钟情一眼。

如果说从他与钟情相识以来，有哪件事他做得不够好，让她伤了心，大概就是那天的举动吧。

其实当时他只是在一瞬间醍醐灌顶，陆河说的不可能是真的。

他们两个在校园外的小面馆见面那天，他也在当场。他从在公司时就发现钟情当时神情不妥，便尾随着她一路到了那条小巷，站在冷风中看着两人几乎一言不发地吃完午饭，又目睹两人一前一后从面馆里走了出来。

几乎是下意识的反应，他在陆河迈出门槛的那个瞬间匆忙扭身，几乎头也不回地走回自己车里。

事后几次回想起当时的情景，他都觉得自己幼稚得可笑。阮国栋的事件之后，他总觉得自己在钟情心里的形象，不如从前那般光明磊落。其实他也是个俗人，会对坑害过自己的人记仇，会对爱人从前的恋人感到嫉妒，更害怕钟情在发现他的这些情绪之后，会对他感到失望甚至是不喜，所以才那样猝不及防地转身逃走，甚至忘记了他悄悄跟去的初衷：只是因为担心她要独自面临不好的事情，想跟在一边悄悄守着罢了。

而在意识到陆河说谎的同时，他也瞬间有了另一个领悟：如果不是钟情偷偷告密，那么一定是公司内部的其他人出了问题。而他之所以静默不语，就是想等陆河离开后，先回公司把那两个隐患处理，哪里知道后来横插进来一个石星，又哪里知道前后不过十几分钟的交谈，就令他和匆匆赶回公司的钟情失之交臂。

他当然能够想象钟情当时的茫然和难过，换作任何人都会对当时的情形感到失望，可他不知道该如何解释。是要告诉她自打回了平城，自己就因为担心她而无心公事，所以才连那份企划案上红字标注的新内容都没看到，到最后才和丽芙卡的人一样把手工裙带当成了惊喜；还是告诉她公司出了内鬼他却无从察觉，才让陆河钻了这么大个空子，最后还把脏水泼到她身上；抑或干脆告诉她，他其实压根儿不可能对她有一丝一毫的质疑，不是因为亲眼目睹，不是因为掌控真相，而是因为从那么早之前的某个夏天，在郊区别墅外偶然邂逅的那天，他就已经对怒目相视的她一见倾心？

黎邵晨撑着额头，靠在出租车的后座上，兀自笑了。他从来都不是个优柔寡断的人，可事到临头才发现，在爱情这件事上，没人能够百分之百的笃定。从前他不理解萧卓然为什么宁可做一百件事去补偿，也不肯多说一句话去澄清，可此时此刻，他有点懂了。

有些话一时难以启齿，那么就让他用实际行动去证明吧。

这么想着，他甚至忘了之前多半天的忐忑，坐在机场内的椅子上，一遍遍听着广播里的播报声，望着窗外沉沉西坠的太阳，心里是前所未有的宁静和满足。哪怕就这么一直等下去，他也心甘情愿。

因为，他们有满满一辈子的时间呢！

如果情感和岁月能撕碎

扔入海中

那么

我愿意

从此就

在海底沉默

如果

这辈子

只可以做一件

浪漫的事

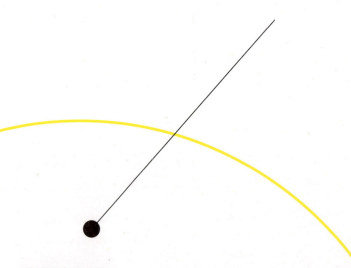

那我愿意就这样

陪你慢慢变老

37°C

你的温度
我的幸福

Your warmth,
My happiness

遇见你

爱上你

有你的温度

便是我生命中

最美的幸福

……